¡NOCHE DE CHICAS NUNCA FUE TAN DELICIOSA!

Bombón & Errores

BEEF CAKE INC.

JUDI FENNELL

Los grandes errores vienen en paquetes pequeños...

Bryan Lassiter nunca supo que tenía un hijo; hasta el día en que ve al pequeño Trevor Corrigan en el supermercado. Esos ojos violetas tan distintivos, ese cabello, esa marca de nacimiento... Recordando sus propios sentimientos acerca de ser adoptado, este propietario de BeefCake, Inc. y bailarín exótico ocasional anhela la conexión con la única persona en el planeta que comparte sus genes.

Por supuesto, la mamá de Trevor también tiene unos «jeans» bastante buenos, que encienden el anhelo por un tipo diferente de conexión. O reconexión, a pesar de que Bryan no recuerda su primera noche juntos. Pero la prueba está ahí, frente a él, así que debe de haber ocurrido. ¿Verdad?

...igual que los regalos fabulosos...

En su lecho de muerte, la madre de Trevor le cedió la custodia de su bebé a su hermanastra, Jenna Corrigan. Desde entonces, Jenna ha trabajado duro para construir una buena vida para el niño que se ha convertido en el centro de su mundo. Concebido por error tras una aventura de una noche, el certificado de nacimiento de Trevor indica que su padre es «desconocido». Por lo que a Jenna respecta, puede seguir siéndolo.

Pero una sola mirada a Bryan podría llevar a Jenna a cometer el mayor error de su vida. Esos ojos violetas tan distintivos, ese cabello, esos labios que invitan a ser besados...

Enamorarse podría ser el mayor error de todos...

Cuando Bryan confunde a Jenna con una prostituta y ella se da cuenta de que él es el padre de Trevor, los errores y los malentendidos comienzan a acumularse. Pero algo más también está creciendo entre ellos. A veces, tomar el camino equivocado puede ser justo lo correcto...

Capítulo Uno

Tenía un hijo.

Bryan Lassiter se detuvo al final del pasillo del supermercado y se quedó mirando al niño que estaba a un metro frente a él.

El cabello negro y rizado era el mismo, incluido el remolino idéntico sobre el ojo derecho, que caía un poco más bajo que el izquierdo, y el mismo hoyuelo en la mejilla derecha. Los ojos también eran los mismos. Esos malditos, condenados ojos violetas que Bryan había odiado desde que Julie Richardson los llamó bonitos en primer grado. Él y Elizabeth Taylor.

Y ahora, este niño.

Y si *eso* no era suficiente, fue la marca de nacimiento en el brazo del niño lo que lo confirmó todo. Bry tenía la misma, con forma de estrella de cinco puntas con la punta inferior derecha redondeada. Con el tiempo, Bryan se había hecho un tatuaje encima —con forma de estrella—, pero era la misma.

Tenía un hijo.

—¿Trevor? ¿Dónde estás? —Una bonita mujer de cabello castaño apareció deprisa por la cabecera del pasillo, con la preocupación grabada en el rostro. Su expresión se suavizó cuando vio al niño; todo lo contrario a la reacción de Bryan.

No la conocía.

Oh, se había acostado con muchas mujeres en su vida, pero se enorgullecía de recordar cómo eran, sin importar lo borracho que hubiera estado...

No. Eso no era del todo cierto. La despedida de soltero de Brad había sido una sola nube de alcohol y podría haber habido una estríper involucrada...

Considerando que la fiesta de Brad había sido hacía cuatro años, y el niño parecía tener unos tres... Sí, parecía más que posible, aunque nunca había estado tan borracho como para no usar un condón.

Que se sabe que se rompen.

Mierda. Dado que el niño era idéntico a todas sus fotos de bebé, una noche de libertinaje y mala suerte *podría* haberlo llevado a tener un hijo.

—Cariño, te dije que nunca te escaparas de mamá. Este no es lugar para jugar a las escondidas.

Los ojos de Bryan volaron hacia «Mamá». Medía como uno sesenta y ocho, con cabello castaño y rizado a la altura de la barbilla que no paraba de acomodarse detrás de las orejas, pero que no se quedaba en su sitio, pómulos altos y ojos grandes... azules o grises, no estaba seguro. Movimientos gráciles de bailarina que se desperdiciarían en un club de estriptis, pero esas piernas que parecían no tener fin, definitivamente no.

¿Habrían estado enrolladas alrededor de él? Bryan sintió que se le endurecía solo de pensarlo.

Pero entonces miró a Trevor y se le endureció todo el *cuerpo*. Si ese niño era suyo, ella se lo había ocultado.

¿Acaso ella *sabía* quién era el padre?

—Lo siento, mami —dijo Trevor, y se metió el pulgar en la boca. Bryan estaba aún más convencido de que el niño era suyo.

Muchos niños se chupaban el dedo, pero era la forma en que Trevor jugaba con su remolino... igual que Bryan lo había hecho. Hasta que su dedo se había quedado atascado en los enredos y su hermano mayor, Kyle, se había reído de él. Mamá había tenido que cortar para liberar su dedo, y ese mechón de pelo en la frente se había convertido en una cosa más por la que Kyle lo molestaba. Esa había sido la última vez que Bryan se había chupado el dedo.

—Sí, bueno, me asustaste, mi amor. No quiero que nadie te aleje de mí, ¿de acuerdo? Tienes que quedarte conmigo. *Mamá* se arrodilló y abrazó a Trevor, un gesto que hizo que sus pantalones color canela, que le ceñían la figura, se bajaran un poco por la espalda.

No tenía un tatuaje en la zona lumbar, así que al menos había tenido algo de gusto con las mujeres cuando estaba borracho. Incluso con las estríperes.

Bryan negó con la cabeza. Menos que nadie, él no debía juzgarla. Había hecho algo de estriptis en sus tiempos y ahora era dueño de una revista de baile exótico, BeefCake, Inc. Pero él y su socio Gage manejaban un negocio con clase y «No Fraternizar» era la regla *número uno* del lugar. Lástima que ella no se hubiera adherido a la misma regla.

—¿Por qué alguien me llevaría, mami? —Trevor dejó de enroscarse el pelo con un mechón todavía alrededor de su dedo.

Mamá le acarició el cabello a Trevor con su mano izquierda sin anillos, desenredando el dedo, y luego deslizó la palma para ahuecar su mejilla. —Porque eres un niño muy especial, Trevor. Por eso te quiero tanto. Así que tienes que quedarte conmigo todo el tiempo y no escaparte, ¿sí? Incluso si estás jugando.

Trevor asintió y Bryan sintió como si se estuviera mirando en un espejo. —Pero, ¿*por qué* soy muy espechal?

Ella lo atrajo hacia sí y le besó la mejilla. —Porque eres mi hombrecito.

La posición de Bryan le dio una vista perfecta de la fiereza en la expresión de ella al decirlo, la rápida contracción de su bíceps bajo la manga corta de su camiseta mientras lo abrazaba. Quería al niño. Pero, obviamente, no lo suficiente como para darle el padre que se merecía.

Bryan estuvo a punto de decírselo, pero los pasillos de los supermercados no eran precisamente el mejor lugar para sacar los trapos sucios al sol. Revisó la hora en su celular. Faltaba una hora y media para la reunión con Gage.

Se puso las gafas de sol y se bajó la visera de la gorra de béisbol. Podía quedarse un rato. Seguirla para ver dónde vivía y luego planear cuál *sería* el mejor momento para aparecer y discutir sus derechos paternales.

* * *

Jenna Corrigan abrazó a su hijo e intentó que su corazón dejara de latir con tanta fuerza. Dios, había pensado que lo había perdido.

Habían pasado tres años desde que se convirtió en suyo y todavía no superaba la sensación de que, de alguna manera, se lo quitarían. Y no se refería a un extraño.

¿Y si el padre regresaba? ¿Y si quería a su hijo?

Jenna apretó los ojos con más fuerza, abrazó a Trevor más cerca hasta que él comenzó a retorcerse y tuvo que soltarlo. Ah, qué maravilla ser tan despreocupado.

En eso tenía que concentrarse, no en el hecho de que el tipo que había dejado embarazada a su hermana y luego se había largado pudiera querer asumir la responsabilidad de la que había huido. Además, ella y Mindy habían ido a un abogado antes de que el cáncer de su hermana avanzara a la fase terminal, y habían hecho el papeleo para que, cuando el final llegara inevitablemente, no hubiera ningún problema para que Trevor fuera suyo.

—¿Puedo comer helado? —dijo Trevor, sorbiendo alrededor de su pulgar.

Jenna sonrió. Ojalá todos los males de la vida pudieran curarse con helado. —Claro, mi amor. ¿De qué sabor?

—Wocky Woad. Es mi favolito.

Esta semana. La semana pasada había sido de menta.

Jenna lo soltó de su abrazo, y su cuerpo inmediatamente anheló su cercanía de nuevo. No lo había llevado dentro de ella, pero era como si lo hubiera hecho. Había dormido con él todas las noches durante los primeros tres meses después de la muerte de Mindy, más por su consuelo que por el de él.

Se puso de pie y apartó todos los pensamientos sobre *eso* de su mente. Esta era su vida ahora. *Trevor* era su vida. Tenía que seguir adelante. Y *seguiría* adelante.

Extendió la mano. —Vamos a escoger uno, entonces, pequeño.

—Tá ben, mami. —Unos dedos húmedos se deslizaron en su palma y Jenna no lo querría de otra manera.

Avanzaron por el pasillo y Jenna captó la sonrisa en el rostro de un hombre mientras desviaba la cabeza; la visera de la gorra de béisbol le ocultaba los ojos. Había estado escuchando. Probablemente era padre, a juzgar por esa sonrisa irónica. Sabía el alivio que ella había sentido al darse cuenta de que su hijo no había desaparecido.

Como siempre, el golpe en el estómago la golpeó con un dolor insoportable y Jenna se detuvo medio paso detrás del hombre. ¿Se iría alguna vez ese sentimiento?

—¿Puedo de chocwate también? —Trevor, como siempre, la trajo de vuelta al presente. Un lugar que era mucho mejor para estar que su pasado.

—Hay chocolate en el Rocky Road, Trev. Pedacitos y trozos.

—Oh. Tá ben. —Se metió el pulgar de nuevo en la boca y se cambió a su otro lado; los dedos que normalmente se enroscaban en su cabello ahora se aferraban a su mano. Probablemente debería trabajar para que dejara de chuparse el dedo, pero renunciar a algo que le daba consuelo iba en contra de sus principios. Sabía, de primera mano, lo importantes que eran las cosas que ofrecían consuelo.

Especialmente cuando la vida podía ser demasiado dura sin ellas.

Capítulo Dos

—Vamos, Trevor, es hora de tu siesta. —Jenna sacó el monito de trapo de entre el sofá y el sillón, agradeciéndole a san Antonio y a quienquiera que fuera responsable de que lo encontrara. La hora de la siesta no iba bien sin el Sr. Mono.

—No quiero.

Parecía que la hora de la siesta no iba a ir bien ahora, de todas formas. Jenna suspiró. Las siestas se estaban complicando últimamente; Trevor no quería tomarlas y Jenna no quería dejar de dárselas. Necesitaba esas valiosas dos horas para trabajar. Ser madre soltera no era propicio para establecer una carrera, pero Jenna había tenido suerte cuando regresó de no solo encontrar su puesto de maestra, sino también que fuera en una escuela que tenía guardería. Pero esa guardería no era gratis, así que sus clases particulares de verano tenían que compensar la diferencia. Durante los últimos dos años, había programado las clases durante la siesta de Trevor, pero el año que viene tendría que ingeniárselas para hacer otra cosa, lo que implicaría pagarle a una niñera, dinero que no necesariamente quería —o tenía— para gastar. No podía depender de la ayuda de su amiga Cathy *todo* el tiempo.

—Anda, Trevor. Podrás comer helado cuando te despiertes. —Odiaba recurrir al soborno. Si tan solo pudiera pedírselo a su madre...

No. Esa opción estaba descartada. *Ellen* ya le había causado suficientes problemas por tener a Trevor para empezar. Jenna no le había dicho a su madre la verdad sobre la paternidad de Trevor porque Mindy era en realidad su *media*hermana, el resultado de la aventura que había terminado con el matrimonio de sus padres. Ellen, como prefería que Jenna la llamara —y como Jenna prefería llamarla—, se habría deleitado con la idea de que Mindy hubiera tenido un hijo fuera del matrimonio y habría estado más que feliz de contarle a cualquiera que quisiera escuchar lo perdida que había sido la chica. Así que Jenna no se lo había dicho.

—Trevor, vamos. —Ella y el Sr. Mono se dirigieron a la cocina para sacar a un niño recalcitrante de detrás del bote de basura y meterlo en su cama de «niño grande» donde debía estar. Ahora solo faltaba que se quedara ahí.

Se agachó junto a su escondite. —Mami necesita que seas un niño grande y tomes tu siesta. Y el Sr. Mono está cansado. —Meneó el juguete frente a él, pero Trevor no mordió el anzuelo.

—Los niños grandes no toman siestas —refunfuñó, apretujándose más contra la pared—. Solo los bebés toman siestas. Lo dice Michael.

Jenna se mordió la lengua para no responder. Michael era una autoridad en todo y cualquier cosa, según su hijo. Claro, Michael solo tenía cuatro años, pero eso no le importaba a Trevor. Jenna recibía el «Reporte de Michael» todos los días cuando recogía a su hijo de la guardería. «Michael hizo esto» y «Michael hizo aquello». Sin embargo, nueve de cada diez veces, era más del tipo: «Michael pateó a la maestra» o «Michael rompió el crayón de Rebecca», en lugar de alguna gran revelación del sabio y erudito de cuatro años. Michael sonaba como si necesitara mucha terapia.

—Michael está equivocado, Trevor.

Uy, táctica equivocada. Para Trevor, Michael era Dios.

—No quiero. —Se metió el pulgar en la boca y comenzó a chuparlo.

Jenna miró el reloj. Quince minutos para que llegara Jason. Si fuera cualquiera de los otros estudiantes, Jenna podría intentar acomodar a Trevor frente al televisor para mantenerlo ocupado, pero el niño idolatraba a Jason. Siempre bombardeaba al adolescente con cien preguntas sobre su camioneta «genial». El cacharro rayado de naranja y rojo no era gran cosa en cuanto a capacidad mecánica, pero para un fanático de las camionetas de tres años y medio, era «genial». Jason era buena onda al respecto, pero tenía que presentar los exámenes de admisión a la universidad en otoño, y realmente necesitaban concentrarse hoy antes de que comenzara el campamento de fútbol.

—Trevor, tienes que tomar una siesta. Es tu trabajo, ¿recuerdas? Así como mami tiene un trabajo, tú también tienes un trabajo.

—¿Como el papi de Michael? Él usa corbata. ¿Puedo usar corbata?

Así que Michael servía para algo. Su papi.

Jenna no pudo ignorar esa punzada de dolor ahora más de lo que había podido hacerlo antes. Pero no podía pensar en Carl. Obviamente no había sido el hombre que ella pensaba cuando la había dejado por adoptar a un bebé.

Trevor no necesitaba hombres como él en su vida. Y ella tampoco.

Aun así, la culpa de que, en alguna parte, Trevor sí tenía un papá no desaparecía. Mindy simplemente no había sabido quién era ese papá. Un grande y frío INFORMACIÓN NO REGISTRADA adornaba esa línea del certificado de nacimiento de Trevor.

¿Al padre le importaría Trevor? ¿Lo querría, tal vez?

¿Y si así fuera? ¿Y si volviera y la llevara a los tribunales? ¿Un juez reconocería sus derechos?

Es una pregunta que Jenna nunca quiso tener que responder.

Logró que Trevor se metiera en la cama con la promesa de comprarles corbatas a él *y* al Sr. Mono cuando se despertaran, luego se apresuró a bajar al comedor que había convertido en una oficina-salón de clases. Muy lejos de la casa que ella y Carl habían estado viendo, con su propia sala de juegos para sus hijos, antes de que Carl rompiera su compromiso. Prometido, casa grande, ahora su sala... había sacrificado mucho por el bien de los juguetes.

Y, sin embargo, cuando miraba a su alrededor el caos de colores primarios, no se arrepentía en lo más mínimo. Bueno, de haber tenido que sacrificar la sala. Carl, por otro lado...

Lamentaba que él no hubiera sido el hombre que ella pensaba.

El timbre sonó y Jenna hizo una mueca. Jason sabía que no debía tocar el timbre.

Escuchó al pie de las escaleras, pero no se oyó ni un pío de Trevor. Gracias a Dios.

Corrió hacia la puerta y la abrió, totalmente preparada para recordarle a Jason exactamente por qué no debía tocar el timbre, pero Jason no estaba allí.

Era un hombre. O más bien, era *el* hombre. El del supermercado. Reconocería esa complexión, y ese delicioso aroma a jabón y a él, en cualquier parte. Y la gorra de béisbol, también.

—¿Puedo ayudarlo?

El hombre la recorrió con la mirada. No es que pudiera decirlo, ya que sus ojos estaban cubiertos por sus lentes de sol, pero fue más una sensación. Cada parte de ella hormigueó mientras la examinaba.

Eso era ridículo. No podía verle los ojos, así que ¿cómo iba a saber cuándo llegaban a una parte de su cuerpo?

¿Y qué hacía ella siquiera pensando en eso en primer lugar?

Y, más importante, ¿qué hacía él mirando?

—¿Necesita algo? Tengo un estudiante que llega en menos de diez minutos, así que va a tener que ser rápido.

—¿Da clases? Eso sí que es una sorpresa. —Su voz flotaba en algún lugar por encima del bajo pero por debajo del tenor, y vibró a lo largo de su columna vertebral como una orquesta. No necesitaba mirarla para llamar su atención.

La forma en que llenaba su camiseta *mantuvo* su atención.

¡Ay, por el amor de Dios! Ya no tenía dieciséis años. Era una madre y tenía un cliente a punto de llegar, así que el Sr. Alto, Moreno y Guapo necesitaba apurarse e irse. —¿Disculpe, qué dijo?

—¿Cuál es su tarifa?

¿Quería que le diera clases a su hijo? Una forma un poco grosera de preguntar. Pero le vendría bien el dinero, así que a buen hambre no hay pan duro. No en esta casa.

—Cuarenta dólares la hora. —Competitivo, pero no impagable.

—¿*Cuánto*? —Obviamente, él no estaba de acuerdo—. ¿Está bromeando? ¿Cuarenta dólares? —Negó con la cabeza—. Señorita, necesita tener algo de dignidad.

—Mire... Señor. Cumplo con todos los estándares que el estado requiere. No puedo garantizar resultados, pero mis clientes me han recomendado a sus amigos, así que algo debo de estar haciendo bien. —La camioneta de Jason se detuvo junto a la acera—. Mire, tengo que irme. —Tomó una de sus tarjetas del estante de las llaves junto a la puerta—. Aquí. Tómela, piénselo y llámeme. Podemos llegar a un acuerdo.

—Hola, Sra. C. ¿Todo bien? —Jason le hizo el saludo de rigor con la barbilla al tipo Alto, Moreno y Sombrío mientras subía los escalones hacia el porche, la madera desgastada crujiendo bajo el músculo de un chico de diecisiete años que no apostaba su futuro a una beca de fútbol, pero que definitivamente trabajaba para lograr ese objetivo.

—Todo bien, Jason. ¿Listo para tu clase? —Se hizo a un lado para dejar entrar a Jason, luego le dedicó una sonrisa al hombre—. Espero hablar con usted. —Empezó a cerrar la puerta.

El tipo la golpeó con una mano, deteniendo su impulso de manera efectiva, y con la otra mano la agarró del brazo. —¿Qué está haciendo? ¡Ese chico no tiene ni dieciocho años!

La mitad de sus sentidos registraron la ira en su voz; la otra mitad registró algo completamente diferente.

Su piel... *chisporroteó* donde se encontró con la de él. Chisporroteó. Le sorprendió no oír el siseo y el chisporroteo ni oler a humo, pero aquello era definitivamente fuego entre ellos.

—Mire... —echó un vistazo a la tarjeta que sostenía en la mano apoyada en la puerta—. Sra. Corrigan. No puede simplemente invitar a un menor a su casa sin que nadie lo sepa.

Jenna sacudió la cabeza, tratando de recuperar la concentración. No necesitaba sentirse atraída por este tipo, especialmente con su comportamiento errático. Se soltó del agarre de un tirón y él casi se tambaleó hacia dentro de la casa. —Sus padres saben dónde está. ¿Por qué no lo sabrían? Ellos están pagando la cuenta.

Jason asomó la cabeza desde la oficina. —¿Hay algún problema, Sra. C.?

Jenna arqueó una ceja hacia el visitante. —No, no hay ningún problema, Jason. Ya voy. ¿Por qué no vas preparando todo? Este caballero ya se iba.

Y se aseguró de que así fuera cerrando firmemente la puerta en esa cara preciosa.

Bryan pensó que nada podría golpearlo más fuerte que ver a un niño que posiblemente podría ser su hijo en el pasillo del supermercado en su ciudad natal.

Vaya que estaba equivocado.

Ella, esta Jenna Corrigan, estaba recibiendo clientes —¡menores de edad! — en su casa. Donde estaba su hijo. Y no había manera de que nadie lo convenciera de que ese *cliente* estaba allí para hacer algo que no fuera pasar el rato con la instructora; había visto el interés en los ojos del chico. Lujuria carnal, puramente masculina. Ese chico estaba aquí por una sola razón y sí, tenía que ver con desnudarse. Pero no como una opción profesional.

¿En qué estaba pensando? ¿En qué estaban pensando los *padres* del chico?

Bryan sabía en qué estaba pensando el *chico*. Diablos, si él hubiera tenido la oportunidad con alguien que se pareciera a ella cuando tenía diecisiete años...

¿Qué demonios le pasaba? Era una prostituta cara —o, a cuarenta dólares la hora, una bastante barata.

Y a ella le parecía que estaba bien.

Bryan miró su tarjeta. *Jenna Corrigan, con Instrucción Privada*. Por Dios, ni siquiera se *molestaba* en intentar ocultar lo que estaba haciendo.

Tenía que ir a la policía. Tenía que hacerlo. Era un ciudadano honesto. Uno preocupado. Había oído hablar de amas de casa suburbanas que se prostituían en sus casas con cercas blancas; solo que nunca lo había creído de verdad.

¿Y con chicos menores de edad? ¿Y nadie armando un escándalo? ¿Los padres del chico incluso *pagando* por ello? ¿A dónde iba a parar el mundo?

Bryan logró bajar del porche sin romperse el cuello, pero todavía estaba atónito cuando llegó a su camioneta. Claro, la economía había sido dura para todos y tal vez un bebé le había pasado factura a su figura de *stripper* —aunque por lo que había visto, no mucho—, ¿pero prostitución? ¿Y con su hijo en la casa? ¿*Su* hijo?

Bryan se alejó de la acera, memorizando la matrícula de la camioneta. Si los padres del chico no iban a hacer nada al respecto —no, olvídalo, porque *sí* estaban haciendo algo, pero nada de lo que hubiera oído antes—, tenía que denunciarla y salvar a ese niño de ser criado en ese tipo de ambiente.

Si Trevor *era* su hijo, sería más fácil obtener la custodia.

Capítulo Tres

—Oiga, ¿señorita C.? —Jason hizo un redoble de bongós en la pared de su oficina—. ¿Viene?

—Eh, sí. —Jenna dejó de mirar al hombre que había puesto su mundo de cabeza con solo un toque de su mano.

Sacudió la cabeza. *Contrólate.* Tenía un trabajo que hacer, un niño que cuidar y cuentas que pagar. Fantasear con un tipo guapísimo con serios problemas de actitud no contribuía a ninguna de esas cosas. Además, existía la clara posibilidad de que lo viera de nuevo.

La próxima vez se fijaría si llevaba anillo.

Jenna cerró la puerta y volvió a comprobar la cerradura por segunda vez. A veces, ella y Jason se enfrascaban tanto en su trabajo que no quería arriesgarse a que Trevor se despertara de la siesta e intentara salir sin que ella se diera cuenta. No es que lo hubiera hecho nunca, pero había oído historias de amigos cuyos hijos se habían escapado para jugar con su mejor amigo y eran demasiado pequeños para acordarse de avisar a sus padres. Ese no era un susto por el que quisiera pasar. El de hoy era suficiente. Le había dado la espalda un segundo y él había desaparecido al doblar la punta de un estante.

Jason se puso de pie cuando ella entró en la oficina.

—¿Quién era ese tipo, señorita C.?

Jenna se encogió de hombros.

—No tengo ni idea. Necesita un tutor, así que supongo que ya lo averiguaré.

—¿La estaba molestando? Yo podría, ya sabe... —Jason se tronó los nudillos—. Tener una charla con él por usted.

Jenna ocultó su diversión. Jason nunca había sido tan explícito con su enamoramiento.

—No sé quién es, pero estoy bien. No hay necesidad de recurrir a la violencia. Supongo que no era consciente de lo que cuesta la ayuda extra. No como usted, ¿verdad?

Tenía que reconocerle el mérito al adolescente. La dislexia hacía que las tareas escolares fueran mucho más difíciles, y él podría haberse conformado con sus laureles de fútbol americano, pero Jason tenía sueños. Grandes sueños. Lo suficiente como para prometer a sus padres que les devolvería hasta el último centavo de lo que le estaban pagando a ella si no le iba lo suficientemente bien en los SAT para calificar para la admisión temprana.

Sin presiones, claro. Para ambos.

—Creo que por fin le agarré la mano a los problemas de matemáticas, señorita C. —Jason esperó a que ella se sentara. Caballeroso, pero esperaba que su enamoramiento no se convirtiera en un problema. La visita del señor Alto, Moreno y Guapísimo había abierto unas compuertas de feromonas que no habían sido engrasadas en mucho tiempo.

—Genial, Jason. El último obstáculo superado en nuestra última sesión. Estoy segura de que le irá bien en los SAT.

—Sí, bueno, excepto por los ensayos. No creo que vaya a sacar adelante esa parte.

Y ahí se fueron las feromonas, reemplazadas por las semillas de la duda. Había oído ese mismo sentimiento de tantos chicos. Los que acudían a ella solían estar a punto de reprobar, si no es que ya lo estaban. Tan atrasados que ponerse al día no parecía factible.

Mindy había sido así.

Jenna sacudió la cabeza. No podía pensar en Mindy. Había querido a su hermana pequeña, pero era más que consciente de las malas decisiones que Mindy había tomado en su vida. Por eso ahora tenía a un niño de tres años y medio durmiendo en el piso de arriba.

No es que Trevor fuera una mala decisión. De hecho, la mejor decisión que Mindy había tomado fue quedarse con el bebé. La segunda mejor fue cedérselo cuando lo inevitable había comenzado.

Mindy había intentado compensar todos sus errores. Alocada e irresponsable, malas decisiones... aun así, tenía un buen corazón.

Si tan solo Jenna hubiera podido hacerle ver a su madre eso, al menos tendría a un miembro de la familia —y, tristemente, el único que le quedaba— de su lado, pero el tema de Trevor siempre sacaba a relucir el propio «error» de Jenna cuando tenía diecisiete años.

Se acarició el vientre, recordando lo que había sentido durante aquellos tres meses antes de que la naturaleza y un conductor ebrio hicieran desaparecer la deshonra de Ellen. Ese dolor todavía estaba a flor de piel. Claro, quedar embarazada en la preparatoria no había sido la mejor idea, pero eso no significaba que no lamentara la pérdida. Entonces y ahora.

—...los ensayos. ¿Verdad?

Jenna sacudió la cabeza.

—Lo siento, Jason, ¿qué dijo?

Tenía que concentrarse. Jason le estaba pagando por su tiempo, no por sus dolorosos recuerdos.

—Dije que es una lástima que no haya números en los ensayos.

Jenna se contuvo antes de apretarle la mano. Por muy inseguro y preocupado que estuviera, Jason estaba al borde de la hombría. No tenía sentido buscarse problemas. Se conformó con un golpecito rápido en la mesa con la goma de borrar de su lápiz.

—Cierto. Pero puede hacerlo. Solo use las estrategias en las que hemos trabajado. Mire lo bien que le ha ido en Composición de Inglés de esa manera. Superará la parte del ensayo del examen.

Jason sonrió, una sonrisa perezosa, de «tengo el mundo en mis manos» que, doce años atrás, habría hecho que su corazón de adolescente palpitara. De hecho, lo había hecho, gracias a Dave Miller. Y *para nada gracias* a Dave Miller, ese mismo corazón se había roto aquella horrible mañana en que él y la vida la noquearon con un uno-dos, destruyendo sus esperanzas, su corazón y la mayor parte de su familia. Sus propias sonrisas se habían tomado un descanso hasta que Trevor llegó a su vida.

Jenna tomó el cuaderno de Jason donde habían practicado los ejercicios de escritura. Tener a Trevor hacía que todo valiera la pena. Por eso no lo había dejado por Carl. Por eso no lo iba a dejar por nadie. El próximo hombre en su vida tendría que amarlos a ella *y* a su hijo.

O no sería el hombre para ella.

* * *

El sargento de policía no paraba de reír. Tampoco el ayudante, los dos tipos que hacían trabajo de oficina en la esquina ni la operadora. Incluso el repartidor de pizza del almuerzo contribuyó con un par de risitas.

Pero a Bryan no le hacía ninguna gracia.

—¿Así que cree que Jenna Corrigan dirige un prostíbulo en su casa? —El sargento Benton soltó un fuerte «¡jua!» y se dobló de la risa.

—Mire, Sargento, sé lo que vi. —Bryan intentó mantener la voz firme—. Incluso me dijo cuánto cobra.

Eso detuvo las risas. Los ojos de Benton se entrecerraron.

—¿Le hizo una proposición?

—Sí... no. Por supuesto que no. Ella empezó a decirme lo que hacía y yo me quedé como usted; no podía creerlo. Tuve que preguntar cuánto cobraba. Simplemente se me escapó.

—Le diré lo que se le ha escapado, Lassiter. —El sargento acercó su silla al escritorio, apoyó el codo en él y apuntó con un dedo a la cabeza de Bryan—. El cerebro. Recibió demasiados golpes en la cabeza jugando fútbol americano universitario. Menos mal que nunca jugó como profesional. Conocí al padre de Jenna toda mi vida. Esa chica no se anda prostituyendo.

Bryan contuvo su temperamento. El hijo de Sam Benton, Matt, había sido el mariscal de campo suplente durante los cuatro años de preparatoria cuando Bryan era el titular; había mucho resentimiento allí. Siempre lo hubo. Debería haber sabido que no llegaría a ninguna parte con Sam. Y ni siquiera había *mencionado* a Trevor todavía.

—Y quizás debería pensar en eso de que el burro habla de orejas. Después de todo, *sabemos que* usted está vendiendo material obsceno. No es quién para hablar.

Más contención de temperamento. Él *no* estaba vendiendo material obsceno. Las bailarinas estaban bien entrenadas. Sexis sin llegar a lo lascivo. El club tenía estándares, incluyendo no poner a niños de cuatro años en la línea de fuego sexual.

Hablando de eso... Bryan revisó su celular. Iba a llegar tarde a esa reunión con Gage y el tipo que era dueño de la propiedad contigua al club si no se apuraba. A la prometida de Gage se le había ocurrido la idea de tener bailarines tanto hombres como mujeres, lo que no solo había acabado con las acusaciones de sexismo de algunos habitantes del pueblo, sino que había duplicado la demografía del club. Ahora tenían parejas que iban en sus noches de cita, y el dinero realmente estaba empezando a llegar, así que necesitaban más espacio.

Tal vez *él* debería contratar a Jenna. Para mantenerla alejada de las calles, por así decirlo. Al menos, así, podría vigilarla.

Y tal vez una mano o dos, solo para recordar cómo se había sentido esa noche... —

Sí, claro, eso no iba a pasar.

—¿Así que me está diciendo que no me cree?

El sargento se reclinó en su silla y estiró la cinturilla de sus pantalones de uniforme anodinos.

—Así es, hijo. Puede que sea un genio en el campo de fútbol americano, pero cuando se trata de Jenna Corrigan, es más tonto que una piedra. Jenna se prostituye tanto como yo.

Con la barriga cervecera del sargento precediendo al resto de su cuerpo por un buen medio metro, esa declaración fue recibida con más risas.

A Bryan no le gustaba que se rieran de él.

Se puso de pie, sabiendo que su tamaño era intimidante, y para rematar, clavó un dedo en el escritorio frente al sargento.

—Mire, sargento, soy un ciudadano preocupado. Sé lo que vi y oí, y lo denuncié. Tiene que investigar.

El sargento levantó una ceja.

—Yo no le digo cómo hacer su trabajo, Lassiter, no me diga cómo hacer el mío. Seguiré el procedimiento, como siempre. Pero no tengo que estar encantado de hacerle saber a Jenna que hay un loco suelto en este pueblo.

A ver qué tan loco pensaba el sargento que estaba después de interrogar al chico que estaba en casa de Jenna en este preciso momento.

Una imagen de ese joven, todo sudoroso y cachondo, mirando lascivamente a Jenna, le revolvió el estómago a Bryan. Dios. *No* estaba celoso de un chico de preparatoria.

Por supuesto que no; estaba preocupado por Trevor. De eso se trataba. De su hijo. Su posible hijo.

No. Trevor *era* suyo. Lo *sabía*; solo que no sabía *cómo* Trevor era su hijo. Se habría acordado de haberse acostado con Jenna. Ella era exactamente el tipo de mujer que le gustaba, bueno, excepto por la parte de ser estríper. Sí, era un doble estándar, pero Bryan no compartía. Nunca lo había hecho. Nunca lo había necesitado. Siempre había tenido a las mujeres que quería, y el hecho de haber podido elegir no significaba que se hubiera atiborrado hasta el punto de no poder recordar algo tan íntimo como hacer el amor con ellas.

Vaya *idea*. Jenna, debajo de él, toda caliente, sudorosa y retorciéndose y...

Mierda. Bryan se metió las manos en los bolsillos para ocultar su creciente erección. Necesitaba salir de la estación de policía o Benton pensaría que *él* era el que necesitaba ser investigado.

Capítulo Cuatro

—¡Hola, Jenna! —El sargento Benton se agarró de la baranda al llegar al tercer escalón del porche. Toda una mejora. Normalmente, se agarraba en el primero. Su dieta debía de estar funcionando.

Jenna bajó la regadera. El olmo de los Mellors protegía a las impatiens de la mayor parte del daño del sol. Las flores podían esperar un poco más.

—Hola, Sarge. —«Sarge» era como lo llamaba desde que Trevor había empezado a hablar. Era lo más parecido que había logrado pronunciar y a Sarge no le había molestado—. ¿Qué puedo hacer por ti? Le preparé yogur y manzanas a Trevor. ¿Quieres un poco? —El engaño era su contribución a la dieta de él cada vez que pasaba a visitarla, lo cual, desde que ella había regresado, era bastante frecuente y directamente atribuible a Trevor. A menudo se había preguntado si uno de los hijos de Sarge podría ser el padre de Trevor.

Pero no había preguntado. No quería saberlo.

—¿Ya se levantó?

—Todavía no. Me costó mucho trabajo que se durmiera, así que no pensé que estuviera tan cansado. Pero bueno, con los niños nunca se sabe.

—No solo con los niños.

—¿Qué?

Sarge negó con la cabeza. —Nada. Te acepto un bocadillo, si no te molesta.

Jenna mantuvo abierta la puerta mosquitera e indicó el interior con un gesto de la mano. —Con mucho gusto.

Sarge, sin embargo, era de la vieja escuela. Su gesto fue más amplio que el de ella, involucrando todo el brazo. —Después de ti.

¿Cómo podría resistirse? Jenna lo condujo a su cocina, la habitación de la que estaba más orgullosa en toda la casa. El lugar apenas era habitable cuando la compró; la razón principal por la que había podido permitírsela. Alquilada durante doce años, la casa había estado pidiendo a gritos amor y atención, dos cosas que a Jenna le sobraban.

Menos mal, porque muchas veces tuvieron que ir más allá de lo que permitía su cuenta bancaria.

—¿Té helado o limonada? —Tiró de la pesada puerta del antiguo refrigerador Philco. Había sido demasiado pesado para moverlo cuando compró la casa. Nunca había visto uno, así que cuando el tipo que vino a llevárselo le dijo cuánto valía, lo contrató para que lo arreglara. Esa había sido su primera inversión monetaria en la casa, aparte de la casa misma, y había definido el estilo de la cocina.

Ahora, de un rojo brillante, era el complemento perfecto del piso de baldosas de tablero de ajedrez en blanco y negro que ella había colocado; y de los gabinetes y electrodomésticos blancos bajo la pared de ventanas que ella había raspado, lijado, vuelto a esmaltar y pintado. Un juego de mesa y sillas retro cromadas que había conseguido en una venta de garaje y restregado con lana de acero estaba pegado a la pared interior. El vinilo rojo de los asientos hacía juego con la cenefa de guinga sobre las ventanas. Estantes llenos de botellas y jarrones de vidrio blanco lechoso que habían decorado las encimeras hasta que Trevor empezó a caminar ahora llenaban la repisa que rodeaba la parte superior de las paredes de casi tres metros.

—El té helado está bien. —Sarge se sentó en la cabecera de la mesa, el mejor lugar para ver la cara de Trevor cuando entrara por la puerta. Sarge y su esposa, Beverly, tenían dos hijos mayores, pero ninguno tenía hijos. Debido a la amistad de los Benton con su padre (y el de Mindy), eran lo más parecido a unos abuelos que Trevor tenía desde que la madre de Mindy había muerto, y él lo más parecido a un nieto para ellos.

—¿Yogur? —volvió a tirar y la pesada puerta se abrió.

—¿Tienes alguno con arándanos? Las semillas de fresa se me quedan entre los dientes.

Jenna rebuscó entre las torres que a Trevor le gustaba hacer con su bocadillo favorito en el estante de abajo. No había lógica ni razón por la que hiciera sus pilas asimétricas como lo hacía, pero ya habría tiempo para la organización más adelante en la vida.

—No hay de arándanos. Aunque tengo de vainilla sola. Puedo añadirle unas rodajas de plátano, si quieres.

El sargento le hizo un gesto para que le pasara el vasito de yogur. —No te tomes la molestia. Me lo tomaré así. Ven, siéntate. —Deslizó la silla a su lado hacia afuera con el pie.

—Gracias, pero tengo que empezar a preparar la cena. Trevor quiere ravioles esta noche y debería descongelar la carne molida para las albóndigas.

—Jenna, por favor. Siéntate.

Sarge no había usado ese tono con ella desde aquella horrible tarde en el hospital, cuando ella había salido de la cirugía y su padre no.

Buscó a tientas el respaldo de la silla más cercana. La de Trevor. Pero no le importó. No creía que sus piernas la llevaran al otro lado de la mesa. —¿Q-qué pasa?

Oh, Dios. ¿Qué era? ¿Beverly? ¿Sarge?

—Tuve una queja hoy. En la comisaría.

—¿Una queja?

Él asintió. —Sobre ti.

—¿Sobre mí? —Eso sí que no tenía ningún sentido. ¿Quién podría quejarse de ella? Después del escándalo que había creado en la preparatoria, llamar la atención era *lo último* que hacía hoy en día.

—Sí. Alguien piensa que estás, eh... —Sarge se frotó la nuca. Esa parte, y el resto de su cara, se pusieron más rojos que cualquier fresa.

—¿Piensa que estoy qué?

Chasqueó los labios, la miró, luego juntó las manos sobre la mesa y las observó fijamente. —Alguien piensa que tienes un... burdel. Aquí. En tu casa.

Esa no la había visto venir. ¿Un burdel? Una casa de... —¿Alguien piensa que soy prostituta?

Sarge negó con la cabeza. —Lo sé. Yo tampoco puedo creerlo.

—¿Por eso estás aquí? ¿Para averiguar si lo soy? ¿De verdad? ¿No le dijiste simplemente a la metiche desocupada que se ocupara de sus propios asuntos?

¿O es que Sarge de verdad pensaba...?

Demonios. ¿Un error en su pasado y hasta Sarge estaba dispuesto a pensar *eso* de ella?

Nunca debió haber vuelto. Debería haberse quedado donde estaba y construir su vida allí, sin esperar nunca nada de su madre, porque de todos modos la mujer no era capaz de darlo.

—¿Quién fue?

Sarge la miró con aire avergonzado. —No puedo decírtelo.

—¿Ah, no? ¿Pero alguien con más tiempo que cerebro puede acusarme de eso y tú tienes que venir a interrumpir mi día? No puedo creerlo.

Golpeó la mesa con las palmas de las manos y se puso de pie. Dios, ¿cuándo terminaría? ¿No había pagado ya suficiente por ese único error? Ya era bastante malo que Dave la hubiera dejado —y la hubiera acusado de acostarse con otro—, pero luego perder a su bebé el mismo día *y* a su padre... Y ahora esto.

Jenna caminó hasta el fregadero y apoyó las manos en el borde frío de la porcelana. Miró por la ventana, directamente hacia el porche enrejado de los Mellors. ¿La habían acusado *ellos*? Tenían el punto de observación perfecto para ver a todos los adolescentes que entraban y salían de su casa, pero, por el amor de Dios, eran *adolescentes*.

Bajó la cabeza. Dios, qué desastre. Y ahora Trevor crecería con la insinuación...

—Si te sirve de algo —dijo Sarge—, no es uno de los vecinos. Y él no es quién para hablar. Pero tenía que hacer mi trabajo. Lo entiendes, ¿verdad?

Oh, sí que lo entendía.

Él.

El tipo que había estado en su porche hacía dos horas cuando apareció Jason...

Oh, no. *Cuarenta dólares la hora.*

Y los padres de Jason pagándole a ella...

Los hombros de Jenna empezaron a temblar. Cuarenta dólares. Con razón le había dicho que debería tener algo de criterio.

—¿Jen? Cariño, no llores. Le dije que estaba loco. Pero tenía que hacer algo, ya que fue a la comisaría...

Se dio la vuelta bruscamente. —¿Otras personas saben de esto? —Un error cómico era una cosa, pero el chisme y el ridículo público eran algo completamente distinto.

—Todos los demás también le dijeron que era una tontería. No te preocupes. Te cubrimos la espalda. —Sarge buscó algo en su bolsillo, la pata de la silla rozó la baldosa mientras se apartaba de la mesa—. Pero, para que conste, sí necesito pedirte que declares qué es lo que haces aquí.

Abrió la libreta de espiral y se lamió la punta del lápiz.

Ella pensaba que solo los detectives de novelas baratas mordisqueaban la punta de sus lápices, pero al parecer había algo que decir sobre los pueblos pequeños y sus viejas costumbres.

Lamentablemente, no se podía decir tanto de los molinos de chismes de los pueblos pequeños. Fuera o no culpable de las afirmaciones del señor Alto, Moreno e Idiota, el hecho de que las hubiera hecho —y de que Sarge hubiera tenido que «investigar»— iba a lanzar su nombre por todos los clubes de mahjong y bridge hasta el próximo escándalo.

Respiró hondo. *Esto también pasará.* Tenía que quedarse aquí por Trevor. No podía huir como lo había hecho antes. Este era el único hogar que él conocía. Tenía un buen trabajo donde podía tenerlo en el campus con ella y poder pagar su casa. Sus amigos de la infancia, los que no se habían ido, estaban aquí y, lo más importante, los recuerdos de su padre y su hermana.

—Está bien, Sarge, para que conste, no, no estoy manejando una casa de mala reputación en mi hogar. Tengo un negocio de tutorías. Todo está en regla. Pago mis impuestos, tengo un permiso especial del municipio, hago publicidad y me pagan por ayudar a los chicos a mejorar sus calificaciones. Puedo proporcionar testimonios si los necesitas.

Sarge le puso un punto a una *i* en su libreta y luego la cerró. La deslizó junto con el trozo de lápiz en el bolsillo de su pecho. —No será necesario, Jenna. Estamos bien. Solo tengo que presentar el informe oficial y todos podremos olvidarnos de esto.

Qué fácil para él decirlo. Ella no iba a olvidarlo...

Ni al hombre que la había puesto de nuevo en el radar de los chismes del pueblo.

Capítulo Cinco

Bryan pasó manejando de nuevo por la casa de ella de camino a su reunión con Gage. Sí, le desviaba del camino, pero no podía, en buena conciencia, dejar a ese chico en la casa de su hijo.

Por suerte, la camioneta destartalada ya no estaba. Bien. Lo último que necesitaba era a un mocoso hormonal tratando de superarlo en testosterona.

Se estacionó junto a la acera de enfrente, dos casas más allá. Era una calle agradable. Acogedora. Casas victorianas, cercas de estacas, grandes árboles viejos, perfectos para trepar o construir fuertes. Su papá les había hecho el escondite perfecto para él y Kyle antes de morir. Bryan había planeado hacer lo mismo para sus hijos algún día.

No había mejor momento que el presente.

Abrió la puerta, a punto de bajar a la calle cuando *ella* apareció en el porche delantero.

Jenna Corrigan. Bryan volvió a cerrar la puerta y se giró en el asiento. Apoyando el antebrazo derecho en el volante, jugueteó con la tarjeta de presentación de ella. Beige con letras marrones. *Todas sus necesidades de instrucción.* De lo más inofensiva. No revelaba nada. Perfecta para evaluar a la clientela antes de aceptar cualquier encargo no deseado.

¿Cómo diablos había pasado la prueba ese chico musculoso?

Bryan resopló. ¿Acaso necesitaba preguntar? Ella andaba entre los veintitantos y los treinta y pocos; el chico apenas estaba entrando en su apogeo sexual. Bryan no era un genio de las matemáticas, pero la ecuación era bastante fácil de resolver.

Era la participación de los padres lo que lo desconcertaba. ¿Los padres del chico de verdad estaban *pagando* por eso? ¡Dios! Su papá había muerto cuando él tenía catorce años y, aunque Henry Lassiter había sido un gran padre, no se imaginaba a papá siendo *tan* progresista.

Jenna le quitó unas flores marchitas a una de las macetas colgantes y la blusa se le salió de la cintura. Una piel bronceada y tonificada se asomó ante él.

Claro que lo estaría. Todo ese baile y otros, eh, aeróbicos la mantendrían en forma. Tal vez no en forma de estríper, pero...

¿A quién diablos estaba engañando? *Ese* era el cuerpo de una estríper. La mujer estaba perfectamente proporcionada... con énfasis en *perfecta*.

Bryan se pellizcó el puente de la nariz. No importaba lo perfecto que fuera su cuerpo; eso solo la hacía más inadecuada para criar a su hijo.

Volvió a tomar la manija y tenía la puerta medio abierta cuando el sargento Benton se reunió con ella en el porche.

Bien. El policía estaba haciendo su trabajo.

Bryan entrecerró los ojos, tratando de verle la cara, preparándose para las lágrimas que probablemente vería. Era su propia culpa. Si no estuviera haciendo algo ilegal, no tendría ninguna razón para...

...sonreírle al sargento Benton.

Tampoco debería estar *abrazando* al tipo.

Mierda. ¿Así que *de eso* se trataba? Con razón el policía no quería que nadie la denunciara.

Demonios. Esto se acababa de complicar más.

Bryan se puso las gafas de sol y pisó el pavimento en cuanto el auto del sargento dobló la esquina. Corrió a través de la calle, subiendo los cuatro escalones del porche de dos en dos.

La sonrisa que le había dedicado a Benton desapareció cuando ella se dio la vuelta y lo vio, pero solo por un instante. Luego se puso otra, pero no le llegaba a los ojos.

Claro, él no le estaba pagando ni dándole sobornos ni haciéndose el de la vista gorda ni lo que fuera que el viejo sargento le diera a cambio de una de esas sonrisas... y tal vez mucho más.

Bryan se permitió echarle un rápido vistazo.

—Has vuelto. —El hielo en su voz cuando respondió le dijo que no estaba encantada con el hecho—. ¿Hay algo que pueda hacer por ti?

Si tan solo supiera. —De hecho, sí. Lo hay. —Sostuvo la tarjeta de presentación de ella entre sus dos primeros dedos—. Esto. Me gustaría contratarte.

Ella arqueó una ceja delicada. —Ah, sí.

No era una pregunta. Como si lo hubiera esperado. Pero si Benton le hubiera dicho de qué la había acusado él, no habría estado sonriendo cuando el policía se fue.

A menos que los dos estuvieran tramando algo.

Bryan se aclaró la garganta. ¿Teorías de conspiración? Primero veía hijos que no conocía y ahora esto. Se estaba volviendo paranoico. Ella le había dado su tarjeta; por supuesto que no era una sorpresa que él hubiera vuelto. El sargento era un profesional; no habría soltado prenda sobre lo que estaba investigando y de ninguna manera le habría dicho quién la había acusado.

—Sí, quiero contratarte. —Era la primera vez en su vida que contrataba a una prostituta. Se pasó una mano por el pelo. Aunque la estaba contratando, no era para lo que ella pensaba... no para lo que nadie pensaría. Lo *último* que haría sería aprovecharse de aquello por lo que estaba pagando. No si quería que los cargos en su contra se mantuvieran en un tribunal... sin que a él lo metieran a la cárcel.

—¿Estás seguro de que mis *estándares* están a la altura de los tuyos? Digo, ya que los tengo tan bajos. —Se agachó para tomar la regadera, dándole un rápido vistazo por el cuello de la blusa.

¿A propósito? Tal vez así era como negociaba. Darles a los clientes una pequeña muestra, dejarles ver lo que obtendrían...

—¿Cuánto por el resto del verano?

Se enderezó lentamente, la regadera todavía en el porche. Sus ojos se entrecerraron.

¿Estaba calculando su tarifa por hora? Cuarenta horas a cuarenta dólares cada una... no era una mala cantidad semanal para un trabajo normal. ¿Pero para el suyo?

Oigan, a Bryan le gustaba el sexo tanto como al que más —algunos decían que incluso más—, pero querría mucho más de cuarenta dólares la hora por hacerlo a tiempo completo.

Ni siquiera creía que *pudiera* hacerlo a tiempo completo.

Pero entonces ella ladeó la cadera y lo miró por debajo de las pestañas, haciéndole reconsiderar ese último pensamiento. Su cuerpo definitivamente estaba dispuesto a intentarlo.

Una lástima que no recordara haber estado con ella. Esa noche había sido una gran neblina infundida de vodka.

—No trabajo a tiempo completo en el verano. Tengo un hijo que cuidar.

—Te pagaré para que estés disponible veinticuatro siete. ¿Cuánto vale eso para ti?

Esta vez sí vio los engranajes girando en su cabeza y los signos de dólar en sus ojos como si su cara fuera una máquina tragamonedas. Una máquina tragamonedas bonita, pero una al fin y al cabo.

—No puedes pagarlo.

—Deja que yo juzgue eso. —Se cruzó de brazos—. ¿Cuánto?

—Si nos basamos en mi tarifa por hora...

—¿Cuánto?

Se mordisqueó el labio. —Diez mil.

—Hecho. —Se llevaría la mayor parte del retorno de inversión que acababa de recibir de BeefCake, Inc., pero habría pagado el doble. Conseguir que dejara de prostituirse valía diez mil; que ella tomara el dinero y él lo usara en su contra en una batalla por la custodia no tenía precio.

—Quiero efectivo.

Por supuesto que sí. Y él exigiría un recibo. —Bien.

—Todo. Por adelantado.

Al menos era una mujer de negocios astuta. Debería alegrarse de que su contribución al ADN de su hijo fuera más que solo una cara bonita.

—No hay problema. Volveré mañana. —Le tendió la mano. Después de todo, era un trato de negocios.

Pero el contacto de su piel con la de él se sintió tan lejos de los negocios como era posible. Casi le hizo desear *ir* a recibir lo que su dinero compraba.

Ella tiró, pero Bryan no la soltó. De hecho, le sujetó la mano con más fuerza. La atrajo *a ella* hacia él. Tan cerca que pudo oler el aroma de las flores adherido a su cabello y ver sus ojos —azules, no grises— ensancharse. Tan cerca que pensó en acercarse aún más y pasar la lengua por esa linda boca con arco de Cupido que tenía.

¿Cuántos otros ya lo habían hecho?

Cierto.

Bryan se echó hacia atrás, lo suficiente para romper el hechizo que esos labios tenían sobre él. —Y dejemos algo en claro. De ahora en adelante, trabajas para mí, así que no más Jasons. ¿Entendido?

Jenna echó la cabeza hacia atrás y la sonrisa que le dedicó fue definitivamente real. Atravesó por completo esos hermosos ojos azules. Pero no era exactamente amigable.

Esta vez, fue *ella* quien dio un paso más cerca. Hasta que sus nudillos tocaron sus abdominales, y los de él, los de ella. —*Yo* lo entiendo. Pero *tú* necesitas entender algo. Yo no trabajo *para* ti. Trabajo para mí y para mi hijo. Estoy *empleada* por ti. Hay una diferencia y es una muy grande. —Le dio un empujoncito en el estómago—. Que no se *te* olvide *eso.*

Oh, no lo haría. Así como no podría olvidar que él había ofrecido —y ella había aceptado— dinero por sexo. Y, ¿saben qué? Incluso si no planeaba cobrarlo, ella se lo debía.

Un beso debería bastar.

Un segundo Jenna se había estado regodeando por haberle tomado el pelo a este tipo, y al siguiente estaba tan hundida que no podía ver la luz del día.

¿Quién besaba así?

Él tenía el físico de un atleta profesional, todo músculo duro y marcado, y se alzaba sobre ella con una intensidad contenida. Dedos fuertes se enredaron en sus rizos, sus grandes manos acunándole la cabeza. Unos labios que se sentían como el cielo sobre los de ella. Solo un pequeño mordisco. Incluso revoloteante. Pero enviaron un disparo directo a su centro, un fuego que ardía a lo largo de cada terminación nerviosa que poseía.

Él cambió ligeramente el ángulo de su cabeza, pero, oh, fue suficiente para subir ese fuego unos cuantos miles de grados. Sus labios presionaron más firmemente contra los de ella y supo, en los recovecos lejanos... traseros... tenues de su cerebro que esto no era una buena idea, pero por más que quisiera no podía detenerlo.

No es que se esforzara mucho.

Había pasado mucho tiempo desde que Carl se había ido. Más tiempo aún desde que Carl la había besado así... de hecho, Carl *nunca* la había besado así.

El Señor Guapo la apretó contra la barandilla del porche, cambiando el ángulo y la presión y la suavidad y lo que fuera que la recorría como una corriente eléctrica, y Jenna se dio cuenta de que *nadie* la había besado así. Nunca.

Cuando la besó una vez más, con un poco más de presión, un poco más insistente, Jenna se dio cuenta de que ni siquiera sabía su nombre.

Entonces él deslizó la lengua por la unión de sus labios, y ella se dio cuenta de que su propio nombre se estaba convirtiendo en un recuerdo lejano.

Y cuando él movió la mano por su espalda, luego le rodeó la cintura con el brazo, alzándola a la posición *perfecta* para sentir que, oye, no estaba bromeando, ella dejó de darse cuenta de nada, y su cuerpo se puso en piloto automático.

Un más que bienvenido jadeo involuntario cuando las yemas de sus dedos danzaron por la parte superior de su trasero le dio la oportunidad perfecta para deslizar su lengua dentro y saborearla. Lo que le dio a ella la oportunidad perfecta para devolverle el favor, y, vaya, qué bien sabía.

Se inclinó hacia él y eso también se sintió bien. Más que bien. Deslizó sus manos alrededor de él, sintiendo cómo sus oblicuos se tensaban, los músculos de su espalda se contraían, y sus piernas enmarcaban las de ella. Había pasado tanto tiempo desde que había sentido esto. Este deseo. Carnal y ardiente y totalmente inesperado.

De un tipo que pensaba que era una prostituta.

Cuando sus labios se movieron a lo largo de su mandíbula hasta el hueco debajo de su oreja, Jenna se permitió echar humo un poco por lo que él pensaba que era. Por lo que estaba dejando que él pensara que era.

Maldita sea. O sea, vale, él no la conocía, ¿pero una prostituta? ¿En serio? ¿Qué había en ella que le hacía pensar eso?

Su aliento podría tener la temperatura perfecta de *caliente* contra su garganta, pero ese pensamiento fue mejor que un baldazo de agua helada para poner las cosas en perspectiva, y Jenna lo empujó para alejarse.

Pero su brazo solo se apretó más, sus labios se volvieron más insistentes, y la vara contra su abdomen se sacudió. El tipo estaba presumiendo *mucho*.

Diez mil dólares pagan muchas presunciones.

Sus labios descendieron, y a Jenna no le importó lo que diez mil dólares pagaran. No necesitaba más chismes del vecindario arruinando su reputación y costándole su trabajo.

La ira superó su libido —gracias a Dios— y Jenna se liberó de un tirón.

—¿Qué? ¿Quieres el dinero primero? —Sarcasmo, no sorpresa; que cambió rápidamente cuando le abofeteó la mejilla cincelada con un sonoro *¡plas!*

Un gorrión pió desde la rama de un árbol junto al porche, el único otro sonido. Bueno, aparte de su respiración agitada, la pasión —lujuria, atracción, lo que fuera— todavía corriendo por sus venas.

Jenna se dio la vuelta y corrió adentro, cerrando la puerta de un portazo detrás de ella y apoyándose contra ella.

Genial. El ruido probablemente había despertado a Trevor. Otro pecado que le cargaba a ese tipo.

Espió por la ventana lateral. Él todavía estaba allí de pie, una mano frotándose la mejilla, la otra en el pilar que sostenía el techo del porche. Miró a la puerta y Jenna se apartó de la vista de un tirón. No estaba de humor para una confrontación en ese momento.

Eso vendría mañana.

El hombre había aceptado pagarle diez mil dólares por sus servicios. Iba a disfrutar tanto ilustrándolo sobre cuáles eran exactamente esos servicios. *Después* de tomar su dinero, por supuesto.

Se lo devolvería todo. No había necesidad de que la demandara por fraude o lo que fuera que él inventara en su contra cuando supiera la verdad, pero valdría la pena mantener la farsa durante las próximas doce horas más o menos. ¿Llamarla prostituta y denunciarla a la policía sin siquiera preguntarle? Bastardo santurrón; se lo tenía bien merecido.

—Mami, ¿puedo bajar ya? —Justo a tiempo, Trevor la llamó con el nombre que la hacía aún más feliz que imaginar la cara del Guapo cuando le arrojara su dinero mañana.

—Claro que sí, Trev. Ya voy. —Miró por la ventana mientras su nuevo «empleador» se dirigía hacia la acera.

El día de mañana iba a estar lleno de sorpresas.

Capítulo Seis

—¿Así que dejaste que pensara que eres una prostituta? —Cathy, la mejor amiga de Jenna, la tomó del brazo y la arrastró aún más lejos de la mesa de pícnic donde sus hijos jugaban con plastilina. El parque era un lugar mucho más fácil de limpiar, mantenía a los niños ocupados y les daba una dosis de vitamina D que cualquiera de sus casas para su tarde de juegos semanal.

Jenna le dio un golpecito al ala del sombrero de paja que su amiga había llevado cada segundo de cada día en los cinco años desde que le quitaron aquel melanoma. La manta de seguridad de Cathy, pero para Jenna, un recordatorio más de la fugacidad de la vida. Había perdido a demasiada gente. —Sí. Dejé que pensara eso. Y estoy deseando restregárselo en la cara.

—Diez mil. —Cathy negó con la cabeza—. Lo que daría por ver eso.

—Estoy segura de que, en su mente, eso me convertiría en una especie de prostituta para prostitutas si te aceptara dinero por eso.

—O te convertiría en madama —bromeó Cathy.

Se rieron por ello, pero, en realidad, no era gracioso. —¿*Por qué* cree que soy una prostituta, Cath? No dejo de repasar la conversación que tuvimos y lo único que se me ocurre es que debe de estar loco. Jason *estaba* en casa, pero es un niño.

—Un niño guapísimo que está loco por ti.

Cathy había cuidado de sus hijos en el patio trasero de Jenna los días en que Jenna había tenido que programar sesiones fuera de las horas de la siesta. Cada vez que surgía la necesidad, Jenna intentaba programar esas sesiones durante las tardes de juego de Trevor, sabiendo que Cathy tenía tiempo libre del trabajo. De lo contrario, siempre era hacer malabares para mantener a Trevor ocupado mientras trabajaba con sus alumnos. La mayoría de las veces, había tenido que hacer un descuento en la sesión, por lo que la ayuda de Cathy era inestimable. Al igual que su perspectiva ahora.

—Pero no di ninguna señal de que estuviera pasando nada más. Y Jason no paraba de llamarme Srita. C, así que no es que se estuviera tomando demasiadas confianzas.

—¿Ah? ¿O sea que Jason ya te ha llamado Jenna antes?

Jenna suspiró. —No. ¿Puedes dejarlo ya? Jason siempre ha sido respetuoso. Nunca ha cruzado la línea. Incluso se ofreció a «tener unas palabras» con el tipo.

—Oh, oh.

—¿Oh, oh, qué?

—¿Cuándo cumple dieciocho Jason?

—El mes que viene.

Cathy negó con la cabeza. —¿No lo entiendes? Una vez que cumpla dieciocho, será legal. Y tú estás soltera. Y se está poniendo en plan cavernícola protector. Vamos, Jen, saca cuentas.

—Estás siendo ridícula. A Jason le gusto, pero eso es todo. Soy mayor que él y tengo un hijo. No va a querer meterse en eso.

—Él quiere meterse en algo, eso seguro, y al parecer está reconociendo lo mismo en tu tipo Alto, Moreno y Guapo que es asquerosamente rico. Por cierto, ¿cómo se llama el Semental?

—Se me olvidó preguntarle.

—¿Se *te olvidó*?

—No es lo primero que se me pasa por la cabeza cuando está ahí parado arrojando diez mil dólares a mis pies simplemente para acostarse conmigo. — O besándola hasta dejarla sin aliento en el porche de su casa; un pequeño detalle que había omitido contarle a su amiga.

—Si es tan guapo como lo has descrito, creo que tal vez deberías pagarle *tú* a él diez mil. O, por lo menos, tomar los suyos. ¿Y qué si no eres prostituta? Cualquiera podría serlo si el precio es el correcto. Diez mil me suena bien a mí.

—Me acusó de no tener principios. ¡A mí!

—Cariño, no nos desviemos del tema. Diez mil, un tipo guapísimo y sexo. Nada de lo cual tenías antes de ayer. Yo creo que sales ganando por todas partes.

—Excepto por la parte en que todo el mundo en el pueblo va a mirar mi casa como si fuera un burdel. La gente tiene muy buena memoria en este pueblo. —Suspiró y se metió el pelo encrespado detrás de las orejas por décima vez. Y por décima vez, no se quedó en su sitio.

Cathy tamborileó el pie.

—¿Qué? —preguntó Jenna—. ¿Estás diciendo que debería considerarlo?

Cathy se encogió de hombros. —Lo que hagas con tu vida amorosa, o la falta de ella, no es asunto mío.

¿Desde cuándo? —Cathy, me *hizo una proposición*. Me trató como a una prostituta. —Aunque si besaba a todas las prostitutas como la había besado a ella, Cathy tenía razón; esas mujeres deberían pagarle a él.

—¿Y qué? Si lo *fueras*, esperarías que lo hiciera. O sea, esas chicas no están buscando precisamente luces tenues y flores. Es un negocio, de principio a fin.

—¿Pero *por qué* piensa que soy una prostituta? Esa es la parte que me molesta. ¿Qué hice yo? O sea, me lo encontré en el supermercado, e incluso entonces, no fue que *nos* conociéramos. Solo estaba en el pasillo.

—¿Cómo supo dónde vives?

Jenna se encogió de hombros. —¿Quién sabe? Quizás le preguntó a alguien en la tienda. No es que sea un gran secreto. Alguien podría haberle señalado los volantes que tengo en el tablón de anuncios de allí, publicitando mis servicios.

—No, habría sabido que eras tutora si hubiera visto eso. Enumeras todas las materias que estás cualificada para enseñar. Es imposible que cometiera ese error.

—Y sin embargo lo hizo.

—Sí, pero eso es lo raro. ¿Para qué necesita una prostituta? Si es un imán de lujuria, rico y guapísimo, ¿qué pasa con eso? Y, oye, ¿tiene un hermano?

Jenna puso los ojos en blanco. Algunas cosas nunca cambiaban. —Estás casada.

—No significa que esté muerta. Todavía puedo mirar. —Cathy soltó un silbido bajo—. Y, ay, mamita, sí que estoy mirando ahora. —Asintió con la cabeza detrás de Jenna—. Dime que ese es tu Semental.

Jenna dejó salir un suspiro de exasperación y miró por encima del hombro.

—No es mi...

Oh, diablos, claro que lo era. Especialmente si sus hormonas tenían algo que decir al respecto.

El «Semental» estaba recorriendo la pista alrededor del parque solo con unos pantalones cortos de correr, zapatillas y una camiseta arrugada en su puño. Y gafas de sol.

El sudor brillaba en él. No era justo, cuando el sudor siempre la hacía parecer un caniche ahogado. Ni una onza de grasa se movía con cada pisada; no, en él, los músculos se movían como la naturaleza había previsto, flexionándose y contrayéndose por todas partes de todo tipo de formas deliciosas. Y no era la única que lo notaba.

La señora Parker, a quien le acababan de reemplazar la cadera el mes pasado, giró con su andador tan rápido que podría terminar necesitando una segunda cirugía si el tipo se acercaba más o si su sonrisa se volvía más devastadora. Megan y Mallory, las gemelas Baxter de dieciséis años, definitivamente estaban salivando y, tristemente, Jenna no podía encontrar nada malo en ello. El tipo era un imán de lujuria para todos por igual.

—Viene para acá. —Cathy tragó saliva. Ni siquiera las mujeres embarazadas felizmente casadas estaban a salvo de su atracción.

Jenna negó con la cabeza. El tipo podía ser todo lo guapo que quisiera, pero seguía pensando que era una prostituta. Y peor aún, la había tratado como tal.

Aunque ese beso no había sido para despreciar...

Tomó la curva, su pecho expandiéndose con cada respiración, los abdominales tensándose. No es que estuviera mirando, pero era un poco difícil *no* hacerlo cuando estaba justo ahí en exhibición.

Tampoco estaba babeando, pero bajó la barbilla y se dirigió hacia Trevor por si acaso. Hormonas o insinuaciones —o besos repetidos—, no estaba para ninguna de esas cosas.

—¿Jenna?

Pero cuando él dijo su nombre así —sin aliento y ronco, que ella sabía que era por su carrera, pero sus hormonas no estaban captando ese mensaje—, Jenna tuvo que enfrentarlo.

Y se maldijo por hacerlo. Y luego lo maldijo a él aún más.

Nadie debería verse tan bien como él, cubierto de sudor o de otra manera.

Lo que planteaba la pregunta de por qué estaba interesado en contratar a una prostituta en primer lugar. Quizás si pudiera superar eso, podría perdonarlo por ir a la policía...

No. Eso no iba a pasar.

Se acercó trotando y se pasó la camiseta por la nuca. —Ha salido temprano.

—¿Ah? ¿Cree que debería haberme quedado durmiendo? —Quiso morderse la lengua. Sus hormonas no necesitaban ninguna mención de nada remotamente relacionado con la cama cerca de él. El recuerdo del beso era suficiente para mantenerlas saltando—. ¿Que mis noches largas me mantienen despierta? Le dije que tengo un hijo. —Hizo un gesto con la mano hacia la mesa de pícnic—. Los niños de tres años y medio no se quedan durmiendo. Oigo que eso no pasa hasta que son adolescentes.

—¿Cuándo lo recoge su padre?

A ella le gustaría verle los ojos, pero él llevaba puestas otra vez las gafas de sol reflectantes. Mmm, ahora que lo pensaba, las había llevado puestas cada vez que lo había visto. Quizás tenía un problema en los ojos. Quizás por eso necesitaba una prostituta; nadie más querría...

No se permitió terminar ese pensamiento porque era imposible que esa fuera la razón. El tipo podía conseguir a quien quisiera, desde ancianas hasta casi niñas y de cualquier edad entremedio, como lo demostraban las miradas que seguía atrayendo mientras hablaba con ella; los problemas de la vista no importarían. Además, la había reconocido con bastante facilidad.

O quizá comprar el cuerpo de alguien instalaba un dispositivo de localización automático entre ellos.

No está realmente *comprando tu cuerpo. Recuérdalo.*

Obvio. Jenna negó con la cabeza. —El papá de Trevor está... fuera de la escena. Trevor se queda conmigo.

El Señor Guapura se pasó una mano por la mandíbula, lo que solo atrajo más la atención hacia su cuadrada perfección. ¿Es que no había *nada* malo en este tipo?

Ah, sí. Contrataba prostitutas.

—¿Cómo se llama? —preguntó—. Si vamos a, um... —«a ver cómo salgo de esta; ¿cómo lo digo?»— *trabajar* juntos, debería tener un nombre para llamarlo.

La sonrisa que le dedicó solo resaltó esos labios que habían estado sobre los suyos el día anterior con toda clase de buenas vibras y malas consecuencias. —Es Bryan.

—Entonces, Bryan, ¿a qué se dedica que le permite irse a correr en lugar de fichar temprano y aun así puede gastar diez mil dólares en mí?

Esa pregunta quedó suspendida entre ellos con todos sus matices interpretativos, encendiendo brasas que en realidad no se habían apagado desde aquel beso en su porche el día anterior.

—Trabajo por mi cuenta.

—¿Qué hace?

—Trabajos eléctricos y algo de construcción. Estoy por empezar un gran proyecto la próxima semana.

Sí, parecía un obrero de la construcción; del tipo que usaban como héroes de fantasía en las portadas de las novelas románticas que ella solía leer antes de que la vida le quitara a patadas la fe en los finales felices.

—Ejem. —Cathy carraspeó más fuerte de lo que requerirían las alergias estacionales al acercarse; y Cathy no tenía alergias estacionales.

Pero Jenna agradeció la distracción de imaginarse lo que harían esos abdominales cuando Bryan levantara un par de vigas.

—Cathy, él es Bryan. Bryan, ella es Cathy Mayfield. Mejor amiga extraordinaria y felizmente casada, madre del que pronto será el segundo. —No tenía sentido meter a Cathy en el mismo barco de prostitutas en el que estaba ella.

Bryan se ajustó los anteojos, pero no se los quitó. —Un placer conocerla.

Cathy soltó una risita tonta como una virgen ruborizada, lo que Jenna sabía que no era el caso desde el décimo grado.

—Entonces, ¿está en el pueblo por mucho tiempo o solo de paso? —preguntó Cathy, con una mano en la cadera.

¿Qué era esto? ¿El Lejano Oeste?

—Tengo que ver a los chicos. —Jenna se disculpó y regresó a la mesa. Los hombres ya eran bastante difíciles de descifrar, y más los que eran obtusos a propósito. Si a eso se le sumaba una mejor amiga embobada, Jenna quería huir. Trevor era más fácil. Cuando lloraba, estaba herido o cansado. Cuando estaba malhumorado, tenía hambre o estaba cansado. Y cuando sonreía, era pura alegría estar cerca de él. Le vendría bien un poco de alegría pura en su vida en este momento.

—Hola, campeón. ¿Qué estás haciendo? —Le alborotó el pelo.

—Un felefante. —Trevor levantó la masa gris. Esa marca de plastilina no venía en gris, lo que significaba que el trabajo de limpieza de separar sus creaciones de nuevo en el bote del color correcto ya no era un problema.

—¿Un elefante? ¡Qué genial! Mira qué larga es su trompa.

—No, mami. Esa es su cola. Esta es su tompa.

Jenna ocultó su sonrisa. Había pensado que era una pata. Ah, bueno, probablemente *escultor* no estaba en los primeros lugares de la lista de Trevor de «Qué quiero ser cuando sea grande». En este momento era policía, bombero o jugador de fútbol americano. A Jenna no le gustaba ninguna de esas opciones: demasiado peligrosas para su bebé.

—Estás haciendo un gran trabajo, Trev.

—Mira el mío, Jenna. —Bobby, el hijo de Cathy, levantó su pegote gris y se asomó por debajo de su gorra de béisbol—. Hice un hipopótamo.

—Ustedes tienen su propio zoológico.

Los ojos de los dos niños de tres años se iluminaron y más plastilina gris fue deshecha mientras se ponían manos a la obra y comenzaban a trabajar en «rinosauros» y «vacas muu».

—Tiene mucho talento —dijo Bryan por encima de su hombro.

Jenna se puso rígida. No porque estuviera tan cerca, sino porque se estaba metiendo en su mundo. Su mundo real, no el suyo de prostitutas de fantasía.

Estuvo a punto de darse la vuelta en ese mismo instante y preguntarle qué clase de madre creía que era para prostituirse con un niño de tres años en la casa. También le gustaría preguntarle qué clase de tipo les hacía proposiciones a las mamás de los suburbios. Y las besaba en el porche de su casa como si el mundo se fuera a acabar al día siguiente.

—¿Practica algún deporte?

Jenna estaba a punto de alejarlo, pero, por desgracia, Trevor escuchó esa pregunta y lo miró entrecerrando los ojos.

—Juego fúbol y *t-ball*. Mami dice que a lo mejol puedo jugal fútbol americano cuando sea gande y fuelte como usted. Me gusta el fútbol americano. ¿A usted le gusta?

—Sí, me gusta. —Bryan se ajustó sus lentes de sol—. ¿Cuál es su equipo favorito?

—El de Michael. Es el *cutie* y anota todos los puntos.

Y aplastaba a los niños con codazos desagradables en la cara si intentaban quitarle el balón. Incluso a sus propios compañeros de equipo. De ninguna manera iba a dejar que Trevor jugara con ese matón. No hasta que fuera lo suficientemente grande para defenderse.

Apostaba a que Bryan podía defenderse.

Jenna parpadeó. ¿Y eso de dónde había salido?

Entonces Bryan cambió de peso y su brazo rozó el de ella, haciendo que los vellitos se pusieran en alerta máxima, y la piel y los nervios debajo no necesitaron que los animaran para seguir su ejemplo, y ella lo supo. *Dios.* Era como si se hubiera bañado en feromonas. El sudor probablemente tenía mucho que ver. Igual que esos abdominales.

—El *quarterback* es una buena posición. ¿Alguna vez la ha jugado?

Trevor negó con la cabeza, pero Bobby se puso de pie de un salto en el banco de la mesa de pícnic, agitando su gorra de béisbol en el aire como un vaquero de rodeo. —Yo sí. Con mi papi todo el tiempo. Le lanzo el balón y hacemos *touchdowns* y mami nos anima.

Jenna no apartó la mirada lo suficientemente rápido como para no ver la melancolía en el rostro de Trevor que, estaba segura, igualaba la suya. Si tan solo Carl hubiera querido ser una familia. Ah, él había querido *una* familia… una propia. No el «bastardo de una puta», como había llamado a Mindy y a Trevor.

Como si alguien pudiera llamar a Trevor otra cosa que no fuera lo que era: dulce, cariñoso y un niño pequeño maravilloso. No sabía con quién había creado Mindy a este niño —tristemente, Mindy tampoco—, pero quienquiera que fuese el misterioso donante de ADN, tenía genes geniales.

—¿Quiere jugar fútbol americano conmigo alguna vez, Trevor? También soy un buen receptor.

Jenna hizo todo lo posible por no patear a Bryan en la espinilla. Ese era *su* hijo. Podría haberla comprado por diez mil dólares, pero no había comprado a Trevor. E iba a asegurarse de que lo supiera en cuanto estuvieran a solas.

—¿Qué le parece si voy esta tarde y jugamos? Incluso llevaré el almuerzo para que su mamá no tenga que prepararlo. ¿Qué cree? ¿Estaría bien?

Los celos punzaron en el estómago de Jenna. Bryan se estaba relacionando con su hijo de una manera testosterónica que ella nunca podría, y la mirada llena de esperanza que Trevor le dirigió mató cualquier excusa que hubiera puesto.

Dos pares de ojos expectantes —bueno, un par de ojos y un par de lentes de sol— se volvieron hacia ella.

Como si pudiera decir que no ahora. —Claro —dijo entre dientes, pero terminó suavizando el tono cuando Trevor sonrió—. Es una gran idea. ¿Verdad, Trev?

Trevor estaba tan feliz que solo pudo asentir. Quizá hasta tenía una lágrima en el ojo. Lo que puso más de una en los de ella.

Jenna se dio la vuelta. Últimamente Trevor había empezado a hacer más preguntas. Quería saber por qué no tenía un papá y si Jenna podía conseguirle uno. Le encantaría, de verdad que sí, pero su grupo de posibles citas era muy limitado ahora que había agotado a los amigos solteros de sus amigas. Esas citas se habían esfumado cuando descubrían que tenía un hijo. Y ella no frecuentaba los bares. Aparte de que el universo le dejara caer un hombre en el porche, ella no...

Oh no. De ninguna manera. Solo porque Bryan había aparecido en su porche y le gustaban los niños no significaba...

¡Le había hecho una proposición! ¡Pagaba por prostitutas! ¿Qué clase de hombre sería ese para meter en la vida de Trevor?

Aunque, mientras captaba un atisbo de su sonrisa, su mandíbula cuadrada y ese cuerpo duro y esbelto, tuvo que admitir que era un buen espécimen de virilidad. Y besaba como los dioses.

La parte de contratar prostitutas, sin embargo, lo dejaba fuera de la competencia.

Aunque ella no lo hubiera rechazado exactamente.

Capítulo Siete

Jenna nunca había visto a Trevor tan emocionado como en las tres horas que esperó a que llegara Bryan. Insistía tanto en abrir la puerta principal para ver si ya venía la camioneta de Bryan que ella terminó por dejarla sin seguro mientras intentaba concentrarse en la revista que tenía en las manos.

Cuando leyó la receta de puré de papas con brócoli al punto de memorizarla, admitió que no estaba funcionando.

—¿Ya llegó? —preguntó Trevor por enésima vez.

—Todavía no. —Jenna dejó la revista sobre la mesita—. No sabía cuándo había estado tan nerviosa en su vida. Incluso cuando tuvo que contarles a sus padres sobre su embarazo, había sabido qué esperar: la decepción de su madre y el apoyo incondicional de su padre. Para eso, había estado preparada. ¿Pero para esto?

Esto la superaba. Bryan la superaba. Su mente decía una cosa y su cuerpo, todo lo contrario. Y con la reacción de Trevor, su corazón le daba la razón a su cuerpo.

—Vamos, Trev, vamos al baño una vez más antes de que llegue Bryan. Así no te perderás nada del partido.

—Ok, mami. ¿Le pones cereal al agua? Quiero apuntarles.

Ya había superado la etapa de apuntar a los agujeros del cereal, pero eso mantendría su mente alejada de Bryan.

Para ella, el cereal no sería suficiente.

Mientras ayudaba a Trevor a hacer sus necesidades, Jenna se preguntó si debería detener esta farsa antes de que llegara Bryan. Trevor ya estaba empezando a verlo como a un héroe, simplemente porque el hombre quería lanzarle una pelota. Ella le había lanzado algunas cuando regresaron de la cita de juegos, pero Trevor dijo que no lo hacía bien. Eso no era cierto, tenía buen brazo. *Para ser chica*, le había dicho, una frase que seguramente había salido de la boca sabelotodo de Michael.

Pero lo que Trevor había querido decir era que ella no era un hombre. Y, más específicamente, que no era su papá.

Él *no podía* ver a Bryan en ese papel. Acababan de conocerlo.

Lo que la llevaba a preguntarse qué estaba haciendo al dejarlo jugar fútbol americano con su hijo, pero, por suerte, la práctica de tiro de Trevor le evitó tener que responder.

—¡Mia, mami, les di a todos!

—Claro que sí. Ahora, preparémonos para tu partido. —Lo ayudó a acomodarse los shorts, comprobó la temperatura del agua antes de que se lavara las manos, todo mientras escuchaba a medias su parloteo sobre anotaciones y «goles de ampo».

—¿Qué comen los goles, mami? —Su pregunta le arrancó una sonrisa a ella y una risa masculina desde fuera del baño.

Jenna se quedó helada.

Bryan no entraría sin más...

Su hermoso rostro apareció por el marco de la puerta. —¿Qué tal, campeón? ¿Listo?

Al parecer, sí lo haría. *Presunciones que valían diez mil dólares.*

—La puerta principal estaba abierta —fue su explicación cuando los ojos de ella se encontraron con sus lentes de sol en el espejo sobre el lavamanos. ¿Y esos lentes de sol qué? ¿Se creía una estrella de cine o algo así?

Ciertamente se creía *alguien*, era obvio, por la forma en que había entrado campantemente como si fuera el dueño del lugar. Dueño de *ella*, sí. Al menos en su mente. ¿Pero de su casa? De ninguna manera. Necesitaba cortar eso de raíz ahora mismo.

Y lo habría hecho si Trevor no hubiera gritado: «¡Bwyan!», y no se hubiera lanzado por la puerta hacia las piernas del hombre, rodeándolas con sus brazos como si estuviera abrazando un árbol.

Jenna no pudo hablar por el nudo que tenía en la garganta. ¿Por qué este hombre? ¿Por qué ahora?

—Trevor, cariño, dejemos que Bryan camine, ¿sí? —Guió a Trevor hacia la puerta principal tomándolo de los hombros. Bryan había venido a lanzar la pelota, no a unirse a la familia.

Y ella no se lo estaba pidiendo...

—Tenemos que atarte los tenis para que no te tropieces.

Se arrodilló a los pies de su hijo, deseando que su cabello fuera lo suficientemente largo como para cubrirle el rostro y que Bryan no tuviera una vista privilegiada de cada una de sus emociones, de lo que él se estaba aprovechando por completo. Probablemente inspeccionando la mercancía.

¿Daba ella la talla?

—¡Apúlate, mami! ¡Quiero hacer una anotación!

Gracias a Dios por Trevor. —Tienes que calmarte, pequeño terremoto, o no voy a poder ponerte este otro zapato.

Trevor dejó de saltar, pero no de moverse. Y con Bryan mirándola, Jenna también estaba inquieta.

Sus dedos tropezaron con los cordones, pero el lazo quedó lo suficientemente bien. —Listo. —Le dio una palmada en la pierna a Trevor—. Ve por ellos, tigre.

—¡El Tigle Tlevol al lescate! —Trevor tiró de la perilla de la puerta—. ¡Vamos, Bwyan!

—Ahora mismo voy. Saca la pelota de la bolsa que está en el porche, ¿ok?

Trevor sonrió como si acabara de ganar el Super Bowl.

Jenna ordenó sus pensamientos antes de levantarse. Tenía que ser sincera ahora. Antes de que Trevor saliera herido.

—Mire, Bryan...

—Lamento haber entrado así, pero los oí hablar y, bueno, la puerta estaba abierta.

—Eso no le da una invitación abierta...

—Tiene razón. Y lo siento. ¿Tregua? —Le tendió la mano, y, oh, la tentación de tocarlo de nuevo...

Le costó mucha fuerza de voluntad, pero se contuvo. —Eso no es importante ahora mismo. Tengo que hablarle de nuestro trato. Del dinero.

—Sí, sobre eso. Todavía no he tenido la oportunidad de ir al banco. ¿Podemos dejarlo para más tarde?

—No, la verdad es que no. Necesito hablar con usted...

—¿Mami? —Trevor abrió la puerta de un tirón y luego zapateó al verlos a los dos de pie allí—. ¡Vamos, *ya*! ¡Quiero jugar fútbol amewicano!

Bryan le tocó el brazo. —No queremos decepcionar a Trevor, ¿o sí?

Jenna suspiró. No, no quería. —Está bien. —Esbozó una sonrisa para Trevor y salió rápidamente por la puerta—. Ok, Trevor, vamos. Yo haré el snap.

Sin embargo, tenía la sensación de que Trevor no iba a ser el decepcionado.

Capítulo Ocho

Bryan no lo entendía. No podía imaginarse a Jenna en el papel de la prostituta feliz.

No usaba ni una gota de maquillaje, no tenía las uñas arregladas, su pelo era un desastre según los estándares de las mujeres a las que les importa su apariencia, aunque a *él* le gustaba ese enmarañado desorden de recién levantada que se arremolinaba alrededor de su cabeza; además, se ensuciaba jugando bruscamente con su hijo y era un poco torpe al hacerlo. ¿Cómo podría bailar seductoramente si se la pasaba tropezando con sus propias (y muy bien formadas) piernas, como una jirafa bebé?

No había nada de infantil en Jenna.

Aunque la elegancia no era precisamente un requisito para el tubo de estriptis, sino simplemente la habilidad de enroscarse en él. ¿Y para cualquier hombre que pagara el precio justo?

Atrapó la pelota que Trevor le lanzó y esta lo golpeó en el estómago como un puñetazo a traición. ¿Por qué tenía que ser una prostituta? ¿Por qué tenía que haber dado a luz a su hijo *y* habérselo ocultado?

No tenía ninguna duda de que Trevor era suyo. El niño tenía los mismos gestos, la misma *r* ceceada, la misma costumbre de sacar la lengua hacia la izquierda cuando lanzaba, algo de lo que Bryan se había deshecho en su primer partido de ligas infantiles después de que el chico que lo tacleó lo llamó niñita.

En ese momento no sabía lo que significaba, pero supo que no quería serlo. Eso era algo con lo que iba a ayudar a Trevor.

Pero primero, tenía que conseguir la oportunidad de verlo. De estar en su vida. Los diez mil dólares ayudarían con eso, pero ¿por qué Jenna no podía ser simplemente una maestra de preparatoria local con la que pudiera considerar pasar el resto de su vida?

—¡Atrapa, Blyan! —Trevor lanzó la pelota con un tiro tambaleante.

Se abalanzó sobre el balón. Trevor tenía buen brazo para su edad; solo necesitaba algo de instrucción y práctica. Bryan se aseguraría de que las tuviera.

—¡Buen lanzamiento, Trevor! —Jenna corrió hacia el niño y le alborotó el pelo. El ceño fruncido que apareció en el rostro de Trevor fue como mirarse en un espejo de hacía treinta años.

Qué irónico que Jenna no lo recordara ni se diera cuenta de que su hijo era su vivo retrato. Claro, si se quitara las gafas de sol, tal vez lo haría.

—Es un pase, mami, no un lanzamiento. —Trevor puso los ojos en blanco, dedicándole a Bryan la quintaesencial mirada de «¡Mujeres!» que los hombres nacían sabiendo hacer.

—Pues fue un buen pase.

Jenna metió las manos en los bolsillos delanteros de sus shorts, lo que hizo que la cinturilla se bajara, revelando un vientre plano y tonificado del que a Bryan le costó apartar la vista. Las gafas de sol cumplían un doble propósito.

—Hagamos uno más, Trev, y luego es hora de tu siesta —dijo ella, lo que solo hizo que Bryan pensara en irse a la cama. Con ella.

¿Por qué no la recordaba? Cómo había sido entre ellos. Fue un idiota por emborracharse tanto como para no recordarlo, pero, claro, las despedidas de soltero no eran conocidas por ser un semillero de genios. No era como si hubiera *planeado* emborracharse y tirarse a una estríper. No fue uno de sus mejores momentos en la vida.

Trevor se quejó. —¡Aww! No quiero tomar una siesta hoy.

No, en realidad, esa noche había sido buena; había creado a Trevor. A su hijo. Lo *mejor* de su vida.

—Cariño, tienes que hacerlo. Tengo que trabajar esta tarde.

—¿No puedo jugal con Blyan mientras tlabajas?

Genial. Trevor sabía sobre su trabajo. No los detalles, seguramente, pero ¿qué pensaba el niño de los hombres que entraban y salían de su casa? ¿Y lo equiparaba a él con el resto de la, ejem, clientela?

—No me importa, Jenna. —Así podría quedarse para ver a su próximo cliente. De chaperón, tal vez.

Sacudió la cabeza. Esto era una locura. Estúpido, que no quisiera que ella estuviera con nadie más. Solo porque el condón se rompió no significaba que tuviera derechos sobre ella. Pero cuando afectaba a su hijo...

Si tan solo hubiera tenido la oportunidad de ir al banco, pero el inspector tuvo una cancelación a primera hora de la mañana y como Gage estaba ocupado con uno de sus propios proyectos, Bryan tuvo que ir. Resultó que el nuevo espacio tenía algunos problemas estructurales que él y Gage tendrían que solucionar, y la cita había tomado más tiempo de lo que pensaba.

Revisó su teléfono. No tenía ningún cliente de emergencia hoy y había despejado su tarde para poder pasarla con Trevor. Todavía había tiempo para llegar al banco. Entonces Jenna sería suya y cualquier otro cliente podría despedirse de ella.

Bueno, no. Si alguien iba a besar a Jenna, sería él.

El recuerdo de haber hecho precisamente eso estalló frente a él como una llamarada rugiente, e igual de ardiente.

No era de extrañar que hubieran concebido un bebé juntos si esta atracción los había consumido esa noche. Si a eso se le añadía algo de alcohol y el ambiente de despedida de soltero, pues sí, no era difícil imaginar cómo había ocurrido todo.

Solo deseaba poder *recordarlo*. Especialmente la parte del condón roto.

Dios, la única vez que eso había pasado y se encontraba en esta situación.

Se preguntó en qué posición habrían estado cuando hicieron a Trevor.

Bryan sacudió la cabeza. Mejor no pensar en eso o no podría caminar derecho.

—Está bien. Hoy puedes quedarte despierto.

Trevor celebró con un «¡Sí!» en el aire y luego abrazó las piernas de su madre.

La madre de su hijo. Bryan siempre había esperado llamar así a su esposa, no a una mujer con la que había tomado demasiados rones con coca-cola.

—¡Lánzala de vuelta, Blyan! —Trevor soltó a Jenna y, con sus pequeñas piernas moviéndose tan rápido que Bryan temió que se le enredaran, corrió hacia el otro lado del jardín, con un brazo extendido para el pase Ave María del fútbol americano de patio.

—¡Hasta el fondo, Trevor! —Bryan bombeó el balón hacia la zona de anotación que habían marcado con dos sillas de jardín, y el niño se desvió hacia la derecha con la misma naturalidad que si lo hubieran practicado.

Ah, sí. Definitivamente, Trevor era suyo.

Dejó volar la pelota, dándole un poco de efecto ya que a Trevor le parecía genial, y la vio aterrizar justo donde debía. El niño era un talento natural.

—¡Touchdown! —Jenna corrió hacia la zona de anotación y levantó a Trevor en brazos, sus pequeñas piernas abriéndose detrás de él, su sonrisa tan parecida a la de ella que a Bryan le dolió el corazón.

Sí, Trevor era suyo, pero también era de Jenna.

¿Qué significaba eso para los tres?

* * *

—¿Puede Blyan quedarse a cenal, mami?

Jenna lanzó la pelota hacia la bolsa en el porche. Y falló. Sabía que esa pregunta iba a surgir. También sabía que ni loca iba a tener a Bryan cerca más tiempo del necesario.

—Gracias por preguntar, Trevor, pero no puedo esta noche. —Bryan se le adelantó en la tarea de decepcionar a su hijo y a ella le encantaría agradecérselo, pero probablemente lo consideraría un adelanto del pago por los servicios prestados.

—Aw, ¿por qué no?

—Tengo cosas que hacer. —Bryan guardó la pelota en su maletín de lona.

—¿Trabajo?

—Algo así.

—El papá de Michael solo trabaja de día. Él usa corbata. ¿Tú usas corbata?

—A veces.

—Creo que las corbatas son geniales. Mami nos va a comprar una a mí y al Señor Mono.

—Tú y el Señor Mono son muy afortunados de tener a tu mami.

—Lo sé. Sarge lo dice todo el tiempo.

Jenna hizo una mueca. No quería que Bryan conectara los puntos entre ella y Sarge tan rápido. Aunque ahora no iba a disfrutar exactamente de arrojarle su dinero a la cara —no después de cómo se había portado con Trevor hoy —, no quería que hiciera suposiciones. Bueno, más suposiciones sobre ella. No es que ninguna otra suposición pudiera ser peor que la que ya tenía...

—Trevor, ¿qué le dices a Bryan por jugar contigo hoy?

Trevor se mordisqueó el labio y entrecerró los ojos para mirar a su invitado. —¿Puedes jugal mañana?

Debió haber sabido que un simple *Gracias* no sería suficiente.

—Cariño, Bryan tiene cosas que hacer. No puede pasar todo su tiempo jugando contigo...

—De hecho, sí tengo tiempo libre mañana por la mañana. ¿Alrededor de las diez?

Debería decir que no. Aunque, después de lo que le iba a decir, sería irrelevante. Que él sea el malo de la película.

—Trevor, ¿por qué no entras y te lavas las manos? Bryan y yo tenemos que hablar de algunas cosas de adultos. —Como no usar la carta del niño para llegar a ella. Trevor *no* era un peón y no permitiría que lo usaran como tal. En lo que a Bryan concernía, la había comprado a *ella*, no a Trevor.

Y *aún* no la había comprado, así que podía olvidarse de su derecho de «Pasaré mañana».

Con un *puaj*, Trevor se metió adentro. Para él, las cosas de adultos estaban a la par de un Santa Claus enfermo en Navidad.

—Mira, Bryan...

—Mañana no es un problema. Tengo unas horas libres.

—Sobre eso. —Jenna se acomodó el pelo detrás de las orejas. Solo podía imaginar cómo se veía: la central del pelo de estropajo—. Ha habido un error.

—¿Un error? ¿*Así* es como lo llamas?

No estaba preparada para la ira. —Bueno... sí. ¿Tú no?

Un músculo se tensó en su mandíbula. Y otro. Abrió la boca para decir algo, luego la cerró. Después se rascó la barbilla, y el leve rasquido del comienzo de una barba de las cinco interrumpió el silencio. Exhaló. —Está bien. De acuerdo. Un error. ¿Estás diciendo que no puedo ver a Trevor mañana? Digo, yo...

—Pagaste por el privilegio —Jenna eligió a propósito esas palabras para mantenerla abierta a interpretación. ¿Quién sabía lo que Trevor podría estar escuchando?—. Lo sé. Pero la cosa es que Trevor no era parte de nuestro trato.

—Ni me lo digas.

Si estaba de acuerdo con ella, ¿por qué la discusión? —Ok. Bien. Me alegro de que veas las cosas a mi manera.

—En realidad, no lo hago. Y no veo cómo podrías pensar que lo haría.

Estaba a punto de echarle en cara por qué pensaba —no, *sabía*— que él debería ver las cosas a su manera cuando el rostro de Trevor apareció en la ventana de la sala.

—¿Pol favol, mami? ¿Pol favol, puede quedarse Blyan? Osito va a cenal ensalada de papas. Me gusta la ensalada de papas y apuesto a que a Blyan también. Haces la mejol ensalada de papas, mami.

Trevor iba a romper corazones a diestra y siniestra cuando creciera, el pequeño encantador. Si tan solo Bryan fuera igual de encantador...

En realidad, ese era el problema. Bryan *era* así de encantador. Sus suposiciones no lo eran. Ni su actitud de superioridad moral y de «me la debes». Ni siquiera le había pagado todavía para estar a su entera disposición sexual; ¿por qué creía que tenía derecho a algo que tuviera que ver con el resto de su vida? Y ahora la había puesto en la horrible posición de tener que ser la mala cuando él debería tener ese título más que asegurado.

—De hecho, Trevor, voy a invitar a tu mami a cenar, ¿si te parece bien?

Bajo. Muy bajo, usar a un niño de esa manera.

—¿En una cita? —Los ojos de Trevor se iluminaron como una luz estroboscópica.

Ya podía ver la ecuación de uno más uno es igual a tres en la cabeza de su hijo. Esto se estaba complicando por momentos. Iba a tener que poner las cosas en claro y Bryan le había dado la oportunidad perfecta.

—No, no se refiere a una cita, Trevor. Bryan y yo tenemos que tener una charla de adultos, así que voy a ver si Cathy te deja jugar con Bobby esta noche.

—¿Puedo quedalme a dolmil?

Sintió a Bryan tensarse a su lado. Genial. Esta no era en absoluto una posición en la que quisiera estar. A Trevor y Bobby les encantaba quedarse a dormir en casa del otro y, francamente, a los padres también. Un muy necesario tiempo libre para los padres. Pero lo último que quería era que Bryan supiera que tenía la casa para ella sola esa noche. No había necesidad de darle alas al tipo. Claro que eso sería irrelevante una vez que le dijera lo que podía hacer con sus diez mil dólares.

—Ya veremos, cariño. Tengo que hablar con Cathy.

—Ok, pelo voy a buscal al Señor Mono pol si acaso.

Qué agradable debe ser que tu centro de atención cambie tan fácilmente. El de Bryan estaba clavado en su espalda.

Se dio la vuelta. —Bien. Si Cathy puede cuidar de Trevor, cenaremos juntos.

—De acuerdo. A las siete en Tosco's.

No era una pregunta. Insufrible. Ni siquiera le había pagado y ya estaba dictando dónde y cómo pasaba su tiempo.

Jenna negó con la cabeza. Tenía que recordar que en realidad *no estaba* a su entera disposición. Que *no* iba a aceptar su dinero por nada. Y una humillación pública en Tosco's se lo diría en términos muy claros.

—Bien. A las siete. Allí estaré.

Se ajustó las gafas. —Entonces arreglaremos cuentas.

—Ya lo creo —murmuró ella.

Iba a disfrutar tanto arrojándole su dinero a la cara. Que las chismosas del pueblo hicieran con *eso* lo que quisieran. Al menos habría dejado claro que no era lo que él había afirmado y, de paso, limpiaría su nombre.

Y quizás mancharía el suyo.

Capítulo Nueve

Bryan no podía creer que de verdad fuera a aceptar el dinero. Al verla con su hijo —*nuestro* hijo—, simplemente no podía conciliar las dos imágenes: la de la *stripper* que se acostaba con tipos que no recordaba y la de la mujer tan cariñosa y protectora con su hijo que el niño no tenía ni idea de lo que pasaba bajo su techo. De no ser porque quería finiquitar el asunto esa noche, estaría dudando si hizo bien en denunciarla, porque Trevor parecía muy equilibrado. Casi deseaba que le hubiera tirado la oferta a la cara.

Se palmeó el bolsillo donde descansaban los diez mil dólares. Una suma tan grande de dinero debería pesar más.

Abrió la puerta del restaurante y se le hizo agua la boca con el aroma a pan de ajo con mantequilla, pimientos asados, ternera a la sorrentina... *no* porque fuera a ver a Jenna pronto.

—¿Mesa para uno? —La anfitriona lo recorrió con la mirada, de arriba abajo y lentamente, pero a Bryan no le interesaba. Parecía recién salida de la preparatoria y él iba a tener que ser quien le diera un buen ejemplo moral a Trevor, ya que su madre no lo hacía.

—Dos. Apartada, si no le molesta —Que ella pensara lo que quisiera; él quería asegurarse de que no los interrumpieran a él y a Jenna, además de mantenerse en las sombras. Jugaría sus cartas *después* de que ella aceptara el dinero.

La chica suspiró y se enderezó. —Por aquí —Lo guio entre las mesas cubiertas de lino, con el suave *tintineo* de los cubiertos y los calentadores de comida resonando bajo la música de un Sinatra de época.

Bryan sintió las miradas. Estaba acostumbrado desde la preparatoria porque el campeonato estatal había sido la gran cosa, pero a las que recibió cuando él y Gage solicitaron el permiso para BeefCake, Inc.... no tanto. Los prejuicios de mente estrecha y las suposiciones incorrectas casi les cuestan la aprobación de la comisión de planeamiento. Solo el contacto de la prometida de Gage y la viabilidad de su propuesta para crear empleos y revitalizar un edificio abandonado los habían salvado. Pero la gente todavía sabía quién era y se aferraba a sus opiniones.

—Aquí tiene —La chica se hizo a un lado junto a su silla. *Ligeramente.* Lo suficiente como para que él pudiera sacar la silla, pero lo bastante cerca como para que sus pechos quedaran a una distancia de roce. ¿Habría asistido a las «clases» de Jenna?

No era la mentalidad que debía tener para esta conversación.

Bryan tomó asiento, logrando mantener las partes de su cuerpo exactamente donde debían estar, y luego deslizó la servilleta sobre su muslo. —¿Sabe si ya llegó Jenna Corrigan? Estoy esperándola.

Se le quedó mirando boquiabierta. —¿La señorita Corrigan? Claro que la conozco. Todo el mundo la conoce.

Bryan se lo temía.

—La enviaré en cuanto llegue —La boca abierta fue reemplazada por una sonrisa y otra ojeada, aunque esta no fue la descaradamente sugerente que le había dedicado antes. Si lo hubieran presionado, habría dicho que era más inquisitiva.

Probablemente preguntándose por qué tenía que pagar por ello.

¿Quién más lo hacía? ¿Alguno de los hombres de aquí era cliente suyo?

¿Lo era el sargento?

Bryan tuvo que borrar esa imagen de su cabeza, rezando para que los sobornos fueran lo único que Benton recibía de Jenna.

El mesero se acercó. Otro chico. ¿Sería también uno de los estudiantes de Jenna?

—Hola, soy Richie y seré su mesero esta noche. ¿Les traigo algo de tomar?

El trago más fuerte del lugar probablemente no era algo inteligente que pedir, dado lo que iban a discutir.

—Tomaré un refresco de cola.

—Muy bien —El mesero se dio la vuelta, pero luego se giró—. Por cierto, el entrenador acaba de mostrar la grabación del partido estatal. La última jugada que usted pidió fue increíble, justo antes de que usted... bueno, ya sabe.

Bryan sonrió levemente. Sí, lo sabía. Justo antes de que se reventara el talón de Aquiles, el ligamento cruzado anterior y sus sueños universitarios. —¿Qué posición juega?

—Ala cerrada. Algunas universidades están interesadas en mí.

—Oye, buena suerte.

—Gracias. Enseguida le traigo el refresco.

Universidades interesadas en él. Bryan había tenido esa experiencia. Había recibido un par de ofertas y estaba tratando de decidirse entre ellas cuando el bloqueo le quitó la decisión de las manos. La cirugía y la rehabilitación no habían valido la pena para los reclutadores. Las ofertas fueron retiradas incluso antes de que saliera de la anestesia.

Así que se resignó a ser electricista como su padre, y si bien no era tan emocionante como el fútbol americano, al menos era un trabajo estable y podía dirigir su propio negocio. No se estaba haciendo rico —esperaba que BeefCake, Inc. pudiera ayudar en ese aspecto—, pero había logrado conseguir diez mil dólares cuando lo necesitó.

Él y Jenna necesitaban llegar a algún tipo de acuerdo. Ella no podía seguir con esta profesión. Tenía que ver que no era una buena vida para Trevor; diablos, no era una buena vida para *ella*. Con suerte, tendría otras habilidades a las que recurrir, pero si no, él encontraría la forma de pagarle para que volviera a estudiar.

Siempre que *él* pudiera criar a Trevor.

* * *

Jenna respiró hondo antes de abrir la pesada puerta de cristal de Tosco's, rezando por tener la fortaleza mental para hacerlo. A estas alturas, todo el pueblo debía saber de qué la había acusado. Lo que pensaba de ella. Las malas lenguas empezarían a moverse en el momento en que se sentara en su mesa. Recordarían todo, los susurros volverían a empezar.

Su desengaño amoroso adolescente había sido un gran escándalo; la estudiante de cuadro de honor y presidenta de la clase era la última persona que debería haber cometido el pecado del sexo prematrimonial, y mucho menos quedar embarazada por ello. Su brillante currículum y sus referencias profesionales le habían conseguido el trabajo en la preparatoria; no necesitaba ningún nuevo escándalo que deshiciera todo el trabajo que había hecho por su reputación.

—¿Señorita Corrigan? —Sheila Brady abrió la puerta principal. Jenna había olvidado que trabajaba aquí.

—Hola, Sheila.

—Hay un hombre esperándola en la esquina del fondo —Esas palabras iban acompañadas de toda la admiración de un amor de cachorrito extremo.

Aunque, en realidad, Sheila tenía diecinueve años. Ya no era exactamente carne de cañón, y si Bryan la encontraba atractiva...

Jenna se sacudió. Estaba perdiendo el tiempo.

—Gracias, Sheila —Jenna enderezó los hombros y entró en el restaurante.

—Es súper guapo —susurró Sheila más para sí misma que para Jenna.

Pero Jenna la escuchó. Y sí, lo era.

Tuvo unos segundos para estudiarlo mientras se acercaba a la mesa donde él revisaba el menú. Esos rizos negros que se le habían alborotado durante el partido de hoy estaban peinados hacia atrás como si aún estuvieran húmedos por la ducha, y la camisa de golf azul marino que se había puesto se estiraba justo sobre sus anchos hombros y el pecho esculpido que no había podido olvidar desde su carrera de esta mañana. Era un hombre grande, pero no corpulento. Atractivo. Se portaba bien con Trevor. Era una verdadera lástima no haberlo conocido en mejores circunstancias.

Sus pasos vacilaron. Tal vez... Tal vez podrían empezar de nuevo. Tal vez podría sincerarse esta noche; sin exponerlo públicamente y abrirlo al ridículo. Podrían reírse del malentendido. Trevor le caía lo suficientemente bien como para ofrecerse a jugar al fútbol con él de nuevo mañana. Tal vez podrían...

No. Él creía que era una prostituta. Y la había *contratado porque* creía que era una prostituta. El hombre contrataba *prostitutas.*

No tenía ni idea de por qué, pero no importaba lo guapo que fuera por fuera, su interior no alcanzaba *sus* estándares. ¿Y qué tan gracioso era que esa palabra volviera a surgir en relación con él?

No, Bryan no era el hombre para ella.

Entonces él levantó la vista y a Jenna se le cortó la respiración. Sin gafas de sol, y eso, más la lenta sonrisa que se extendió por su rostro, lo hacía aún más guapo. Necesitaba tener una seria discusión con sus hormonas.

Se puso de pie y se encontró con ella junto a la silla opuesta a la suya, una mezcla de jabón y Bryan que envió a esas malditas hormonas a bailar como Snoopy. Era la primera vez que lo veía sin las gafas. Sus ojos eran... ¿grises? ¿Azul claro? Era difícil saberlo con la tenue iluminación de los apliques Tiffany y las velitas que parpadeaban en la mesa, pero no parecían tener ningún problema visible que requiriera gafas de sol. Quizás era sensible a la luz.

Lo cual era una pena. Sus ojos eran tan hermosos como el resto de él. Y la miraban como si pudieran ver a través de ella.

O de su ropa...

Le retiró la silla. —Te ves hermosa.

Jenna pasó una mano por el vestido de color moca que llevaba, esperando algún comentario sobre los trucos de su oficio. O simplemente sobre sus trucos.

Cuando él no lo hizo, ella murmuró un tímido —Gracias —y se sentó en la silla que él le sostenía. No se comportaba como un hombre con una prostituta; no es que alguna vez hubiera considerado los *cómos* y los *porqués* que implicaba tal interacción, pero habría pensado que las cortesías y las cenas en restaurantes elegantes no eran parte del acuerdo normal.

El mesero se acercó. Otro de sus antiguos alumnos. —Hola, señorita C.

—Hola, Richie. ¿Cómo estás?

—Bien. Voy a visitar un par de universidades la próxima semana.

—¿Más becas?

No pudo ocultar su sonrisa y ella no lo culpó. —Sí.

—Te dije que podías hacerlo.

—Lo sé. Pero usted me dio la confianza.

—Tú tienes la habilidad.

Podía sentir los ojos de Bryan sobre ella. Tal vez debería volver a ponerse las gafas porque su mirada era un poco desconcertante. Al igual que la idea de que probablemente estaba *intentando* averiguar si Richie también era uno de sus clientes.

Santo cielo. Richie y Jason eran menores de edad. Bryan realmente no tenía una opinión muy alta de ella en absoluto. Más bien la más baja que se puede tener de otra persona.

Iba a disfrutar mucho tirándoselo en la cara.

—Gracias. Así que… —Richie puso una cesta de pan caliente sobre la mesa—. ¿Ya saben qué van a cenar?

Bryan se aclaró la garganta. —¿Quizás a ella le gustaría algo de tomar primero?

Sí, muy bajo. Y se lo estaba transfiriendo a Richie.

—De hecho, Richie, me encantaría la ternera a la parmesana, una ensalada de la casa, y tomaré una copa de pinot con eso —Tomó el menú que no había necesitado tocar. A papá le encantaba Tosco's. La traía aquí en sus noches de custodia.

—De acuerdo. ¿Y Bryan? ¿Qué le puedo traer?

Bryan enarcó una ceja. Mmm, con esos lentes puestos, ella no sabía que podía hacer eso… o lo devastadoramente guapo que lo hacía ver. Cielos. ¿Acaso no había nada malo en este hombre?

Bueno, aparte del hecho de que contrataba prostitutas.

—Voy a querer linguini con vieiras, una ensalada y otra soda. —Le entregó el menú a Richie sin mirarlo.

—En serio, Bryan —le dijo ella cuando Richie se fue—, deberías darle un respiro. Es su primer trabajo.

—No estamos aquí para hablar de Richie. Estamos aquí para hablar de Trevor.

—En realidad, no. Pero sí necesito hablar…

—Hola, Jenna. —Cal Mullins se detuvo junto a su mesa—. No quiero interrumpir, pero quería agradecerle por su ayuda. Mi novia y yo estamos mucho mejor gracias a usted.

Ella los había ayudado a llenar la solicitud para el departamento. —Ha sido un placer, Cal. Me alegra haber podido serle útil.

—Les he dado su nombre a algunos de nuestros amigos. Espero que no le moleste. Sé que no éramos su clientela habitual, pero, como le dije, de verdad nos ayudó.

—Sería genial. La mayoría de mi negocio es por recomendaciones, así que gracias por mencionarme.

Cal miró a Bryan. —Trátala bien, amigo. Esta mujer es una joya.

Jenna intentó no ahogarse con la expresión que cruzó por el rostro de Bryan. Iba a tener que sincerarse con él pronto, porque si alguien más se acercaba, podrían delatarla y ella quería cobrarse su libra de carne.

Aunque la conversación de Cal se podía interpretar de muchas maneras distintas.

—¿Atiendes a *parejas*? —preguntó Bryan una vez que Cal se hubo ido.

Sí, había tomado el camino equivocado.

—Eh, sí. Mucha gente necesita mis servicios y, a veces, las parejas también. —Porque Cal y Julie se habían conocido en una clase de alfabetización para adultos, pero Bryan no tenía por qué saber eso. Ella los había ayudado con el departamento, algunas solicitudes de trabajo e incluso los había preparado para las entrevistas.

—¿Hay algo más que deba saber antes de...?

—¿Antes de que me pagues? —Apoyó el codo en la mesa y se dio unos golpecitos en los labios—. Veamos. Podría darte referencias, si quieres. Casi todo el equipo de fútbol americano, algunos chicos del equipo de fútbol. El entrenador Leland me contrató en una ocasión, y luego está el concejo municipal. Al menos la mitad de ellos han usado mis servicios. Ah, y tengo un acuerdo permanente con el servicio de reubicación local. Siempre me están recomendando gente nueva.

Porque muchos de los chicos que se mudaban a la zona no cumplían con los estrictos estándares de evaluación del distrito escolar local. Usualmente estaba extremadamente ocupada todo el mes de junio preparando a los chicos nuevos para los exámenes de finales de julio.

Bryan golpeó su soda contra la mesa. —Estoy empezando a pensar que este no es el mejor lugar para tener esta conversación.

—Pero ya ordenamos.

Sacó su tarjeta de crédito de la billetera. —Necesitamos trasladar esta discussion a otro lugar. Tengo la sensación de que no vamos a estar de acuerdo en esto y prefiero no armar una escena.

Simplemente no pudo resistirse. —¿Por mí está bien. Tu casa o la mía?

—¡Ninguna de las two!

La gente de varias mesas cercanas se volteó cuando Bryan prácticamente lo gritó.

—Eh, ¿Bryan? A mí me parece una escena.

Richie se acercó a toda prisa. —¿Está todo bien? ¿Le puedo traer algo más?

Jenna asintió hacia Bryan. Que él hiciera su propio trabajo sucio. No había tenido ningún problema en hacerlo cuando se trataba de ella.

—¿Bryan?

Bryan la miró a ella y luego a Richie.

Suspiró. —Estamos bien. Todo está bien. Si pudiera traernos la comida, sería genial.

—Claro que sí. Enseguida.

El pobre Richie se marchó corriendo, como un perro con la cola entre las patas.

—Sabes, eso no fue nada amable. No es culpa de Richie...

—Jenna, ¿podemos hablar de otra cosa? De verdad, no soporto más historias de tus clientes.

Reprimió una sonrisa. —Está bien. Entonces, ¿de qué quieres hablar?

—Háblame de Trevor.

Su sonrisa desapareció. —Preferiría no hacerlo.

—¿Por qué?

—Porque no es asunto tuyo.

—No puedes pensar eso de verdad. —Bryan dejó un sobre en la mesa entre ellos—. Esta cantidad de dinero lo convierte en asunto mío.

Ella lo tocó. Diez mil dólares. No era una fortuna, pero ayudaría mucho a aliviar parte de su estrés y, si lo invertía bien, podría cubrir la universidad de Trevor.

Pero eso no le daba ningún derecho sobre Trevor. Dejó el tenedor y se aclaró la garganta. —En realidad, tu oferta no incluía a mi hijo.

—¿*Tu* hijo? ¿Acaso su padre no tiene *ningún* derecho a decidir si está en la vida de su hijo o no?

Sí, probablemente él le había dicho: «Hazme tuyo, nena», o algo igual de vulgar, pero eso no le daba ningún derecho a estar en la vida de Trevor.

Si tan solo pudiera encontrar un hombre que fuera esa figura paterna que Trevor tan desesperadamente quería y necesitaba. Alguien con quien pudiera construir una vida para darle la estabilidad de un hogar con dos padres; podría hacer que la verdad fuera un poco más digerible cuando finalmente se la contara.

Bryan apiló las porciones de mantequilla en el plato frente a él, luego hizo lo mismo con las rebanadas de pan artesanal, recordándole a Trevor. Había sido tan bueno con Trevor hoy, y Trevor... Se había iluminado como si fuera la mañana de Navidad.

Le debía eso a Bryan. —Está bien, de acuerdo. ¿De qué querías hablar con respecto a Trevor?

Colocó el último trozo de pan directamente sobre la pila. —¿Qué... qué le gusta hacer? ¿Con qué le gusta jugar? ¿Tiene muchos amigos?

Preguntas extrañas viniendo del hombre que había contratado a una prostituta. Quizás estaba tratando de pensar en cosas que Trevor pudiera hacer mientras ellos...

—Le gustan los bloques de construcción. Ya sabes, esos de plástico que se encajan. También le gustan los camiones. —Aunque, como sus «ca» sonaban como «ta», podía ser un poco vergonzoso cuando veía uno. Había tenido que corregirle la pronunciación muchas veces en público.

Respondió a las preguntas de Bryan sobre el preescolar; probablementetrataba de averiguar cuándo su hijo estaba fuera de casa para que pudieran estar a solas.

Un escalofrío le recorrió la espalda. Si de verdad aceptaba su oferta como Cathy había sugerido, necesitarían más de las dos horas y media que Trevor estaba en clase.

No voy a pensar en eso...

Le habló del Informe Michael, aferrándose a cualquier cosa para sacar esa imagen de su cabeza. Resultó que Bryan había tenido un niño así en su clase, que también se llamaba Brian.

—No te imaginas las llamadas que mi mamá tuvo que atender por eso. Me metí en tantos problemas por cosas que nunca había hecho hasta que espabilé y le conté sobre él.

—Trevor idolatra a este niño. Piensa que porque todos le tienen miedo es alguien a quien admirar.

—Ahí es donde entra un padre, Jenna. Podemos explicar todo este asunto de la testosterona de una manera que las mujeres no pueden.

Otra vez con el tema del padre. Si supiera quién era el tipo, ¿no creía él que ya lo habría rastreado? Trevor sí necesitaba un hombre en su vida y ella estaba trabajando en eso. Pero no iba a lanzarse sobre el primer tipo sin aversión a los niños que apareciera solo para darle un padre a Trevor. Quería enamorarse. Ser una familia de verdad.

—Podría hablar con la maestra si quieres.

Dejó caer el tenedor. En serio, ninguna cantidad de dinero le daría a Bryan ese derecho cuando se trataba de *su* hijo. —Gracias, pero creo que puedo manejarlo.

—Acabas de admitir que no puedes.

Nada la enfurecía más que alguien cuestionara sus habilidades como madre. —Sabes, tienes razón. Quizás este no es el mejor lugar para tener esta discusión. —Porque en ese momento no solo quería arrojarle todo ese dinero a la cara, sino que también quería hacerlo trizas y tirarlo junto con su maldito linguini...

Que Richie justo estaba trayendo.

Genial. Su oportunidad de marcharse se acababa de cerrar.

—Aquí tienen. —Richie tomó los platos de la bandeja de servir, y el tintineo de la vajilla fue el único sonido en su mesa—. ¿Habrá algo más? —preguntó, mirando a Bryan.

Bryan frunció el ceño.

Ah, claro. Él pensaba que ella se había acostado con Richie, así que Richie no era una de sus personas favoritas en ese momento. —Gracias, Richie. Creo que estamos bien.

—De acuerdo, bueno, si necesita algo, ya sabe cómo contactarme.

Otra frase que Bryan sacó de contexto.

Esto sería divertido si él no lo hubiera gritado a los cuatro vientos en la estación de policía. Si nadie lo supiera, podría dejarlo continuar un poco más.

Pero sí lo sabían y ella no le debía nada a Bryan como-se-llame.

Cortó un trozo de su ternera. —¿Cuál es tu apellido, por cierto? Creo que al menos debería saberlo.

—Me sorprende que te importe.

Auch. Qué cruel. —Me gusta saber con quién hago negocios. —La pelota estaba de nuevo en su tejado. Lástima que él no se diera cuenta de que estaban jugando un juego.

Enrolló un poco de linguini en su tenedor. —Es Lassiter.

La ternera se le atascó en la garganta. Intentó alcanzar su vaso de agua, but Bryan se levantó de su silla y le dio unas palmaditas en la espalda antes de que pudiera llevárselo a los labios.

Sus labios estaban justo al lado de ella.

Los labios de Bryan *Lassiter.*

—¿Jenna? ¿Estás bien?

No, no lo estaba. Para nada, en absoluto, no lo estaba. Pero lo apartó con un gesto, queriendo que se *alejara* para poder averiguar qué demonios iba a hacer.

Bryan Lassiter le llevaba cuatro años en la escuela. No lo había conocido personalmente, pero había oído hablar de él. *Todo* el mundo había oído hablar de Bryan Lassiter.

Porque Bryan Lassiter no solo había sido el mariscal de campo estrella, el rey del baile de bienvenida y el presidente de la clase, sino que había sido el galán residente del pueblo. Quien era conocido por una cosa en particular.

Y en ese preciso instante, Jenna lo supo. Lo *supo*.

A Bryan Lassiter se le conocía por sus ojos... sus ojos *violetas*.

Igual que Trevor.

Capítulo Diez

Jenna había arrojado la servilleta sobre la mesa, desechando la idea de entregar su tarjeta de crédito hasta el tope para pagar su parte de la comida, porque el señor Adonis podía pagar la cena que nunca habría sido necesaria si él no hubiera hecho su absurda suposición en primer lugar, y casi salió corriendo del restaurante, con las miradas y conversaciones de los clientes siguiéndola. Sin embargo, el resto del viaje a casa fue un borrón.

Bryan pensaba que *él* era el padre de Trevor.

Cerró la puerta principal con llave tras de sí y subió corriendo a su habitación, dejando un rastro de ropa por las escaleras, queriendo deshacerse de esa noche como una lagartija se deshace de su piel, porque se sentía igual de viscosa.

No podía ser el padre de Trevor. Mindy se habría acordado de *él*. *Cualquiera* se habría acordado de Bryan. Era el sueño de toda chica. Con razón había usado los lentes oscuros. Ahora todo tenía sentido.

Pero lo que no tenía sentido era que Mindy no había estado viviendo —ni haciendo estriptis— en la ciudad hacía cuatro años. Había estado a ochenta kilómetros de distancia, por lo que la posibilidad de encontrarse con él era, en el mejor de los casos, remota.

Sí, eso era. Eso era lo que haría para demostrarle que no era el padre de Trevor. Diablos, parte de la razón por la que se habían mudado de regreso aquí era para que ella no se topara con el tipo que podría ser el padre de Trevor y tener que luchar por la custodia. Ella y Mindy lo habían decidido justo después de que llegara el diagnóstico de cáncer.

Bien, ¿y cómo iba a demostrar que él no era el padre?

La despedida de soltero. Todo lo que Mindy sabía era que el futuro novio se llamaba Brad y que se casaba al día siguiente, así que todo lo que Jenna necesitaba hacer era buscar en Google las bodas de ese día en su antigua ciudad que tuvieran un novio llamado Brad.

Le tomó menos de cinco minutos.

Y solo treinta segundos más para encontrar una foto de la recepción y descubrir que uno de los padrinos de boda se llamaba Bryan Lassiter.

Oh, mierda. Bryan realmente *podía* ser el padre de Trevor.

El pánico se apoderó de ella. ¿Y si quería la custodia? ¿Y si impugnaba su derecho a ser la madre de Trevor? ¿Y si le quitaba a Trevor?

No. Eso no podía pasar. Haría lo que fuera necesario para mantener a Trevor con ella.

Sin embargo, él quería conocer a Trevor. Eso era obvio. Todas las preguntas tenían sentido ahora. El querer enseñarle a Trevor a lanzar una pelota, la habilidad de Trevor para lanzar una pelota, el ofrecerse a hablar con la maestra en nombre de Trevor sobre Michael...

Él pensaba que ella era la mujer con la que se había acostado; por eso se había apresurado a etiquetarla como prostituta. Stripper, prostituta, podían ser intercambiables en su mente si se había acostado con ella... con Mindy.

Bryan pensaba que *ella* era Mindy.

¿Qué haría cuando descubriera que no lo era?

Sus dedos pálidos se deslizaron del ratón. No. Eso no iba a pasar. *Tenía* que pensar que ella era la mujer con la que se había acostado. *Tenía* que hacerlo. Era la única oportunidad que tenía de evitar que él investigara demasiado sobre el nacimiento de Trevor. Gracias a Dios, solo Cathy sabía la verdad.

¿Cuándo lo había adivinado Bryan? ¿En el supermercado o lo había planeado todo desde el principio? ¿Se había enterado de alguna manera sobre Trevor y la había localizado?

Jenna estudió el rostro de Bryan en la pantalla y lo transformó en una de sus imágenes mentales de Trevor. El mismo cabello y los mismos rizos. La misma estructura facial.

Los mismos ojos.

Oh, Dios. Él *era* el padre. Lo sabía. Y, peor aún, *él* lo sabía.

La pregunta era: ¿qué planeaba hacer al respecto?

* * *

Bryan lanzó las llaves sobre su escritorio en BeefCake, Inc. Definitivamente, la noche no había salido como la había planeado.

—Oye, Bry, ¿todo bien? —Gage entró en su oficina.

Bryan se pasó una mano por la cara. Aún no le había contado a Gage nada sobre Trevor o Jenna. Su socio ya tenía suficiente con las cirugías de su sobrino y su trabajo diurno, además de dirigir este lugar, encargarse de la expansión y ayudar a Lara, su prometida, con los planes de su próxima boda. Bryan no necesitaba añadir un desastre más a los que Gage ya estaba enfrentando.

Además, este era *su* desastre—. Ha sido una noche difícil.

—Sí, bueno, deberías ver a la gente que hay afuera. Eso sí que es difícil. No estoy tan seguro de que debamos abrir todas las noches de la semana. Tal vez reducir a cuatro días. Para mantenerlos interesados y con ganas para los días que *sí* abrimos.

—¿Y perdernos la clientela de la cena? No lo creo.

—Bueno, entonces necesitamos contratar a alguien. Entre manejar el espectáculo, el papeleo y la expansión, apenas tengo tiempo para mis proyectos y para Lara. ¿Y adivina cuál me importa más?

Bryan no tenía que adivinarlo. Desde que Gage había conocido a «la chica de los cupcakes», se había dedicado a probar la mercancía.

Bryan no podía culparlo. Él quería la oportunidad de probar la mercancía de Jenna, pero ella había salido corriendo del restaurante sin tocar el dinero.

Sacó el sobre y abanicó los billetes con el pulgar. Había trabajado muy duro por este dinero. Muchas horas largas y mucho baile. Él y Gage habían sido el único acto cuando empezaron. Y ahora míralos. Un lugar grande, multitudes para la cena, una docena de empleados... El lugar estaba creciendo. Gage tenía razón; necesitaban ayuda.

Jenna.

Contrataría a Jenna. Debía de haber sido una stripper medianamente decente si había terminado con ella esa noche. Y si necesitaba práctica o movimientos diferentes, bueno, él podría trabajar en eso con ella. Después de todo, él y Gage trabajaban con los bailarines en las rutinas.

63

Ajá.

Bryan volvió a guardar el sobre en el bolsillo de su chaqueta. Todavía no sabía por qué ella se había marchado corriendo, y si Richie no hubiera tardado tanto en pasar su tarjeta de crédito, habría ido tras ella. Había pensado en hacerlo, pero para entonces se dio cuenta de que estaban demasiado alterados para continuar su conversación con algo de racionalidad. Necesitaban tiempo para calmarse.

Aunque no sabía si alguna vez podría calmarse cerca de Jenna. Se veía preciosa con ese vestido y todos los hombres en Tosco's se habían dado cuenta.

¿Cuántos de ellos habían probado *su* mercancía?

Se frotó la cara. Dios, iba a volverse loco pensando así. Pero, en serio, ¿cómo podía hacerlo? ¿Cómo podía dejar que cualquier hombre entrara en su cuerpo por dinero? ¿No tenía ningún amor propio? ¿Ningún sentido de la responsabilidad hacia su hijo... *su* hijo?

O tal vez ese sentido de la responsabilidad era exactamente la razón por la que lo estaba haciendo. No era como si él estuviera ayudando con las cuentas.

—Bry, ¿hay alguna posibilidad de que cubras el resto de la noche? Quiero llegar a casa a tiempo para ver a Connor antes de que se vaya a la cama. Su cirugía es mañana.

Ahora Bryan se sentía como un doble imbécil. Sabía cuándo era la cirugía de Connor; debería haberse ofrecido a cubrir a Gage esta noche en lugar de perseguir a una prostituta barata que había dado a luz a su hijo.

Dios, su vida se estaba yendo por el caño más rápido que cuando se destrozó el tobillo en ese último partido de campeonato.

—Sí. Ve. Dale mis cariños a Lara.

—Yo le daré *mis* cariños a Lara y te agradezco que te busques tu propia mujer. —Gage le lanzó uno de sus llaveros insignia con forma de corbatín—. No te olvides de cerrar.

Bryan lo despidió con un gesto, envidiándolo. ¿Por qué Jenna no podía ser panadera? ¿Una maestra? Diablos, incluso si trabajara en un restaurante de comida rápida, él estaría encantado. Cualquier cosa que no fuera lo que era.

Tanner asomó la cabeza—. Se acabó el intermedio. ¿Quieres hacer el anuncio?

—No, hazlo tú. Considéralo un ascenso.

Tanner sonrió—. Bien. Espero un aumento de sueldo.

—Si logras que algo se levante allá afuera, lo consideraré. Anda. Dales un buen espectáculo a los clientes.

—Siempre lo hacemos.

Bryan se recostó en su silla. Tanner y los chicos —y ahora las mujeres— sí que daban un buen espectáculo. Él y Gage se enorgullecían de eso. De que este no era un antro de mala muerte como le había preocupado al ayuntamiento. Pero no todas las revistas eran como BeefCake, Inc. Él y Gage habían trabajado para una en la universidad antes de que ellos, emprendedores como eran, se independizaran. Habían ganado el doble de dinero y conseguido el triple de chicas. En aquel entonces, todo se trataba de poder presumir.

Pero ahora eran adultos. Estaban enfocados en hacer un negocio para que gente como Tanner, Markus y Carlos tuvieran un buen lugar para trabajar y la clientela obtuviera un espectáculo de primera clase.

Quizás eso era todo lo que Jenna necesitaba. La oportunidad de ganar dinero de verdad sin tener que recurrir a venderse. Y podía trabajar de noche, cuando Trevor ya se hubiera dormido. Diablos, él mismo se sentaría en su casa a cuidarlo. Podía hacer papeleo en cualquier lugar.

Hablando de eso... Bryan tomó la pila de facturas, órdenes de compra y papeles de nuevas contrataciones. Realmente odiaba esta parte del trabajo. También Gage, pero como él se estaba encargando de la renovación, Bryan había asumido esta pesadilla.

Quizás contrataría a Jenna para que se encargara de eso. Valdría diez mil dólares para él con tal de no tener que hacerlo.

Exhaló y comenzó a ordenar. Lo que sea que decidiera hacer sobre Jenna, más le valía hacerlo pronto si quería disfrutar algo de la infancia de su hijo. Trevor no se estaba haciendo más joven.

Capítulo Once

A la mañana siguiente, Jenna le dio a Cathy una botella de agua en su cocina después de contarle todo el desastre de pesadilla.

—¿Qué voy a hacer, Cath?

Cathy se golpeó los labios suavemente con la botella y se apoyó en la puerta trasera; era su turno de vigilar a los niños que jugaban a la Guerra de Dinosaurios en la mesita infantil del patio.

—Vas a tener que acostarte con él.

—¿Que voy a tener que *hacer qué*? ¿*Esto* es lo que se te ocurre? —Jenna siguió caminando de un lado a otro por el piso de la cocina, como lo había hecho durante las últimas diez horas. Diez horas sin dormir.

—Como mínimo, vas a tener que fingir que eres Mindy.

—Lo sé, ¿pero cómo? No me parezco en nada a ella y era más joven que yo.

—Jen, si no la recuerda lo suficiente como para saber que no eres tú, no se va a acordar de su edad. Ni de nada más sobre ella. Lo cual solo puede jugar a tu favor. Digo, sabe Dios qué hizo ella con él esa noche.

—Y yo tampoco.

—Entonces no es un problema. Puedes inventar lo que quieras. No lo negará si no lo recuerda. Y si lo hace... échale la culpa al alcohol. La gente tiene lagunas mentales todo el tiempo.

Claro, qué buena imagen para que Bryan tuviera de ella.

—Tiene que haber otra manera. Digo, tengo los papeles de la adopción.

Cathy negó con la cabeza.

—Él es el padre biológico que nunca renunció a sus derechos, y si tiene diez mil dólares de más por ahí para darte por acostarte con él, puedes apostar que tiene más de donde salió eso. Tiene ese club, ¿sabes? No, tienes que fingir ser Mindy. Al menos Trevor se parece a ti.

El poder de la genética, gracias a Dios.

—Pero no tomé el dinero.

—¿Por qué no?

—Porque... —Jenna se había recriminado toda la noche por no haber agarrado ese sobre. Las batallas legales cuestan un dineral—. Porque no sé si puedo hacer esto.

—¿Qué otras opciones tienes?

Ni una si Bryan decidía insistir. Podía negar su paternidad todo lo que quisiera, pero bastaría con un hisopo de un kit de prueba casero y eso sería todo.

Cathy la apuntó con la botella de agua.

—¿Ves? Tienes que hacerlo. O vas a perder a Trevor.

Ese era el problema. No había nada que *pudiera* hacer. Incluso si tomaba el dinero, él ya la había denunciado por ser prostituta; tomar el dinero solo le daría credibilidad a su argumento.

—Le diré que todo es un malentendido. Que pensé que quería una tutora, no una prostituta.

Cathy bebió un sorbo de agua, con la mirada de nuevo en el patio.

—Seguro que te cree.

—¿Por qué no? Es la verdad. Más o menos. No supe que él pensaba algo diferente hasta que el sargento me contó de la denuncia.

—Ok, está bien. Le dices que eres profesora y no prostituta y se va a poner a investigarte. No le va a costar mucho averiguar que nunca te has desnudado en tu vida, así que no puedes ser la mujer con la que se acostó, y entonces irá tras Trevor. —Volvió a mirar a Jenna—. ¿Es eso realmente lo que quieres? ¿No se suponía que harías cualquier cosa por ese niño?

—Eso no es justo.

—Todo se vale en el amor y en la guerra. Y en la custodia de los hijos. ¿Qué quieres, Jen? ¿Justicia o a Trevor?

No había duda.

Cathy abrió la puerta trasera.

—¿Están bien, chicos?

—Sí. Trevor acaba de tirar mi dinosaurio a los pozos de alquitrán.

—¿Necesita una curita?

—No. Es rudo. Como mi papi y yo.

Jenna no pudo ocultar la punzada de dolor que esa palabra le provocó.

Cathy se dio cuenta.

—Toma su dinero, Jen. Necesitas un buen abogado. Diez mil dólares te ayudarán mucho a conseguir uno. Además, así lo tendrás enganchado. Habrá contratado a una prostituta.

—No si no tengo sexo con él.

—Pues sería una lástima. Ya que estás, podrías aprovechar los beneficios de su gran malentendido. Y habiéndole echado un vistazo, apuesto a que eso no es lo único que tiene grande.

Jenna puso los ojos en blanco.

—En serio, Cathy, ¿alguna vez *no* piensas en sexo?

Su amiga se frotó el vientre.

—¿Puedes preguntar eso cuando estoy hinchada como un melón? ¿Cómo crees que llegué a este estado?

—*No* me voy a acostar con él.

Cathy se encogió de hombros.

—Como quieras, pero ya te denunció a la policía, así que hay un registro. Y luego te vieron con él. —Desenroscó la tapa de su botella de agua—. Y está... ya sabes. El historial. El de Mindy, quiero decir, que él cree que es tuyo. —Se llevó la botella de agua a los labios—. Además, «tú» nunca le dijiste lo de Trevor.

—No lo sabía...

—Lo cual no es realmente una buena recomendación para la custodia. Seamos realistas, a menos que colabores con él, te vas a joder.

—Bueno, lo que tú sugieres también hará que me jodan.

—Sí, pero de la forma buena.

Jenna se sentó a la mesa. Una parte de ella tenía que admitir que no le importaría la parte física, si no fuera más que un subterfugio. En cuanto a la otra parte...

—No soy una prostituta, Cath, y no puedo fingir serlo.

Cathy tomó un trago de su agua.

—Lo has hecho bien hasta ahora.

—Sí, pero eso es porque no he tenido que acostarme con él.

—¿Sería eso *realmente* un sacrificio?

El problema era que no lo sería. Y no necesitaba más complicaciones en su vida.

Sonó el timbre de la puerta.

Hablando del diablo...

—Cath, ¿qué voy a hacer?

Cathy volvió a tapar su botella de agua.

—Ojalá tuviera las respuestas, Jen. Realmente necesitas hablar con un abogado. Hasta entonces, dale largas. —Se puso de pie—. Me llevaré a los niños por la mañana.

—Me encantaría, pero Trevor cuenta con que Bryan volverá a jugar con él. No querrá irse contigo.

—Pues dile que Bryan no pudo venir. —Negó con la cabeza—. No puedo creerlo. *El* Bryan Lassiter. Padre de tu hijo y portador de diez mil dólares por sexo. ¡Que alguien me pellizque!

—Es solo un hombre, Cath.

—Ajá. Sigue diciéndote eso, Jen. Yo lo conocí. Sin camisa. Es más que un simple hombre. —Abrió la puerta trasera—. ¡Bobby! ¡Trevor! Guarden los tiranosaurios. ¡Nos vamos al parque! —Volvió a mirar a Jenna—. Tienes unas dos horas para resolver esto antes de que tenga que dejar a Bobby con la niñera y a Trevor de vuelta aquí. Puedes encontrar una solución.

La pregunta era: ¿cuál?

Capítulo Doce

Una vez que Cathy se llevó a los niños a una distancia donde no pudieran escuchar, Jenna respiró hondo y abrió la puerta. —Bryan. Pasa.

—¿Trevor está aquí?

Esos ojos violetas se burlaban de ella, resaltando en agudo contraste con la camiseta negra y ceñida al pecho que solo hacía que el violeta fuera más brillante. —Pensé que sería mejor si Cathy se lo llevaba mientras terminamos lo que no empezamos anoche.

Bryan dejó el bolso de lona junto a la puerta y pasó a su lado para entrar en la casa. —No tomaste el dinero.

—Y no voy a hacerlo.

Él se dio la vuelta. Vaya, lo había sorprendido. Un punto para ella.

—Pero lo necesitas.

—Me las he arreglado bien sin tu dinero antes y volveré a hacerlo.

—¿Pero cómo te mantendrás? ¿A Trevor?

—Bryan, parece que tienes la impresión de que estoy en serios aprietos. No es así. Nos mantendré de la misma forma que siempre lo he hecho.

—Pero no quiero que lo hagas, Jenna.

—¿Ah, no? ¿Y qué te da el derecho de dictar mi vida?

—Trevor.

—Estoy haciendo esto *por* Trevor.

—Sí, claro, te lo va a agradecer cuando crezca y se dé cuenta.

—Trevor sabe a qué me dedico.

Bryan se quedó con la boca abierta. —Por favor, dime que no dejas que mire.

Por el amor de Dios. ¿De *verdad* pensaba que iba a exponer a un niño a la profesión más antigua del mundo? Si estuviera haciendo lo que él pensaba, claro. ¿Por qué clase de tonta sin cerebro la tomaba?

Ignorando el hecho de que su argumento se basaba en un malentendido perpetuado por una mentira, Jenna tomó una decisión. No podía, con la conciencia tranquila, dejarle pensar que era una prostituta, pero permitirle creer que era Mindy podría ser la única forma de evitar que se llevara a Trevor. O, como había dicho Cathy, al menos darle tiempo para saber cuál era su posición en todo este lío.

Eso no significaba que no pudiera restregarle algo en la cara a ese idiota desconfiado y testarudo. —A veces, sí, Trevor mira. Le gusta.

Su expresión de perro apaleado no tenía precio. Valía mucho más que diez mil dólares.

—Y a veces dejo que me ayude.

Ahora él la miraba boquiabierto como un pez y ella intentaba no reírse.

—Pero la mayor parte del tiempo, cuando estoy trabajando, él está durmiendo. No puedo hacer bien mi trabajo si tengo que vigilarlo. Además, a mis alumnos les parece una distracción.

Bryan se levantó de golpe y caminó por la sala, pateando bloques de madera de colores para quitarlos de su camino. A Trevor no le iba a gustar eso. Esa estructura, aunque estuviera torcida, era su estadio de fútbol. Donde él y Bryan iban a jugar al fútbol americano alguna vez.

Su corazón se encogió ante ese pensamiento. Por el bien de Trevor, tenía que encontrar alguna forma de permitir que Bryan entrara en su vida.

Pero Bryan nunca tenía por qué saber que ella no era la madre *biológica* de Trevor. Era su madre en todos los demás sentidos porque, como una madre —leona, osa o humana—, haría lo que fuera necesario para protegerlo. Y para quedarse con él.

—No puedo creer esto. —Bryan se pasó una mano por el pelo y se giró para mirarla—. ¿De verdad lo dejas *mirar*? ¿Por qué no ha venido aquí el servicio de protección infantil? ¿O mantienes a todos tus «alumnos» tan contentos que nadie se queja?

Había hecho comillas en el aire al decir *alumnos*. Jenna quiso reírse. ¿Con qué cara se ponía tan moralista y decidía que sabía qué era lo mejor para *nadie*? Él era el que se había acostado con una estríper en primer lugar. Vaya, qué rápido se le bajaban los humos a los soberbios.

—Nunca he tenido una queja de ninguno de mis alumnos. La mayoría de ellos están más que satisfechos con mi desempeño. —En realidad, estaba disfrutando soltar insinuaciones por todas partes.

—Se acabó. —Bryan se plantó con las manos en las caderas—. Lo siento, Jenna, pero no puedo permitir que esto continúe. Si no paras, te *obligaré* a hacerlo.

Y ahora, el *golpe de gracia*. —¿Vas a impedir que dé clases? ¿Por qué? ¿Qué tienes en contra de la asignatura de Lengua del instituto?

—¿Cómo puedes preguntar eso? No es como si fuera una materia en el colec... —Dejó caer las manos a los lados—. ¿Qué? ¿Qué dijiste?

Se mordió el labio para contener la risa. —Te pregunté qué tienes en contra de la Lengua del instituto. ¿Shakespeare no te convence? ¿O *La letra escarlata* te traumatizó de por vida?

—Yo... —Y ahora había vuelto a quedarse boquiabierto. Apostaría a que no era algo que le ocurriera a menudo—. ¿*Lengua*?

—Sí. Ya sabes, ¿el idioma que estás destrozando tan terriblemente ahora mismo?

Bryan la miró como si estuviera hablando uno extranjero.

Se apiadó de él y le dio una palmadita al sofá. —Bryan, siéntate.

Cuando lo hizo —ahora sin palabras, y apostaría a que eso también era nuevo para él—, ella le explicó. —Sarge me dijo lo que pensabas de mí. Que me habías denunciado por prostitución.

—¿Lo sabías?

—Claro que sí. Y apuesto a que toda la clientela de Tosco también lo sabía. El grupo de secretarias de la comisaría no es famoso por guardar bien los secretos.

—Pero... ¿entonces no lo eres? ¿Y tus clientes? ¿Los padres del chico pagando por ello? ¿Aceptar mi oferta?

Esta vez tuvo que sonreír. La verdad la haría libre. Bueno, al menos en este aspecto de su relación. —Doy clases particulares a chicos en verano. Jason va a hacer los exámenes de acceso a la universidad en otoño y necesitaba ayuda para mejorar sus notas.

—¿Richie también?

—Richie tiene problemas con la lectura. Sheila con las matemáticas. Estoy certificada para enseñar ambas. Historia, también.

—¿Cal y su novia?

—Nos conocimos en un curso de alfabetización para adultos en el que yo daba una charla.

—Entonces, ¿por qué me diste esa cantidad astronómica?

Ella agachó la cabeza, no muy orgullosa de sí misma, pero tenía que recordar lo que él había hecho. Acusarla de prostitución. En su casa, con un niño cerca, nada menos. Se lo merecía.

—No iba a tomar tu dinero, no después de descubrir lo que pensabas. De verdad creí que querías un tutor para tu hijo, pero estabas siendo terriblemente odioso al respecto, así que te di una cantidad odiosa, esperando que te fueras. Imagina mi sorpresa cuando no lo hiciste. Y, oye, si estabas dispuesto a pagar tanto, lo menos que podía hacer era aceptar el dinero. —Tomó aire—. Pero una vez que Sarge me lo dijo, bueno, me hiciste enojar. Mantuve la farsa solo para poder restregarte el dinero en la cara. Tenía muchas ganas de hacerlo.

Él se frotó la mandíbula. —Debes pensar que soy un completo imbécil.

—Mmm, sí. Un poco.

Soltó un resoplido que fue mitad aliento, mitad risa. —Supongo que me lo merecía.

—Mmm.

Se puso de pie y caminó de un lado a otro, esta vez evitando los bloques. Incluso empujó algunos para apilarlos. —Yo... lo siento, Jenna. Pero eso no parece suficiente, ¿verdad?

No, pero ¿de qué serviría decírselo? —Lo hecho, hecho está. Solo tenemos que seguir adelante.

—¿Hay algo que pueda hacer para compensártelo?

Bésame hasta dejarme sin sentido sería un buen comienzo.

Vale, no era su momento más brillante. *Vete de la ciudad* sería un deseo mejor, pero, de nuevo, no era algo que pudiera decir sin entrar en explicaciones que no estaba preparada para dar.

Así que optó por algo inofensivo. —¿No habrás traído esos diez mil dólares, verdad? Restregártelos en la cara sería muy satisfactorio.

—Pues, de hecho... —Bryan se acercó a la mochila y la levantó. Se la entregó—. Date el gusto.

Jenna abrió la cremallera. Allí dentro había un montón de billetes de cien dólares, todos bien envueltos con una banda de papel.

Sacó uno de los fajos. —¿De verdad tienes diez mil dólares aquí?

—Era el precio que acordamos, ¿por qué no iba a tenerlos?

Nunca había tenido tanto dinero en efectivo en la mano a la vez.

Jenna rompió la banda de papel y abanicó los billetes en su mano. Diez billetes de cien dólares.

Sacó otro fajo. Y otro. Diez en total.

Rompió las bandas de cada uno, juntó todos los billetes y los miró fijamente. Esto era lo que él pensaba que la compraría.

De repente, la risa fue reemplazada por la ira. Realmente no tenía una opinión muy alta de ella. Vale, pensaba que era una estríper, pero algunas personas, tanto *mujeres* como hombres, bailaban por alguna razón. Como él bien debería saber. Y para algunas, como Mindy, era todo lo que tenían.

Y él dirigía un maldito *local de estriptis*. Podía llamarlo como quisiera, pero la ropa se quitaba cuando la gente bailaba en ese escenario. ¿Con qué autoridad moral venía él a darse aires de respetable?

—¿Y bien? ¿Vas a hacerlo? ¿O cambiaste de opinión? —Se sentó en el extremo más alejado del sofá, con un codo apoyado en una rodilla.

¿Cambiar de opinión? ¿Como si ahora fuera a tomarlo y ceder a sus exigencias? Pero qué hombre tan engreído, egocéntrico y manipulador...

Jenna le arrojó el montón de billetes. Volaron por todas partes y, tenía que admitirlo, fue una sensación muy satisfactoria.

—¿Te sientes mejor? —Bryan escupió uno de los billetes que se le había pegado al labio inferior.

—La verdad es que sí. —Se apartó el pelo detrás de las orejas y luego se quitó un par de billetes de cien del regazo de un manotazo. Los pisó. *Eso* sí que fue satisfactorio.

Bryan recogió un par de billetes del sofá y los apiló sobre la mesa en medio de un mar de Benjamines verdes y blancos. —Te lo juro, no te pareces a ninguna mujer que haya conocido.

Eso era porque nunca se habían conocido, pero no podía decírselo.

—Así es, no me parezco a ninguna. Y no lo olvides.

Como si Bryan *pudiera* olvidarlo.

Deslizó varios billetes de cien de debajo de la mesa con su zapatilla de deporte, todavía tratando de procesar esta serie de acontecimientos.

No era una prostituta; era una profesora. Y, sí, pensó en su deseo de ayer: *¿Por qué no podía ser una profesora con la que pudiera considerar sentar cabeza y formar una familia?*

Parecía que ese deseo se había hecho realidad. Bueno, la parte de la familia. ¿La parte de sentar cabeza? *¿Podrían* sentar cabeza? ¿Juntos?

Bryan la estudió mientras ella recogía el dinero. Era innegablemente bonita de una manera poco convencional. Pantalones cortos de mezclilla, camiseta holgada, ni una gota de maquillaje y ese pelo salvajemente rizado y alborotado que se negaba a permanecer bien colocado detrás de sus orejas. Jenna era real. Sin ninguna pretensión.

La madre de su hijo.

Las palabras resonaban en su cerebro. No la había elegido exactamente para el papel, pero tenía que admitir que había hecho una buena elección en su borrachera.

Quería saber sobre aquella noche. Por qué no lo había buscado cuando supo que estaba embarazada. Cómo había sido su embarazo. ¿Había pensado alguna vez en interrumpirlo? ¿En dar a Trevor en adopción?

Bryan cerró los ojos cuando el dolor lo apuñaló. Dios. Treinta y cuatro años; le gustaría haberlo superado ya. Pero siempre estaba ahí, flotando en el fondo. Haciéndole preguntarse si alguna vez sería lo suficientemente bueno.

Había sido adoptado. Sabía lo que era no ser querido por la mujer que lo había traído al mundo.

Oh, claro, conocía todas las estadísticas. Había oído todas las historias. Era mejor ser criado en un hogar lleno de amor por una pareja que quería hijos que en un motel de mala muerte por una madre prostituta adicta al crack.

El caso es que nunca supo si esa había sido su situación. ¿Había sido su madre una drogadicta? ¿Se había escapado de casa? ¿Era él producto de un incesto? ¿De una violación? ¿Había estado intentando manipular a alguien para que se casara con ella? ¿Había sido una aventura de una noche? ¿O había sido una adolescente que no pensó que el embarazo pudiera ocurrirle? ¿Había creído que su novio estaba usando un condón? ¿Se había roto?

Los escenarios daban vueltas en su cabeza como lo habían hecho durante cada uno de los últimos treinta años. Sus padres adoptivos nunca se lo habían ocultado; se habían asegurado de hacerles saber a él y a Kyle que habían sido elegidos especialmente por ser quienes eran. Palabras reconfortantes, reconocía Bryan, de padres amorosos a hijos inseguros.

Sabía todo eso. Conocía todo el rollo psicoanalítico, pero el hecho era que no conocía a nadie en este mundo con quien estuviera biológicamente emparentado.

Hasta Trevor.

De ninguna manera iba a marcharse ahora.

—Tenemos algo más que discutir, Jenna.

Jenna se puso de pie de un salto, se rodeó la cintura con los brazos —donde había llevado a su hijo— y caminó hacia la ventana delantera. —Bryan, yo... no puedo. Ahora no. Necesito algo de tiempo.

—Ya has tenido suficiente tiempo, Jenna. Ahora es mi turno. —Dejó caer el dinero dentro de su bolso de lona, luego caminó hacia ella por detrás y le puso las manos en los hombros—. Me gustaría pasar tiempo con mi hijo.

Capítulo Trece

Su hijo.

Trevor era *su* hijo. ¡Suyo!

—Jenna, sé que Trevor es mío.

Bryan no se iba a marchar, al igual que ella. Y, sinceramente, por el bien de Trevor, ella debería estar feliz por eso.

Por desgracia, *felicidad* no era lo que sentía en ese momento.

Tragó saliva y lo miró en el reflejo de la ventana. Definitivamente no estaba feliz.

—Entiendo por qué no me lo dijiste antes. No es que nos hubiéramos intercambiado los números de teléfono precisamente.

Cierto. Fluidos corporales, sí; ¿un simple medio de comunicación? Al parecer, no.

Pero fue *Mindy* quien intercambió fluidos con Bryan. Era importante recordar eso... y no revelarlo nunca.

—Pero ahora... lo sé. Y tú lo sabes. Si no lo sabías antes, tuviste que saberlo en el momento en que viste mis ojos.

Ella los miró ahora. Violetas con un destello azul alrededor de la pupila. Igual que los que ella había mirado todos los días durante los últimos tres años y medio.

—Sí. —Una sola palabra, un impacto tan grande. No solo para ella, sino también para Bryan *y* Trevor. Dos letras, tres vidas.

Bryan apartó las manos de los hombros de ella para pasárselas por el pelo. —¿Entonces, la pregunta es qué vamos a hacer?

Esa *era* la pregunta. Ella se dio la vuelta. —¿Qué quieres hacer *tú*?

—Me gustaría obtener algunas respuestas, si no te importa.

No importaría si le importaba. Él tenía derecho a ellas. Pero solo hasta cierto punto. Todo lo que tuviera que ver con la madre biológica de Trevor recibiría una versión manipulada.

Se volvió de nuevo hacia la ventana. Afuera, todo estaba exactamente como siempre. El señor Heiner estaba podando el borde de su acera, la señora Heiner tendía la ropa. Los Tolofson de al lado jugaban al béisbol con sus gemelos. Tyler Hepburn deambulaba de buzón en buzón entregando el correo. Una vida al estilo de Rockwell, pero por dentro se sentía como un Picasso: desarticulada y fuera de lugar.

—Yo... —Respiró hondo—. No sabía de quién era el bebé. —Oyó la rápida inspiración de él e hizo una mueca de dolor junto con él—. Una de las chicas... estaba celosa. Decidió vengarse haciendo agujeros con un alfiler en la caja de condones. —Todo, hasta ahora, era cierto. Excepto que esta era la historia de Mindy.

—¿No podías averiguar quién era yo de alguna manera? ¿No había registros? Yo contraté a la estri... a tu empresa personalmente para la fiesta de Brad. ¿No podías rastrear tus... pasos?

Los eufemismos para un acto tan íntimo le parecieron a Jenna particularmente graciosos en una situación que distaba mucho de ser humorística.

—Hubo muchas... fiestas. —Aunque Mindy le había asegurado que no hubo muchos hombres, pero aun así, los suficientes como para que localizarlos hubiera requerido mucho trabajo, y a la mayoría de los tipos no les gustaba admitir que se habían acostado con una estríper—. Además, me imaginé que me darían largas una vez que el tipo se enterara de por qué lo había localizado. ¿Quién querría reclamar un bebé?

Bryan estaba lo suficientemente cerca detrás de ella como para sentir su aliento cálido en el cuello. Sentir la electricidad entre ellos. Oír el nudo en su voz cuando respondió: —Yo lo habría hecho.

Un dolor, crudo y de bordes afilados, la arrolló. Soportó la oleada y esperó la siguiente solo porque vendría. Como la marea, sabía que vendría. —Pero yo no lo sabía. Por lo que sabía, eras un hombre casado y el bebé sería un problema enorme.

—Es mi hijo, Jenna. —Se paró justo detrás de ella y la miró fijamente en el reflejo de la ventana—. Quiero ser parte de su vida.

Ser parte de su vida era muy diferente a *es mío y lo quiero*.

—¿En serio?

Él asintió. —Fui adoptado. Mi hermano y yo lo fuimos. Sé lo que es no saber quiénes son tus padres biológicos. No quiero hacerle eso a Trevor. *No puedo* hacerle eso.

Ella debería estar encantada. Este hombre era el padre de Trevor. Su hijo finalmente podría tener el papá que quería. El papá que se merecía.

Entonces, ¿por qué quería agarrarlo y llevárselo al rincón más alejado del mundo y quedárselo para ella sola?

Jenna regresó al sofá y se dejó caer en el reposabrazos. No podía hacer eso, como tampoco podía negarle a Trevor el *derecho* a su padre. O a Bryan el derecho a su hijo.

Quizás podría haber un punto medio. —De... acuerdo.

—¿No vas a pelear conmigo?

Se abrazó a sí misma de nuevo, los nervios le daban frío. —¿Qué sentido tendría? Cualquiera puede ver que es tuyo.

La sonrisa que iluminó el rostro de Bryan le quitó el aliento a Jenna. Tanto porque lo hacía aún más guapo como porque era igual a la de Trevor.

—Quiero llevarlo de campamento. Ir de pesca. Llevarlo a un partido. De todos los deportes. Construir una casa en un árbol con él. Enseñarle a manejar, responder a sus preguntas sobre las chicas... Todas las cosas que un padre y un hijo hacen. Quizás algún día, incluso me llame papá.

Su corazón se rompió por eso, tanto por Bryan como por Trevor. La adopción de Bryan significaba que no tenía parientes biológicos en ninguna parte, excepto por Trevor. Y Trevor tampoco. Les debía a ambos dejar que esto sucediera.

Pero, ¿en qué lugar la dejaba eso a ella? Ahora, más que nunca, Bryan no podía enterarse de lo de Mindy.

—¿Cómo vamos a decírselo? ¿Cómo se lo vamos a decir a todo el mundo?

Bryan hizo una mueca. —Me temo que ninguno de los dos puede quedar bien parado si la verdad sale a la luz.

Especialmente si la verdad salía a la luz; a ella la tacharían de mentirosa. Se cruzó de brazos. —Cierto.

—Estoy dispuesto a inventar una si tú también lo estás.

—¿Cómo? He vivido aquí por más de tres años y tú has estado aquí todo el tiempo. Nadie creerá que no sabíamos que el otro vivía en el mismo pueblo.

—¿Por qué no? Esa parte es la verdad.

—Nadie se lo va a creer.

Bryan se sentó a su lado. —¿Importa? Nosotros sabemos la verdad, ¿qué importa lo que digan los demás?

—A Trevor le importará cuando empiecen a molestarlo.

—Nadie va a molestar a mi hijo.

Ella puso los ojos en blanco. —Hablas como un verdadero padre. Que olvida cómo fue la secundaria.

—La secundaria fue genial, ¿de qué hablas?

Para él, probablemente lo había sido. Para el resto de los preadolescentes fueron tres años de acné, pelo grasoso, mal olor corporal, malos cortes de pelo, frenos y tratar de encajar.

Se puso de pie. Era su turno de caminar de un lado a otro. —Tenemos que tener una historia, Bryan. Preferiblemente una que no me haga parecer una muje... una mujer de moral dudosa. Después de todo, soy maestra. Tengo una reputación que mantener para mi contrato.

—Yo asumiré la culpa.

—¿Qué?

Se encogió de hombros, luego se impulsó con los muslos y se puso de pie. —Diré que fui yo. Que viniste a mí y me contaste sobre el bebé, pero no creí que fuera mío. Tuvimos una pelea y nunca más me volviste a hablar.

—Pero entonces quedarás como el patán.

—Me han llamado cosas peores.

Fue un gesto tan tierno que ella le pasó la mano por el brazo antes de pensarlo.

Y, no, no fue una buena idea. Sus dedos querían quedarse allí.

Recuperó sus deditos tentados y los metió en el hueco de su brazo. —No es que no sea tierno de tu parte, pero Trevor no puede crecer con esa historia. Necesitamos encontrar una que nos haga quedar a *ambos* lo mejor posible dadas las circunstancias. Recuerda, esto es lo que él sabrá sobre su concepción y cómo pensará sobre nosotros.

—Entonces nos apegamos a la verdad lo más posible.

Jenna iba a vetar esa idea por completo. No iba a meter a Mindy en la ecuación.

Bryan se pasó una mano por la boca. —Diremos que nos conocimos en una fiesta, que la pasamos bien, pero para cuando te diste cuenta de que estabas embarazada, ya habíamos terminado, y yo me había ido, y no sabías cómo contactarme.

Regresó al sofá. Tantas mentiras le estaban dando jaqueca. —Excepto que internet hace que sea fácil encontrar a casi cualquiera.

—La palabra clave es *casi*. No estoy en ninguna red social, el único sitio web que tengo es para el club y no lo tenía en ese entonces, y mi celular no está en el directorio. Nunca te dije de dónde era, así que no habrías podido rastrearme por ese lado.

—¿Y qué hay de las otras personas en la fiesta?

Bryan se dejó caer en la silla frente a ella. —Llegaste con la amiga de una amiga y la fiesta fue en una propiedad de alquiler. No había una lista formal de invitados; ambos nos colamos y terminamos enrollándonos.

—¿Así que tuvimos un encuentro de una noche que resultó en un bebé y nunca pudimos volver a encontrarnos? —No era la mejor historia, pero dado su propio pasado, era una que la gente creería.

Por desgracia.

—No teníamos una razón para volver a buscarnos.

—*Tú* no. Yo me quedé sola con un bebé.

Bryan volvió hacia ella esos ojos violetas y eran sorprendentes, tanto por su intensidad como por el hecho de que eran exactamente iguales a los de Trevor. —Todavía *estamos* hablando de nuestra coartada, ¿verdad? Porque suenas un poco enojada por algo de lo que no tenía idea que estaba pasando.

Se humedeció los labios. —No, tienes razón. Lo siento. Pude haber seguido buscando, supongo. Es solo que fue un gran impacto.

Todo eso era verdad. El embarazo de Mindy, tratar de descifrar qué hacer y cómo mantener otra boca, luego el diagnóstico de cáncer y el nacimiento de él y solo seis meses hasta que Mindy se fue. Tuvo que ir a ver al abogado, organizar el funeral, los videos de último minuto que Mindy había querido hacer para su hijo y que Jenna había guardado para el día en que Trevor tuviera la edad suficiente para verlos... No había habido tiempo para rastrear a los tipos de las fiestas y averiguar cuál podría ser el padre de Trevor.

—¿Alguna vez... es decir, habías considerado deshacerte de él? ¿Del bebé?

—¿Abortar? Eso nunca fue una opción. —Mindy se había mantenido firme al respecto y Jenna se había alegrado. Sin importar todo lo que implicaba criarlo sola, habiendo perdido un hijo, Jenna se sentía bendecida de tenerlo en su vida.

—Entonces, ¿cuándo se lo decimos a Trevor?

Y ahora tenía que compartirlo.

Jenna tomó una respiración temblorosa y superficial. —¿Tenemos que hacerlo? Quiero decir, ¿de inmediato? ¿No podemos dejar que te conozca, que se vaya acostumbrando?

Bryan negó con la cabeza. —Jenna, Trevor es mi hijo; voy a estar en su vida. Me gustaría que las cosas fueran amigables entre tú y yo, con lo que es mejor para él en el centro de todo lo que hacemos, pero *seré* su padre. Él *me* conocerá.

Las palabras que ella había querido que Carl dijera. Que sintiera. No este extraño que de repente había reclamado todo lo que ella apreciaba.

Y que tenía más derecho a ese reclamo que ella.

—Está bien. Pero demosle unos días. Deja que se acostumbre a que estés por aquí, que otras personas se acostumbren a verte aquí.

—¿Cuánto tiempo crees que va a durar eso? Te enteraste de lo que dije de ti en menos de una hora. ¿Cuánto tiempo crees que tardará esta noticia en recorrer el pueblo y en llegar a oídos de Trevor? Su «amigo» Michael va a *disfrutar* compartiendo este chismecito.

Michael era así de cretino. Igual que sus padres. Al niño le venía de familia.

Jenna soltó el aire, intentando calmar las mariposas en su estómago. Ya estaba, era el paso irrevocable. Una vez que cediera, no habría vuelta atrás.

Pero parte de ser madre era hacer lo que era mejor para tu hijo, incluso si significaba algo que no era bueno para ti. —Está bien, Bryan, se lo diremos cuando llegue a casa más tarde.

—Bien. Asunto zanjado. —Sacó el efectivo de su bolsillo—. Ahora, en cuanto al dinero...

—Te dije que no lo voy a aceptar.

—Jenna, nunca fue por sexo. Nunca te iba a exigir eso.

Adiós a la sugerencia de Cathy.

Jenna se horrorizó al descubrir que estaba decepcionada.

—Quería que lo tuvieras para que no tuvieras que, bueno, hacer lo que pensé que estabas haciendo. Pero ahora, quiero que lo tomes. Es lo menos que puedo hacer para ayudar. Llevas cuatro años haciéndolo todo sola. Ya no tienes por qué.

Se negó a tocar el dinero y no tenía nada que ver con sus suposiciones erróneas. Esto tenía que ver con ella. Con quién era ella. —Dejemos una cosa en claro, Bryan. Puedo mantener a mi hijo.

—A nuestro hijo.

—Bien. A nuestro hijo. Pero *yo* puedo hacerlo. Si quieres contribuir, guarda el dinero para la universidad.

—Un lindo gesto, pero lo vamos a compartir, Jenna. Cincuenta y cincuenta. Y eso incluye el costo de criarlo. Pondré los diez mil en un fondo para la universidad, pero de ahora en adelante, pagaré la mitad de todo.

—No me siento cómoda aceptando dinero tuyo.

—Jenna...

—No. Escucha. No fui a buscarte por dinero cuando nació y no te estoy pidiendo nada ahora. No nos vamos a casar, Bryan, estamos criando a nuestro hijo.

—Entonces trabaja para mí. *Gánate* el dinero. Seguramente, te vendría bien algo de dinero extra.

El dinero extra sería genial, pero... —¿Quieres que te haga un *striptease*?

Menos mal que estaba sentada, porque sus rodillas se le pusieron más que un poco temblorosas ante esa imagen: ella y Bryan en su habitación, música seductora de fondo, deslizándose los pantalones cortos por las piernas, quitándose la blusa por la cabeza...

Ni siquiera sabía cómo desnudarse de forma seductora y hacerlo la delataría en un minuto. De ninguna manera la habrían contratado en ninguna compañía de baile en ningún lugar.

—¿Bailar? No. Sin embargo, hay una montaña de papeleo en la oficina del que me encantaría que te hicieras cargo. Facturas, órdenes de compra, papeleo de nuevas contrataciones... Sé bailar, sé manejar bailarinas y sé atraer clientes; lo que no quiero hacer es descifrar números de factura, facturación neta, cuentas de depósito en garantía y cosas así. Con gusto te entregaré todo eso para que puedas ganarte tu sueldo. Trabaja en el horario de Trevor. ¿Qué dices?

—¿Solo trabajo de oficina? ¿Papeleo y cosas así?

—Solo papeleo.

—¿Nada de baile?

—No. —Ni aunque quisiera. Las bailarinas ganaban muy buenas propinas, pero ella *no* iba a exhibir su cuerpo para nadie.

Excepto para él.

Bryan quiso reírse, pero no era gracioso. La única forma en que llegaría a ver el cuerpo de Jenna sería en sus sueños.

Si tan solo pudiera recordar esa noche.

—¿Por qué? —Jenna lo miraba fijamente con sus hermosos ojos azules. Habían brillado a la luz de las velas la noche anterior y él había caído un poco bajo su hechizo. Estaba sucediendo de nuevo aquí.

—¿Por qué? —Apartó la mirada de la de ella. Necesitaba mantener la cabeza fría en este momento; lo que definieran afectaría a Trevor por quién sabe cuánto tiempo. La lujuria momentánea no tenía lugar en esta discusión.

Y entonces ella inhaló y sus pechos se movieron bajo su camiseta, dos suaves montículos que obviamente había tenido en sus manos y probablemente en su boca hacía cuatro años.

Mierda. No había *nada* de momentáneo en lo que estaba sintiendo por ella.

—Sí, ¿por qué? ¿Por qué estás tan empeñado en que trabaje para ti? Ni siquiera me conoces.

Pero sí la conocía: en el sentido bíblico. No importaba que no lo recordara; Trevor era la prueba. Esto no era lo que había esperado cuando vino aquí esta mañana. A lo sumo, le había preocupado cambiar la descripción de su trabajo. Ahora, tenía que convencerla de que aceptara el trabajo legítimo que le estaba ofreciendo. —Eres una madre soltera. Mi madre biológica me dio en adopción; siempre me pregunté si, de haber tenido ayuda, me habría quedado con ella. Tú necesitas ayuda, yo puedo dártela. Es una situación en la que todos ganamos.

—Querrás decir los tres.

Sí, los *tres*.

Capítulo Catorce

—¿Estás seguro de que el niño es tuyo, verdad? —dijo Gage, señalando una de las luces del escenario que se había desalineado.

—Es mío. —Bryan revisó el cableado y ajustó la luz. Siempre había algún cliente que se pasaba de copas y se inclinaba sobre ella para manosear a los bailarines. Hombre o mujer, no importaba; los borrachos manoseaban por igual. Iba a tener que replantear el diseño de la iluminación antes de que alguien saliera herido, ya fuera porque tuvieran que bajarlo del escenario a la fuerza o porque terminara electrocutado al tocar la bombilla.

—¿Cómo puedes estar tan seguro? Digo, no recuerdas cómo era ella. ¿Estás seguro de que no va tras tu dinero? ¿Este lugar?

Sí, Gage tenía motivos para preocuparse. Su futuro estaba tan ligado a BeefCake, Inc. como el de Bryan.

—Cuando conozcas a Trevor, lo verás. No hay duda. Pero ¿qué haces aquí? Pensé que la cirugía de Connor era hoy.

Gage hizo una mueca, una expresión que Bryan conocía muy bien en el rostro de su socio. El atropello y fuga que había lesionado a Connor había sido un golpe para toda su familia, y toda la presión recaía sobre los hombros de Gage. Bryan nunca se había alegrado tanto por su amigo como cuando encontró a Lara. Por primera vez en mucho tiempo, había visto a Gage realmente feliz.

—Se despertó con una sinusitis. No quieren ponerle anestesia hasta que se le pase, así que tuvimos que posponerla.

—Ah, viejo, Gage, lo siento. Sé las ganas que tenías de que terminara todo.

—Sí, siete menos, quedan dos. Solo queremos que terminen ya.

Bryan podía identificarse en otro nivel. No, él no enfrentaba cirugías para Trevor —al menos que él supiera; tendría que hacer una nota mental para acordarse de preguntarle a Jenna sobre eso más tarde—, pero la preocupación, el amor y los pensamientos sobre cómo sería el futuro del niño... Bryan de repente comprendió todo eso. Los sentimientos paternales se le habían ido colando desde que se fue de casa de Jenna. ¿Qué estaría haciendo su hijo en ese momento? ¿Con quién estaría jugando? ¿O estaría dibujando? ¿Durmiendo la siesta? ¿Michael le estaría diciendo un montón de cosas inapropiadas...? La mayoría de la gente tenía nueve meses para adaptarse; él había tenido unas nueve horas.

—¿Saben para cuándo?

Gage se encogió de hombros y ajustó el centro de mesa. —Tiene al menos dos semanas con los antibióticos. Quieren asegurarse de que se le quite por completo antes de que volvamos.

—Tiene sentido. No ayuda con tu nivel de estrés, pero quieres lo mejor para Connor.

Gage giró una de las sillas y se sentó a horcajadas en la mesa. —Así que... un hijo. Tienes un hijo.

Una sonrisa tonta apareció en el rostro de Bryan y no pudo quitársela. No era que quisiera. Tenía un hijo. —Lo sé, ¿no? Siento que debería estar repartiendo puros o algo. Comprando cosas azules.

—A los cuatro años ya está un poco grande para ese tipo de cosas.

La sonrisa desapareció. —Cuatro. Me perdí de mucho.

—¿Estás enojado?

Bryan tuvo que pensarlo. —No, no puedo decir que lo esté. Ella tuvo que tomar decisiones difíciles y no tengo derecho a cuestionarlas. Yo no estaba ahí, no sé por lo que pasó ni su situación. Fue solo cosa de una noche y ella tiene razón; por lo que ella sabía, yo podría haber estado casado y el bebé habría sido un problema. No me conocía.

—Y tú no la conocías a ella. ¿Y ahora quieres que trabaje aquí?

—Le pagaré de mi parte.

—El dinero no es el problema. Me preocupas tú. No sabes nada de esa mujer.

—Es profesora de inglés en la preparatoria y ha vivido aquí por tres años. A Sarge le parece genial, todos sus alumnos que he conocido la adoran y Trevor parece estar bastante bien adaptado. Creo que es de fiar.

—Pero las circunstancias en las que se conocieron…

—Cuidado, Gage. Estás hablando de la madre de mi hijo. —Bryan no se había dado cuenta de que esa actitud de cavernícola acechaba en su psique, pero sí, ahí estaba. Quizás ese sería su disfraz la próxima vez que tuviera que sustituir a uno de los bailarines en lugar de su personaje de policía—. Yo tampoco estaba ganando ningún premio al Ciudadano Respetable esa noche. Tengo tanta culpa como ella.

Palabras que tenía que recordar. Nada de doble moral cuando se trataba de sexo de una noche y condones rotos.

—Está bien, siempre y cuando sepas lo que haces. Solo no quiero que te ciegue la imagen de la casita con cerca blanca y no veas la maleza.

No había maleza. Él había sido la maleza al hacer esa suposición sobre ella.

—Entonces, ¿cuándo le vas a pasar las riendas? Recibimos un par de llamadas de proveedores que buscan sus pagos. Sé que tenemos el dinero en los libros, así que supuse que era solo una cuestión de papeleo.

—Sí, ya me conoces; prefiero hacer cualquier cosa antes que mover papeles. Por eso estoy contratando a Jenna.

Gage se puso de pie y volvió a colocar la silla en su lugar. —Bien. Ahora quizás todas nuestras bailarinas dejen de andar suspirando por ti.

—Solo estás celoso de que no sea por ti; lo que habría pasado si las hubiéramos contratado antes de que conocieras a Lara.

—Sí, pero como las bailarinas fueron idea de Lara, no estarían aquí. —Gage puso esa sonrisa tonta que Bryan se había acostumbrado a ver en el último año. Un año y tanto había cambiado para su amigo—. Y además, estoy perfectamente feliz con que solo Lara suspire por mí.

Un par de segundos más de esa sonrisa tonta, pero luego Gage se puso serio. Como Bryan sabía que lo haría. Habían sido amigos desde siempre. Bromeaban, se molestaban, se daban lata, pero estaban ahí el uno para el otro. —¿Y además de contratarla, qué más vas a hacer con la madre de Trevor? ¿Hay algo más entre ustedes?

Bryan se había estado preguntando lo mismo. Caminó hacia la ventana y observó el tráfico de la hora del almuerzo. Una madre joven empujaba un cochecito por la acera hacia un hombre que la envolvió en un abrazo. Le dio un dulce beso en la mejilla antes de tomar un sonajero del cochecito y agitarlo para el bebé. Unos bracitos y piernitas regordetes se agitaron bajo una mancha de color rosa.

¿Jenna habría llevado a Trevor a caminar? ¿Alguien la habría abrazado o jugado con un sonajero para Trevor?

Deseó haberlo hecho él. Quería hacerlo ahora.

Quizás en el futuro...

—Diablos, Gage. No tengo ni la menor idea. —Reunió el libro, las facturas y el resto del odiado papeleo—. Tengo que volver. Vamos a contárselo a Trevor cuando se despierte de la siesta hoy.

—¿No crees que deberías aclarar las cosas antes de involucrarlo?

—No puedo. Los chismes en este pueblo corren como la pólvora. No queremos que se entere por otra persona, y después de que Jenna salió furiosa de Tosco anoche, estamos en el radar de los chismosos. Es mejor que lo oiga de nosotros.

—Es tu decisión, Bry. Solo espero que sepas lo que estás haciendo.

Sí, eso sería genial, ¿no?

Capítulo Quince

Jenna acomodó la última revista sobre la mesa y ahuecó el último cojín del sofá. Era una tontería. A Bryan no le importaba el aspecto de su casa. Tampoco a Trevor. Mientras tuviera espacio en la alfombra para construir su estadio de fútbol —otra vez—, él era feliz. Tuvo que arrancarlo de los bloques para que durmiera la siesta, pero la siesta la iba a dormir. Nunca había habido un momento más importante para que estuviera bien descansado, porque en cuanto le dijeran que Bryan era su padre, Jenna tenía la sensación de que Trevor no volvería a pegar un ojo.

Bryan dio unos golpecitos en el cristal junto a la puerta principal.

Ella tuvo que sonreír. Ya se estaba portando como un padre, haciendo el menor ruido posible para no despertar a Trevor.

—Todavía está durmiendo la siesta —dijo ella al abrir la puerta.

—Bien. Eso nos dará tiempo para revisar esto. —Levantó un montón de papeles, pero Jenna no los estaba mirando. Lo estaba mirando a él. A esos ojos que eran el vivo retrato de los de Trevor, a la sonrisa que se dibujaba en unos labios que desearía haber besado ella hace cuatro años, y a su ancho pecho cubierto con esa camiseta endemoniadamente sexi que ojalá hubiera sido ella quien la quitara esa noche...

Sacudió la cabeza. La única razón por la que deseaba haber sido ella esa noche era para que sus derechos de maternidad no se pusieran en duda. Si de verdad fuera la madre biológica de Trevor, no estaría arriesgando la familia, la estabilidad y la felicidad de su hijo al traer de vuelta a su padre.

Era un callejón sin salida: quería que Trevor tuviera un padre, solo que no quería que ese padre tuviera ningún derecho que anulara el suyo.

—Vamos a mi oficina.

Bryan se detuvo en el umbral. —Con razón querías tirarme el dinero a la cara. —La habitación estaba rodeada de pósteres parecidos a las tablas optométricas con letras, números, estructuras de oraciones y diagramas. Un par de líneas de tiempo de la Guerra de Independencia estaban alineadas en la pared del fondo. Su escritorio estaba cubierto de papel rayado, reglas y lápices, y pilas de cuadernos donde sus alumnos practicaban su escritura.

—Pensé que aquí atrás habría una cama lujosa. Sábanas de seda, una cascada, música sensual...

La imagen la estaba afectando, así que Jenna tomó asiento detrás de su escritorio. Normalmente, se sentaría junto a sus clientes en la mesa de reuniones que había empujado contra la pared para ahorrar espacio, pero con Bryan introduciendo seducción —aunque sin saberlo— en la habitación, necesitaba una barrera.

Bryan extendió los papeles y le entregó el libro de contabilidad.

—¿No usas la computadora?

Él se encogió de hombros. —No era un desembolso prioritario al principio, ya que teníamos que contratar personal, conseguir un local y arreglarlo. Hacerlo a mano nos ha estado funcionando.

Ella empujó la pila de facturas sin pagar. —Ajá.

Un rizo negro le cayó sobre la frente cuando agachó la cabeza. —Bueno, funcionó por un tiempo.

—Bueno, entonces muéstrame tu sistema. Tal vez tenga que hacer algunos ajustes.

—Mientras no sea para desviar fondos a las Caimán, adelante.

Ella dejó el lápiz. —Mira, Bryan, o confías en mí o no, pero yo no era la única persona que estaba allí la noche en que Trevor fue concebido. Podrías pensar que soy una barata y una cualquiera o algo así —la mayoría de la gente lo hace cuando piensa en las *strippers*—, pero soy honesta.

Las palabras se burlaban de ella. Ahí estaba, declarando su honestidad cuando la mentira más grande del mundo acababa de salir de su boca.

Pero lo hacía por las razones correctas; eso era lo que tenía que recordar.

¿Acaso la historia no trataba a Robin Hood con mucha más amabilidad que el Sheriff de Nottingham? Claro, lo que él hacía era ilegal según la letra de la ley, pero según el espíritu, Robin Hood había estado haciendo lo correcto.

¿De verdad se estaba comparando con un cuento de hadas?

—Jenna, fue una broma. Sí confío en ti. Lo has demostrado al dejar el baile para dedicarte a la enseñanza y por lo bien que has criado a Trevor. No quise insinuar nada.

—Ah. —Volvió a tomar el lápiz, con diferentes facciones luchando en su interior. Odiaba mentir. Realmente lo odiaba. Nunca había sido buena en ello y no había querido serlo. Y el hecho de que fuera lo suficientemente buena como para que él no la cuestionara —e incluso confiara en ella— era aterrador.

Todo es por Trevor.

Cierto. Tenía que recordar eso. —Bueno, entonces muéstrame lo que está al día.

Trabajaron en los libros de contabilidad mientras Jenna sacaba su laptop para cargar un programa básico de contabilidad y teclear los datos.

—Esto no será difícil y no me va a llevar mucho tiempo. Probablemente pueda terminarlo durante su siesta.

—No quiero domí más sietas.

Trevor estaba de pie en el umbral de su oficina.

—Hola, Bwyan. ¿Podemos jugá ahora al fútbol?

—Hola, campeón. —Bryan se levantó de un salto de su silla y tomó a Trevor en brazos antes de que Jenna pudiera salir de detrás de su escritorio.

Y, sí, estaba celosa de que Trevor tuviera los brazos alrededor del cuello de Bryan y estuviera perfectamente cómodo en sus brazos.

Estaba celosa de que Trevor estuviera en sus brazos.

—Trevor, un niño en crecimiento necesita sus siestas. Así es como crece.

—No es vedá. Michael dijo que eso es un embute. No me gutan los cocodilos. Pero sus hitodias molan.

Últimamente, todo «molaba» para Trevor. Excepto Bryan, claro. Bryan había sido *genial*.

—¿Qué te parece esto? —Bryan se sentó y acomodó a Trevor en su rodilla —. ¿Qué tal si duermes una siesta por tu mamá y después te llevo a comer un *cupcake*? Sin siesta, no hay *cupcake*.

Iba a tener que educar a Bryan sobre los méritos —y la falta de ellos— de negociar con un niño. Especialmente con Trev. A veces podía ser de lo más terco.

—Vale.

Volvió a mirar, sorprendida. ¿Era este su hijo?

—Lo digo en serio —dijo Bryan—. Tu mamá me dará un informe. Si le das problemas, no hay *cupcake.*

—No lo hadé. Amo a mami y ella solo quiere lo mejó pada mí.

Jenna podría besar a Cathy en ese momento; esas palabras tenían el sello de *Cathy Mayfield* por todas partes.

—Así es, tu mamá sí. ¿Y sabes qué? Yo también.

Trevor le dio una palmadita a Bryan en el brazo. —¡Mola! ¿Podemos jugá al fútbol ahora? ¿Y podemos comé un *cupcake* también?

Al verlos frente a ella, ambos de perfil, el corazón de Jenna dio un vuelco. La misma nariz, el mismo mentón, la misma expresión feliz en sus caras, los mismos ojos preciosos. Trevor era una versión en miniatura de Bryan y le mostraba exactamente en quién se convertiría su hijo.

—¿Qué tal un poco más tarde? Ahora mismo tu mamá y yo tenemos algo que hablar contigo.

Los labios de Trevor hicieron ese puchero que Jenna había llegado a conocer tan bien a lo largo de los años. Solo lo usaba cuando quería ser adorable, y ella nunca le decía que no importaba; para ella siempre era adorable. Pero no había necesidad de revelar sus señales físicas ni su comprensión de ellas.

Y tal vez las de Bryan eran las mismas. ¿Quién sabía? Ese conocimiento podría ser útil algún día.

—¿Po qué no pueden hablá conmigo depué? Me muedo de ganas de comé *cupcakes.*

Bryan le levantó una ceja. —¿Siempre es tan negociador?

Ella se rio. —Parece que es un rasgo heredado.

Bryan se rio. —*Touché.* —Puso a Trevor de pie—. Vamos, Trev. Vayamos a la sala a charlar.

—¿Tú también vienes, mami?

A Jenna le reconfortó el corazón oír esa pequeña preocupación en la voz de Trevor. La necesitaba. —Por supuesto, Trev. No te voy a dejar. —Lo dijo tanto para el beneficio de Bryan como para el de Trevor.

Claro, las cosas estaban bien entre ellos en ese momento, pero ¿siempre lo estarían? Bryan tenía que saber que ella estaba en esto a largo plazo y que, si él también quería estarlo, tenían que trabajar juntos.

Sonrió mientras seguía a sus chicos hacia la puerta...

Sus chicos.

Se detuvo. Dios, ojalá fuera verdad. Ojalá Trevor fuera realmente suyo y lo hubiera tenido con Bryan.

Tragó saliva. No valía la pena llorar por cosas que no podían ser. La situación era la que era y, si quería conservarla, más le valía entrar. Trevor podría querer un padre, pero ella no tenía idea de lo que pasaría cuando realmente tuviera uno.

Bryan miró hacia atrás, a Jenna. ¿Qué le tomaba tanto tiempo caminar los casi cuatro metros hasta la sala de estar en la tarde más importante de su vida?

—¿Viste mi estadio, Bwyan? —Trevor dio una palmadita en el bloque superior—. Es pada el fútbo.

—Lo vi, Trev. Hiciste un gran trabajo. —Bryan sonrió lo justo para ocultar su risa. Trevor tenía el mismo acento de Boston que él había tenido de niño, y ninguno de los dos era de Boston. La madre de Bryan había dicho que era lo más bonito del mundo, todas sus *erres* omitidas y sus *ahs* añadidos al final de las palabras, que habían desaparecido cuando empezó el jardín de infancia. Ahora Trevor lo tenía. Tal vez eso significaba que *su* padre biológico había tenido el mismo rasgo.

Era curioso cómo la sensación de vacío que normalmente habría evocado un pensamiento sobre su padre se veía disminuida al ver lo mismo en su hijo.

Bryan se sentó en el sofá y dio una palmadita en el cojín a su lado. —Súbete aquí, Trev, y esperaremos a que tu mamá se nos una.

Jenna levantó la vista ante eso, sorprendida al parecer, y finalmente entró en la habitación. —Disculpen la tardanza.

—No hay problema.

Se sentó al otro lado de Trevor, mordiéndose el labio.

Dios, eso lo afectaba. *Él* quería morderle el labio.

Sus vaqueros se ajustaron tanto que tuvo que inclinarse hacia adelante y apoyar el brazo sobre la entrepierna. —Bueno, Trev. —Miró a Jenna—. Tu mamá y yo tenemos algo que decirte. ¿Jenna? ¿Quieres hacerlo tú?

La vio tragar saliva. Esto tenía que ser duro para ella. Había tenido a

Trevor para ella sola durante tanto tiempo y, en realidad, no lo conocía a él. Compartir a su hijo con un casi completo desconocido tenía que ser una de las cosas más difíciles para ella. Por suerte, él era un tipo decente. Cuidaría de Trevor y de ella si se lo permitía. Quería hacer lo correcto para todos ellos.

—Trev, cariño. Sé cuánto quieres un padre y, bueno... —Lo miró—. ¿Qué dirías si Bryan fuera tu papá?

Bryan no estaba seguro de que le gustara toda la incertidumbre y los «si» condicionales en la forma en que se lo dijo a Trevor, pero la sonrisa que iluminó el rostro de su hijo disipó toda duda.

—¿De vedá?

Por primera vez en la vida de Bryan, vio la belleza en unos ojos violetas. Se le hizo un nudo en la garganta ante el asombro y la felicidad de esa única palabra mal pronunciada.

Se aclaró la garganta. —Sí, Trev. Soy tu papá.

Trevor dirigió la misma mirada hacia su madre. —¿Po qué estás yodando, mami?

Ella acarició con mano temblorosa los rizos de Trevor. —Porque estoy muy feliz por ti, Trevor. Todo niño debería tener dos padres, y ahora tú los tienes.

Lo último fue dicho más para él que para Trevor. Bryan cubrió la mano de ella con la suya y juntos acariciaron el cabello de su hijo.

—¡Esto mola! —Trevor se puso de pie de un salto—. ¿Podemos jugá a la pelota ahora? Quiero jugá con mi papá. —Tiró de la mano de Bryan—. ¡Vamos, papi. Vamo!

Papi.

A su hijo le tomó menos de diez segundos aceptarlo y llamarlo papá.

Este fue el mejor día de la vida de Bryan.

Lo que, por supuesto, fue seguido por la peor noche de su vida.

Capítulo Dieciséis

Bryan contempló la pesadilla que tenía delante.

Gage tenía un show fuera del club; uno de ellos siempre acompañaba a los bailarines por si pasaba algo, lo que, casi siempre, ocurría, así que intervenían y bailaban si era necesario, o tomaban decisiones económicas, o llamaban a una grúa... lo que fuera. Ese tipo de cosas eran de esperarse cuando viajaban para un show.

¿Pero *aquí*? ¿En el club? Se suponía que aquí todo debía funcionar como un reloj.

Que los bailarines cayeran como moscas *no* era funcionar como un reloj.

—¿Qué demonios tenía esa maldita pizza? —le gritó a Tanner mientras este iba camino al baño a devolver la cena que el equipo de esa noche había pedido a domicilio.

No lo entendía; tenían una cocina en pleno funcionamiento que servía comida excelente; ¿por qué el equipo pediría de otro sitio? Diablos, si hasta les hacía un descuento.

—¿Y yo qué carajos voy a saber? Desde luego que yo no la pedí. —Tanner cerró la puerta de un portazo, pero no lo bastante rápido para que Bryan se perdiera lo que estaba sucediendo dentro.

Pobre tipo. Era una mierda que te gritaran mientras se te revolvían las tripas.

Tamra pasó corriendo a su lado; las plumas de la cola de su traje de vedete de Las Vegas le azotaron la cara.

Necesitaban planificar más baños en la zona de ampliación.

Melanie pasó cojeando a su lado. —No creo que pueda seguir, jefe.

Considerando que su piel estaba más pálida que las alas de ángel que llevaba, Bryan tuvo que estar de acuerdo.

Markus salió con la misma cara de muerto. Y eso que era negro.

—Markus, vaya a casa. O mejor aún, vaya a acostarse a la sala de descanso. Probablemente no debería manejar.

—Definitivamente no debería estar lejos de un baño —masculló, dirigiéndose a la sala de descanso de la parte de atrás.

Bryan y Gage se habían asegurado de que hubiera muchos sofás allí por si alguno de los clientes necesitaba recuperarse de unas copas de más y no quería dejar su auto.

Tenía la sensación de que *eso* no iba a ocurrir esa noche. Si no había show, se bebía muy poco alcohol.

Sacó su celular y empezó a llamar a los bailarines que tenían la noche libre. Con suerte, vendrían los suficientes para poder tener un show.

Miró la hora. Sería un show mucho más tarde de lo normal, pero les invitaría a todos un par de tragos. Mejor perder un poco de ingresos que los de toda una noche si tenía que cerrar.

Tres de los bailarines que no estaban de turno pudieron venir. Normalmente, tenían el doble de ese número, así que a estos tres les tocaría bailar hasta el agotamiento. Literalmente. Pero aún necesitaba algunos más.

—Me voy, Bry. —Steve asomó la cara por la puerta de la oficina. Tenía la cara verde—. No vivo muy lejos.

—Llévate un balde o algo. No te ves bien.

—Ni me lo digas. —Agarró el cesto de basura junto a la puerta de Bryan —. Gracias. Lo traigo mañana.

—Quédatelo. No lo quiero de vuelta.

La sonrisa de Steve fue débil; ya fuera por la pizza en mal estado o por el mal chiste.

Bryan hizo la última llamada. Dominic tenía que venir.

—Habla con Dom. No estoy. Deja un mensaje.

Dom solía estar pegado a su celular. Que no hubiera contestado no era una buena señal para Bryan.

Mierda. Iba a tener que bailar.

Miró la hora de nuevo. El equipo de reemplazo llegaría en la próxima media hora. Dom vivía a unos buenos cuarenta y cinco minutos de distancia. Si no devolvía la llamada en los próximos diez minutos, Bryan iba a tener que desempolvar su propio traje.

Tomó la caja de la pizza nociva y la tiró a la basura. Probablemente debería mandarla a analizar y luego acusar a la pizzería de intento de homicidio por envenenamiento.

Miró el número de entrega en el frente y llamó al lugar, con la esperanza de salvar a otras personas de la misma pesadilla.

No lo hizo sentir mejor saber que otras personas estaban llamando con la misma queja; sus bailarines seguían fuera de combate.

—Tamra, ve a la parte de atrás y descansa. Te sentirás mejor por la mañana.

Parecía una vedete que había visto demasiado de la vida nocturna de Las Vegas. Hasta las plumas de su cola estaban caídas.

—No puedo quitarme esta maldita cola. ¿Te importaría, Bry? —Se dio la vuelta hacia él.

Hacía mucho tiempo que no tenía que desabrochar el traje de una vedete y los corchetes estaban escondidos en una nube de plumas. Probablemente no se veía muy bien que tuviera las manos por todo el trasero de Tamra en medio del pasillo de servicio, pero ella estaba tan enferma que *nada* pasaría entre ellos y, a menos que alguien abriera la puerta que daba al comedor principal, nadie lo vería de todos modos.

Lo que fue, por supuesto, exactamente lo que pasó. ¿Y quién estaba al otro lado de esa puerta?

Jenna.

Y hasta ahí llegó la confianza en Bryan.

Jenna lo miró fijamente. Tenía las manos por todo el trasero de esa chica. Justo ahí. En el pasillo. Donde cualquiera podía verlos.

Incluida ella.

¿Y a ella le había preocupado arruinar *su* reputación? Bryan se la iba a arruinar.

—Jenna.

Sí, más le valía parecer culpable. Porque lo era. La serpiente.

—Jenna, ¿ese es...? —Cathy se asomó por encima de su hombro.

—Sí. Lo es. —Hizo que Cathy regresara por donde habían venido—. Vamos. Vámonos.

—Oye, espera un momento. Quiero ver el show. Pensé que tú también querías.

—Ya he visto suficiente show ahí atrás, muchas gracias.

—Mmm, parece que alguien está celosa.

Eso la hizo detenerse. —No estoy celosa.

—Entonces, ¿por qué nos vamos? Si no estás celosa, no debería importarte que Bryan le esté metiendo mano a una chica.

Tenía que ser Cathy la que lo dijera en los términos más crudos. Pero sí, meterle mano a una bailarina en medio de un pasillo donde cualquiera podía ver era un poco crudo.

Muy crudo.

—Vamos, Jen, relájate. Estoy segura de que había una explicación lógica para lo que estaba haciendo.

Jenna arqueó una ceja hacia su amiga. —¿No decías que sabías exactamente cómo llegaste a la situación en la que estás?

—No estaban teniendo sexo ahí atrás. No a menos que sea uno de esos furros.

Bueno, eso la hizo reír. La idea de Bryan teniendo sexo con una mascota...

No es que hubiera nada malo en eso si era lo que le gustaba. Es solo que a ella no, y puaj, la idea como que le quitaba las ganas.

Lo que en realidad podría ser algo bueno. Se había encontrado pensando en Bryan demasiado después de la tarde que habían pasado juntos.

Por eso estaba aquí esta noche. Cathy había conseguido una niñera para Bobby, ya que su esposo estaba fuera de la ciudad, y había decidido que ella y Jenna necesitaban una noche de chicas. Y el lugar perfecto para venir era Beef-Cake, Inc.

Jenna estaba reconsiderando esa decisión. Especialmente cuando Bryan salió disparado de la parte de atrás.

—Jenna, espera. —La tomó del brazo y, sí, esperaría. El hombre sabía exactamente cómo tocarla.

También había tocado a Mindy.

¿Celosa?

Sí. Lo estaba. Y ya. Lo admitía. Estaba celosa. Quería que la tocara a ella. Que la deseara. Que le hiciera el amor como lo había hecho con su hermana.

Bueno, en realidad no, no quería que le hiciera el amor como a Mindy. Con suerte, si ella y Bryan alguna vez llegaban a ese punto, no habría manoseos borrachos ni nombres olvidados.

Su cuerpo se calentó al pensarlo. Hacía demasiado tiempo que no se acostaba con nadie, y con Bryan luciendo tan guapo como estaba... sus feromonas se dirigían a él como misiles teledirigidos.

Vaya *imagen*.

—Jenna, no era lo que piensas.

—¿Ah, no?

—Sí, Tamra. Ella y yo no estábamos, bueno, necesitaba que le ayudara a quitarse el traje.

—Eso no ayuda a tu argumento.

—Oh. Cierto. Mira, se enfermó. Todos lo hicieron. Los bailarines. Pidieron pizza y el queso está malo o algo así. Han estado enfermándose durante la última hora. Le dije a Tamra que fuera a descansar, pero no podía quitarse la cola.

Había algo vagamente sexual en esa declaración, pero Jenna estaba dispuesta a dejarlo pasar porque le creía. A pesar de la evidencia de sus propios ojos, su historia era lo suficientemente extraña para ser cierta.

—Te lo juro. Eso es todo. He estado corriendo tratando de encontrar bailarines de reemplazo, mantener los baños despejados para ellos y manejar el caos general que normalmente acompaña a un show. Solo intentaba ayudarla. Eso es todo.

Le puso una mano en el brazo. Involuntariamente —bueno, tal vez no tan involuntariamente— sus dedos se flexionaron sobre los fuertes músculos bajo su piel. —Está bien, Bryan. Entiendo. ¿Has tenido suerte? ¿Hay algo que pueda hacer?

—Oh, Dios mío, sí. —Fue su turno de tomarla por los brazos—. Odio pedir esto, y no lo haría si no estuviera en una situación tan desesperada, pero, sí, hay algo que puedes hacer. ¿Sabes bailar? Sé que ha pasado un tiempo, pero es como andar en bicicleta. Los movimientos volverán. Yo también voy a bailar. Después de todo, el show debe continuar.

—¿Bai... bailar? —Jenna iba a desmayarse. ¿Quería que bailara? ¿En el escenario? ¿Frente a gente?

¿Y que se quitara la ropa?

—Puedes quedarte con todas las propinas.

¿Por dinero?

Dios mío...

—Oye, ¿Bryan? —Cathy asomó la cabeza entre ellos—. No creo que sea una buena idea. Jenna no ha practicado. Probablemente tampoco esté en forma.

Jenna miró a Cathy. ¿Que no estaba en forma? Ella *sí* estaba en forma.

—Además, está su trabajo. Tiene una cláusula de moralidad y estoy bastante segura de que desnudarse está en la lista de cosas que no debería hacer.

—Tenemos pelucas. Maquillaje teatral. Nadie sabrá que es ella. Ni siquiera los otros bailarines. Será nuestro secreto. —La miró—. Por favor. Contraté a esa compañía para la que trabajabas por recomendaciones, así que sé que eres buena. Realmente me estarías sacando de un apuro.

No podía. Por supuesto que no podía. No sabía cómo bailar. No como una estríper, de todos modos. —No me sé las rutinas.

—Vamos a improvisar la mayor parte de todos modos porque solo unos pocos de estos bailarines han trabajado juntos. Solo necesito poner cuerpos en ese escenario que sepan moverse. ¿Por favor?

Cuerpos. Eso es todo lo que era, solo otro cuerpo.

Eso decía mucho sobre la noche en que Trevor fue concebido.

El celular de Bryan sonó. Atendió la llamada. —¿Connie? No, por favor no me digas eso. ¿Estás segura? ¿No puedes conseguir que alguien te traiga? —Exhaló y se pellizcó el puente de la nariz—. No. Tienes razón. Lo entiendo. Sí, gracias por avisarme.

Maldijo mientras apretaba el botón para terminar la llamada. —Me quedé sin dos bailarinas. Por favor, Jenna. Te lo ruego. Tengo que darles a nuestros invitados lo que quieren o nos va a costar a todos. A mí, a Gage, a los bailarines que vienen en camino, a los que están vomitando hasta las tripas, a los meseros... Por favor, di que ayudarás.

Pero ella *no* podía ayudar. Quería gritar eso a los cuatro vientos. No sabía *cómo* hacer esto.

Cathy le dio un codazo en el hombro. —Anímate, Jen. Puedes hacerlo.

Oh, gracias. Apoyo de la galería, que probablemente se iba a morir de la risa mientras Jenna hacía el mayor ridículo de su vida meneando el trasero.

—Recuerda, tiene pelucas y esas cosas. Nadie sabrá que eres tú. Puedes ser quien quieras ser. Saca a tu Marilyn interior.

Era una broma que tenían cuando eran adolescentes. Se paraban en sus respectivas habitaciones con sus cepillos de pelo como micrófonos, cantando a todo pulmón la última canción pop, poniéndose seductoras de la manera en que solo las chicas de dieciséis años creen que es seductora, imitando la famosa pose de Marilyn Monroe sobre la rejilla de ventilación.

—Oye, tenemos un traje de Marilyn —dijo Bryan, que parecía demasiado animado con la idea.

Cathy sonrió. —¿Ves? Es el destino.

—Tu nombre no es Destino —murmuró Jenna mientras iba a seguir a Bryan—. La venganza es dulce.

Cathy alzó las cejas. —Mi nombre tampoco es Venganza.

—Muy graciosa.

—Oh, no sé. Creo que me voy a reír mucho esta noche.

Capítulo Diecisiete

Jenna iba a sentirse tan mal como el resto de las bailarinas, y eso que no había comido nada de la pizza.

No podía hacer esto. Se lo repetía una y otra vez, pero nadie la escuchaba.

El hecho de que solo se lo decía en su cabeza quizá tenía algo que ver, pero aun así... no podía desnudarse frente a la gente hasta quedar en las pezoneras que una chica llamada Desiree le había pegado en los pezones y la diminuta tanga que apenas cubría la pista de aterrizaje que, por suerte, había dejado que Cathy la convenciera de hacerse cuando la panza de Cathy apenas había empezado a asomar. Cathy había querido sentirse sexi y había querido que Jenna también lo hiciera.

Jenna no se sentía nada sexi en ese momento. No sabía si volvería a sentirse sexi alguna vez. Los tacones amenazaban con romperle los tobillos, la peluca le estaba provocando un dolor de cabeza, el maquillaje le pesaba como dos kilos sobre la piel y se la estiraba hacia abajo, y al vestido solo le hacía falta un movimiento de su dedo para salir volando con la rejilla de ventilación especialmente diseñada sobre la que debía pararse al final del número.

Definitivamente no podía hacer esto.

—Mucha mierda, Marlee —dijo Desiree, usando el nombre que Bryan le había dado, cuando llegó el llamado para salir al escenario.

Lamentablemente, era muy posible que lo hiciera mientras subía las escaleras tambaleándose.

Bryan la agarró del brazo. —En serio, Jenna, no sé cómo agradecerte. De verdad lo aprecio.

No lo haría cuando ella hiciera el ridículo más espantoso.

Y entonces él sabría que no era Mindy.

Oh, Dios. No había pensado en eso. Mindy sabría cómo hacer esto. Mindy sería genial en ello. Mindy, de hecho, *disfrutaría* el momento bajo los reflectores.

Bueno, tal vez Jenna no tenía que disfrutarlo, pero sí tenía que montar un espectáculo. Tenía que convencer no solo a los clientes, sino a *Bryan* de que tenía madera de stripper o él empezaría a preguntarse cómo demonios se las había arreglado en esa despedida de soltero.

La música empezó y los chicos se pavonearon en el escenario uno por uno. «It's Raining Men». ¿En serio? ¿Había una canción más cursi para un club de striptease? Creyó que Bryan había dicho que este era un lugar con clase.

Y entonces fue el turno de Bryan.

Cielos.

Jenna se olvidó de lo cursi. Se olvidó de la música porque la verdadera música era el ritmo de su cuerpo mientras ondulaba y se sacudía y se contoneaba y flexionaba y hacía todo tipo de buenos movimientos que podrían ser cursis, pero que, en él, no lo eran para nada.

Sus caderas rotaban al compás del ritmo y su chaleco salió de forma tan sugerente que supo que todas las mujeres del público se pasaban la lengua por los labios imaginando a qué sabría todo ese pecho duro, liso y esculpido.

Volvió a meter la lengua en la boca.

Él provocaba al público quitándose el chaleco hasta la mitad, para luego volver a subirlo, mirando por encima del hombro mientras lo hacía, sacudiendo el trasero en perfecta sincronía con el ritmo, con sus pantalones negros ciñéndose a él como sus manos ansiaban hacerlo.

Cerró los dedos en un puño.

Luego fue el turno del siguiente chico. Jenna lo observó un rato, pero no podía ignorar a Bryan al fondo del escenario, su pie izquierdo marcando el compás, sus manos en las caderas, su ancho pecho y el chaleco dándole atisbos de piel reluciente.

Siguieron los siguientes chicos, cada uno talentoso, pero ninguno le provocaba lo que Bryan. Se movían por el escenario, los músculos se flexionaban, los traseros se tensaban contra los pantalones ajustados... otras partes también se tensaban... Dios, daban un buen espectáculo. Se alegró de que Cathy hubiera sugerido venir esa noche; bueno, se alegraría cuando esto terminara.

Y entonces fue el turno de las mujeres.

Oh, Dios.

Desiree fue la primera. Esa mujer sí que sabía mover el trasero.

El corazón se le fue a Jenna a los pies. Ella no podía hacer eso. A lo mucho, conseguiría el temblor de la celulitis.

Por suerte, el vestido de Marilyn lo ocultaría hasta el final, pero le habían asegurado que las luces se apagarían tres segundos después de que su vestido saliera volando. Podía estar expuesta ese tiempo.

Quizá.

Keisha fue la siguiente en el escenario, vestida con un disfraz de Jessica Rabbit. Ella no meneaba el trasero; no lo necesitaba. El suyo ondulaba al son de la música como una serpiente, elegante, sexi y sensual. Puso los brazos sobre la cabeza, entrelazándolos como una odalisca, echando la cabeza hacia atrás para que su larga cabellera negra —completamente falsa, pero era una buena peluca— rozara el suelo, y los mismos movimientos que hacía con su cuerpo se repetían en su pelo.

Eso *sí* que era talento.

Y entonces fue el turno de Jenna.

Se negó a mirar a Bryan. No podía, o se desmoronaría; cosa que no podía permitirse. *Tenía* que ser convincente. Tenía que hacerle creer que sabía lo que estaba haciendo.

Jenna respiró hondo y adelantó la cadera izquierda mientras se pasaba las manos por los muslos. Había visto suficientes películas de Marilyn Monroe para dominar el caminado. Con un par de contoneos de hombros, unos dedos deslizándose por un brazo, y suficiente *ímpetu* en sus caderas como para derribar a un caballo, podía hacerlo.

Y entonces *lo* estaba haciendo. El calor de las luces la golpeó, ocultando al público, y la música subió de volumen hasta que fue todo lo que pudo oír, cada compás, cada zumbido, retumbando en su cuerpo como una corriente eléctrica.

Ah, *por eso* usaban esa canción. Estaba *hecha* para el striptease. Estaba hecha para el sexo. Olvídate de la letra, todo estaba en el bajo y el ritmo que había debajo.

Jenna se lució. Contoneó las caderas. Echó la cabeza hacia atrás, abriendo la boca como había visto hacer a Marilyn, con ese pequeño empujón de trasero doblando las rodillas. Sacudió el cabello, agradecida de que la peluca estuviera tan apretada para *poder* mover la cabeza, luego giró lentamente y miró al público, guiñando un ojo en el momento justo.

Entonces las luces se apagaron y el resto de los bailarines pasaron a su lado.

Bryan le apretó el brazo. —Gran trabajo —susurró él al pasar.

Ahora solo tenía que sobrevivir a esa última ráfaga de aire.

Concentrando cada gramo de la sexualidad que había sentido ahí fuera bajo esas luces haciendo esos movimientos, Jenna canalizó a Marilyn una vez más y se pavoneó hacia la rejilla, cada movimiento un paso medido con la cantidad justa de contoneo y movimiento de cadera... y una colocación cuidadosa de los pies para no caerse de cara.

Los bailarines se estaban quitando la ropa ahora, y, sí, vio a qué se refería Bryan con que era un lugar con clase. El vestido de Keisha se deslizó y si no fuera porque la tela verde daba paso a la piel morena, nadie se daría cuenta porque era tan natural y tan sensual. Donde terminaba el vestido, empezaba su piel, y era un largo movimiento continuo.

Keisha luego deslizó su vestido por la pierna y lo enganchó en la curva de su rodilla antes de lanzarlo fuera del escenario en un movimiento puramente de alcoba que era puro arte.

Jenna pudo oír a la mitad del público suspirar.

La otra mitad gruñía.

La versión extendida de la canción estaba llegando a su fin mientras Desiree hacía su número, y Jenna se paró sobre la rejilla.

Las luces ya no la enfocaban y había una cortina negra delante de ella para que nadie supiera adónde había ido. Escuchó la letra, sabía que el final se acercaba.

¿Cómo debía posar? Nadie le había dado ninguna indicación. ¿Cómo se suponía que iba a salir el vestido exactamente? ¿Debía tener los brazos arriba? ¿Estirados? ¿O debía posar con ellos sobre una rodilla flexionada?

Bueno, no, el vestido no podría hacer lo que se suponía que debía hacer si hacía eso.

—Lista en tres —dijo el tramoyista detrás de ella.

Mierda. Tenía que decidirse ya.

Y entonces la cortina cayó al suelo, y la ráfaga de aire la golpeó, y Jenna no tuvo que decidir. El aire subió directo, sus brazos subieron rectos, y el vestido subió recto.

Y ahí estaba la «Srta. C.» en toda su gloria de pezoneras y tanga.

Capítulo Dieciocho

El resto del show había sido mucho más fácil de sobrellevar. Habían hecho un cambio rápido de vestuario y ella había elegido otro traje de Marilyn, sabiendo que esta vez solo tenía que deslizar el vestido por su espalda y salir del escenario arrastrándolo detrás de ella como una boa de plumas. Podía hacer todos los pequeños contoneos, los pucheros y los breves movimientos de hombros sacados directamente de *Diamonds Are A Girl's Best Friend*.

—Es más la sugestión de sexualidad que el desnudo en sí —le había dicho Bryan al entregarle el primer vestuario antes del show, así que usó eso.

Claro, su trasero se había sentido expuesto allá afuera con ese pedazo de hilo dental que llamaban tanga, y quizás se cubrió un poco más de lo que Desiree lo habría hecho con el vestido al salir del escenario, pero, al fin y al cabo, no lo hizo tan mal. Al menos, no lo suficiente como para que Bryan sospechara.

—¡Santo cielo, mujer! —la agarró Cathy tras bastidores cuando salió del número final—. En serio, creo que te equivocaste de vocación. Eso estuvo *candente*.

Ahora la vergüenza empezaba a invadirla. No había sentido nada una vez que superó el shock inicial de lo que estaba haciendo, pero ahora, de vuelta a la vida real, iba a tener que enfrentarse a la gente. Gracias a Dios, solo Cathy y Bryan sabían quién era ella en realidad.

Bryan.

Oh, Dios, ¿cómo iba a enfrentarlo? Claro, había logrado aquello para proteger a Trevor, pero Bryan la había estado observando. ¿Habría estado pensando en su supuesta noche juntos? ¿Se estaría preguntando si había tocado todas las partes que ella reveló? ¿Y las que no?

¿O sabía que nunca lo había hecho?

—Ni se te ocurra volver a mencionar esto, Cathy Mayfield. ¿Me oyes?

Cathy sonrió con aire de suficiencia. —Será nuestro secretito. Aunque, caray, chica, no sabía el par de lolas que te cargas. No tienen nada de pequeñas.

Jenna puso los ojos en blanco. —Vuelve a tu asiento y espérame allí. No puedo lidiar contigo ahora.

—Pero lidiarás conmigo después.

—Eso dalo por hecho.

Jenna se dirigió de nuevo al camerino. Quería tomar sus cosas y salir de allí antes de que alguien la reconociera.

—Bueno, damas, caballeros, lo logramos. —Bryan chocó los cinco con todos mientras entraban al camerino—. No saben cuánto les agradezco a cada uno por venir cuando no tenían que hacerlo y por hacer un trabajo tan excelente sin ningún ensayo. Son verdaderos profesionales. Y como muestra de mi agradecimiento, hay un bono en su cheque esta semana.

Vítores, más choques de cinco; el ambiente era festivo mientras la gente comenzaba a volver a ponerse su ropa de calle.

Ay, no. Era un camerino compartido; no iba a quitarse el maquillaje y la peluca delante de todo el mundo. Y no podía irse del club con ese aspecto. Sería una evidencia irrefutable en cuanto subiera a su auto.

—Eh, ¿Bryan? —le susurró al oído—. ¿Hay algún lugar donde pueda, ya sabes...? —Señaló el vestido con la mano y luego asintió hacia el resto de las bailarinas.

—Oh, sí, claro. —Sacó un juego de llaves de su bolsillo—. Ten. Tenemos un apartamento arriba para cuando Gage o yo tenemos que quedarnos hasta tarde. También hay una ducha. Siéntete libre de usarla.

Subió las escaleras tan rápido como se lo permitieron esas endemoniadas plataformas.

De hecho, a mitad de camino, se detuvo y se los quitó; los arcos de sus pies protestaron por la planicie del suelo bajo ella.

Ignoró el dolor. Si sus pezones habían aguantado tener pezoneras pegadas, y su trasero el hilo dental, sus pies no tenían derecho a quejarse.

El apartamento era minimalista, por decir lo menos. Un sofá, una televisión, dos sillas, una tostadora y un microondas en la cocineta, y ni un solo cuadro colgado en las paredes. Sin embargo, *sí* que habían gastado algo de dinero en el dormitorio; el edredón parecía mullido y acogedor y la pantalla plana de alta definición en la pared gritaba *soltero*.

Por suerte, habían llevado su mismo sentido del lujo al baño, con toallas gruesas, un par de champús y jabones para elegir, y agua bien caliente de una regadera de pulso con la cantidad perfecta de presión de agua. Jenna no veía la hora de quitarse de encima el show —y las borlas—.

Aun así, tenía que admitir que había sido divertido. Actuar allá arriba, saber que la gente la miraba, que la veían como una fantasía, saber que nada de eso era real, eso en realidad era excitante.

Deslizó el jabón por su cuerpo, cada terminación nerviosa se puso alerta y prestó atención. Hacía mucho tiempo que no se sentía sexi. Hacía mucho tiempo que nadie la miraba de esa manera.

Se enjuagó el cabello y cerró la ducha, envolviéndose en una de las gruesas toallas, y luego buscó en el gabinete bajo el lavabo un secador de pelo.

Media docena de cajas de condones, pero ni rastro de un secador de pelo.

¿Exactamente para qué se quedaban hasta tarde Bryan y Gage?

Media docena de cajas. Bueno, al menos eran cuidadosos. Aunque eso no le había servido de mucho a Bryan hacía cuatro años.

Apartó de su mente la idea de esos condones —y de Bryan y Mindy usándolos— y se frotó el pelo con la toalla. Solo iba a irse a casa; no necesitaba verse toda arreglada.

Aun así... Miró el botiquín del baño. Tal vez tenían algún producto allí que pudiera ponerse en el pelo...

¿Bryan? ¿Productos para el pelo? Era lo más macho alfa que podía haber; no se lo imaginaba usando productos para el pelo.

Pero aun así, a grandes males, grandes remedios...

O una excusa para fisgonear.

Hizo callar a su conciencia y abrió el botiquín.

Ningún producto para el pelo. Solo hilo dental, crema de afeitar, pasta y cepillos de dientes; un par de ellos sin abrir.

Jenna cerró el botiquín. No quería pensar en quién usaría esos cepillos de dientes sin abrir. No era asunto suyo.

Excepto que sí lo era. Si él iba a estar en la vida de Trevor, *él* era asunto suyo.

Y, en realidad, ¿qué sabía de él aparte de que el hombre hacía bebés preciosos y sabía besar?

Puso los ojos en blanco. *En serio, Jenna, concéntrate en la situación actual y todas sus posibles repercusiones, no en preguntarte qué hacía con los condones. Pon las hormonas en* APAGADO.

Repasó mentalmente la lista de lo que sabía de él. No era mucho. Era dueño de este lugar, trabajaba como electricista y le gustaba sacar conclusiones precipitadas. Y las strippers. Le gustaba tirarse a las strippers.

Y volvía a pensar en los malditos condones.

Se vistió rápidamente y colgó la toalla en el toallero para que se secara. No importaba con quién hiciera qué Bryan. Él tenía su vida; ella, la suya.

Pero ambos tenían la de Trevor.

Su mano se detuvo en el pomo de la puerta. Sí tenía que considerar lo que Bryan hacía con su vida. ¿Y si se casaba y luego quería la custodia completa? ¿Y si a Jenna no le gustaba la mujer con la que se casara? ¿Y si la mujer intentaba robarle el afecto de Trevor?

Jenna se dejó caer sobre la tapa del inodoro. Oh, Dios, ¿y si Trevor quería irse a vivir con Bryan y su esposa? ¿Y si Bryan tenía hijos? A Trevor le encantaría tener hermanos y hermanas.

Empezó a temblar. ¿Qué iba a hacer? ¿Qué podía hacer?

—¿Jenna? —Bryan estaba justo al otro lado de la puerta del baño—. ¿Estás bien?

No, no lo estaba. Y era todo por su culpa.

Literalmente.

Todo. La existencia de Trevor y esta increíble preocupación de que estaba a punto de perderlo todo.

—¿Jenna?

—Bi... —se aclaró la garganta—. Bien. Ahora, eh, salgo.

Con las piernas temblorosas y el estómago revuelto. Si las bailarinas que habían comido la pizza antes se habían sentido así, entendía por qué no habían estado en condiciones de dar un espectáculo. Sin embargo, ella tenía que hacerlo.

Abrió la puerta. Maldita sea. Estaba justo ahí.

—¿Estás bien?

Su voz grave retumbó a través de ella, tocando cada uno de sus puntos de pulso. Igual que el ritmo de la música cuando estaba en el escenario.

—Sí, estoy bien. —Se metió un mechón de pelo detrás de la oreja.

No se quedó en su lugar. Nunca se quedaba en su lugar. No sabía por qué lo hacía.

Bryan extendió la mano y se lo acomodó.

Esta vez sí se quedó en su lugar.

—De verdad quiero darte las gracias por lo de esta noche. Estuviste genial.

Ella deslizó los dedos hacia arriba y se desacomodó el mechón. Le gustaba que le cayera sobre la cara cuando él la miraba tan intensamente. —Bueno, como dijiste, es como andar en bicicleta.

También lo eran otras cosas, una de las cuales no había hecho en más de tres años y el hecho de que él estuviera tan cerca se lo recordaba con bombos y platillos y grandes címbalos estruendosos.

—Así que, mmm, gracias por dejarme usar tu ducha. —Pasó junto a él apretándose, deseando que todas las partes de su cuerpo y los vellos rebeldes de sus brazos se mantuvieran alejados. Él no se había duchado y sus fosas nasales le hacían muy consciente de ello, y el resto de sus sentidos le decían que eso era algo bueno.

—Todavía lo tienes, Jenna.

Oh, claro que lo tenía. Un calentón de los buenos por el padre de Trevor. Con quien *no* se había acostado. Ni para quien había bailado.

—¿Has pensado en volver a este tipo de trabajo?

Eso fue un baldazo de agua fría de realidad. ¿Ella? ¿Hacer estriptis?

Dio dos pasos dentro de la habitación —el *dormitorio* de él— y se giró, tanto para evitar mirar su *cama*, como para recordarle un hecho muy importante. —Soy maestra, Bryan. Si bailara para ti, podría perder mi trabajo.

Si bailara *con* él, podría perder mucho más. Su cordura, sus inhibiciones, todo sentido del decoro...

Su soledad. Su celibato no autoimpuesto...

Lo último tenía mucho a su favor. Pero ¿y si..., oh, Dios..., y si él le estaba sugiriendo esto para que ella *perdiera* su trabajo? Entonces *tendría* que trabajar para él. Estaría en deuda con él y a su merced si alguna vez quisiera la custodia completa de Trevor.

—Cierto. Lo olvidé. —Se enderezó de donde había estado recargado contra el marco de la puerta en esa pose tan típica de chico sexi que la hizo preguntarse si habría un fotógrafo por algún lado, antes de dirigirse al dormitorio.

¿Por qué el baño no podía dar al *pasillo* en lugar de a la única habitación de este lugar en la que ella *no* quería estar con él?

Porque su suerte se había ido de vacaciones desde ese viaje improvisado al supermercado que ahora deseaba no haber hecho nunca.

La cama la llamó mientras pasaba. Sobre todo porque Bryan estaba de pie justo a su lado para dejarla pasar. Todo lo que tendría que hacer sería lanzarse a sus brazos, dejarse caer con él sobre esa cama, y la naturaleza se encargaría del resto.

La tentación fue tal, que prácticamente salió volando por la puerta.

Y se tropezó con sus estúpidos zapatos de plataforma.

Por suerte, Bryan la agarró antes de que cayera al suelo.

Sin embargo, no impidió que se golpeara contra su pecho, duro como una pared.

Con las palmas de las manos.

Planas contra él.

Dios mío, qué bien se sentía.

Especialmente cuando sus manos se apretaron en su cintura y ella se acurrucó un poco más contra él.

No había *nada* «pequeño» en Bryan Lassiter.

—Jenna...

No era una pregunta. No era un suspiro. No era nada que hubiera oído antes, así que, por supuesto, tuvo que levantar la vista. Tuvo que mirarle la boca. Los labios...

Que descendían hacia los de ella.

Tenía que besarla. Solo una vez.

Una se convirtió en dos, se duplicó a cuatro y, después de eso, Bryan perdió la cuenta.

Santo cielo, esto era más excitante que el otro beso. ¿Cómo había sido el primero de todos? ¿El segundo? ¿El tercero?

¿Y cuándo se había corrido dentro de ella...?

Jesús, su verga se puso dura tan rápido que le robó el aliento. O tal vez fue Jenna. Pero ¿cómo diablos no podía recordar a qué sabía la noche en que se conocieron? Incluso en su borrachera debió de haberlo notado, debió de haberse dado cuenta de lo increíblemente excitante, dulce, sexi, buena, deliciosa y exquisita y... se le estaban acabando las palabras, lo que iba a la par con quedarse sin aliento, ese que ella le robaba con todo el fuego que contenía ese cuerpo ágil y sexi con el que se había pavoneado por el escenario esa noche con tanta confianza.

No se lo esperaba. Con lo que ahora hacía para ganarse la vida, pensó que sería tímida. Recatada. Con una personalidad de colegiala con la que algunos hombres fantaseaban. Pero Jenna no. Le había ganado en sensualidad a la mismísima Marilyn y lo único que había podido hacer fue contenerse para no bajarla de ese escenario y traerla aquí arriba, al diablo con el espectáculo y los clientes.

Ojalá pudiera recordar lo bueno que había sido entre ellos. Porque *había* sido bueno, de eso Bryan no tenía ninguna duda. Pero quería descubrir *cuán* bueno.

La hizo retroceder hasta la cama.

Ella fue de buena gana, aferrándose a los bordes de la camisa de él con tanta fuerza que a él le dio la sensación de que iba a arrancar algunos botones.

Él conocía algunos botones que le gustaría presionar en ella.

Esas malditas borlas se habían burlado de él todo el tiempo que ella estuvo allí casi desnuda, y supo que todos los hombres le estaban devorando los pechos con la mirada, mientras que él había tenido la oportunidad de hacerlo con la boca, la lengua y las manos, ¿y por qué *diablos* no podía recordarlo?

La bajó sobre la cama.

—¿Bryan? —Apartó los labios de los de él, con los ojos azules muy abiertos por... ¿se atrevía a esperar que fuera... deseo?

—Te deseo, Jenna. —Y era verdad. No había forma de ocultarlo y, diablos, ya habían hecho esto una vez. No era como si fuera algo nuevo.

Pero sería como la primera vez otra vez para él, y a Bryan le gustaba esa idea. Tenía la sensación de que *cada* vez con Jenna sería una nueva experiencia.

—Bryan, yo...

Contuvo la respiración. Contuvo también la de ella, dentro de él, saboreándola, queriendo más.

Los ojos de ella escudriñaron los suyos, buscando... algo. Él tenía mucho de ese algo dentro de sí y rezó a Dios para poder darle lo que ella quería. Lo que ella necesitaba.

Entonces ella desenroscó los dedos de su pecho y apoyó las palmas sobre él.

Bryan exhaló el aliento de ambos, inhaló de nuevo y volvió a besarla.

Dios, sabía tan bien. Increíble. Fresca y dulce con un toque de especias, como si se hubiera comido un pastel de manzana antes de venir esta noche, o se hubiera tomado uno de sus martinis de manzana. Tendría que conseguirle uno la próxima vez que estuvieran abajo.

Si Dios quería, eso no sucedería hasta dentro de unas horas.

Acarició su lengua de nuevo, embistiendo contra ella, mientras su verga hacía lo mismo contra el monte de ella. Ese que apenas estaba cubierto por esa tanga dorada con lentejuelas... había brillado bajo las luces del escenario, prácticamente guiñándole un ojo.

Y luego estaba su trasero, Dios santo, ese trasero, moviéndose con la cantidad justa de contoneo para una mujer, todo firme y respingón y justo ahí, del tamaño, forma, contorno y suavidad perfectos para sus manos...

Deslizó una mano hasta su cadera, queriendo ahuecarla. ¿Todavía llevaba puesta la tanga?

Bryan gimió dentro de la boca de ella y apretó. Quería averiguarlo. Y luego quería arrancársela. Con los dientes.

—Bryan.

Tardó unos segundos en darse cuenta de que ella había apartado sus labios de los de él, había dicho su nombre tan suavemente. O tal vez se debía a la sangre que le martilleaba en los oídos.

—¿Jenna? —Su voz era áspera. Ronca. Carrasposa. Como cada terminación nerviosa de su cuerpo. La deseaba. Desesperadamente.

—Yo... —Se lamió los labios.

Él habría estado bien si ella no se hubiera lamido los labios. Se habría detenido. De verdad. Lo habría hecho. Pero esos labios, esa lengua y esa mirada en sus ojos...

No quería que se detuviera de verdad, ¿o sí?

La besó, no aplastándola contra él como deseaba, sino dándole una salida.

Una que ella no tomó.

En lugar de eso, suspiró en su boca y entonces, por Dios, se acabaron las contemplaciones.

Rodó sobre sí mismo, colocándola encima de él, y hundió una mano en esa maraña de rizos que simplemente exigía atención, gritando «pelo-sexi-despeinado-para-hacer-el-amor» cada vez que la miraba.

La otra mano finalmente pudo agarrar su trasero, amasándolo, llenando su palma con su suavidad, y su verga se convirtió en piedra. Tenía que tenerla. Aquí. Ahora. Y luego otra vez.

Condón. Necesitaba conseguir un condón. El pensamiento se burló de él, dado que ya tenían un hijo en común, además del hecho de que no quería moverse para buscar uno.

Recorrió con sus labios la mandíbula de ella, bajando hasta su garganta, donde el pulso latía tan rápido y fuerte como el suyo. Ella también lo deseaba.

Separó el escote en uve abierto de su camisa y le lamió la garganta. Había usado el exfoliante de manzana y canela; eso era lo que estaba saboreando. La mejor inversión que él y Gage habían hecho fue comprar esos jabones comestibles con sabor.

Jenna fue la primera en probar el de manzana y canela, y a partir de ahora, retiraba ese sabor para cualquier otra mujer.

Ya no quería que ninguna otra mujer usara sus jabones.

Eso fue suficiente para que se detuviera.

—¿Bryan? —*Ahora* había una pregunta en su voz y, por Dios, había una pregunta en su cabeza.

¿No quería a ninguna otra mujer? ¿Se había vuelto loco de remate? Solo porque él y Jenna habían hecho un bebé no significaba que hubieran adquirido un compromiso. Esto no era un «felices para siempre». Ni siquiera eran una familia. Uno de ellos —ambos— podría casarse con otra persona.

Otra persona...

¿Jenna podría casarse con otra persona y *ese* hombre criaría a su hijo?

Bryan la miró.

—Jenna, cásate conmigo.

Capítulo Diecinueve

Las palabras simplemente se le escaparon. No las había pensado antes de decirlas, pero sí, claro. ¿Por qué no? Tenía sentido. No podían quitarse las manos de encima y tenían a Trevor. De esta forma no tendrían que compartirlo con nadie y podrían ser una familia.

—¿Qué? —le soltó la camisa y se irguió sobre su pecho—. ¿Qué dijiste?

Él se lamió los labios y su verga se sacudió cuando la mirada de ella se disparó hacia su boca. —Dije: «Cásate conmigo».

Ahora ella se quitó de encima de él. —No puedes estar hablando en serio.

Bryan rodó sobre un costado y se apoyó en el codo. Le recorrió el brazo con la mano. —Nunca he hablado más en serio.

—Pero eso no tiene ningún sentido. Apenas nos conocemos.

Oh, sí que se conocían, y *muy íntimamente*.

—Pero tenemos a Trevor.

Ahora ella se levantó de la cama. —Pero eso no significa que tengamos que *casarnos*. ¿Y si no tenemos nada en común *excepto* a Trevor?

Él enarcó las cejas, y su verga también se puso en posición de saludo. —Tenemos más que solo a Trevor en común, Jenna.

Ella sabía de lo que él hablaba y su mirada se desvió directamente a su entrepierna.

Él vio el destello de interés en sus ojos.

—Eso es solo sexo, Bryan, y si mal no recuerdas, así fue como nos metimos en este lío en primer lugar.

Él suspiró. Ella no iba a volver a la cama. No con ese tono de voz.

Se sentó. —Primero que nada, no considero que Trevor sea un lío. Sí, no es lo óptimo crear un bebé con alguien que no conoces —y con quien no puedes contactar—, pero lo *tenemos*, así que eso ya no viene al caso. Estaremos en la vida del otro durante al menos los próximos catorce años, si no más. Y luego están los nietos.

Oh, Dios, no había pensado en los nietos. Algún día sería abuelo.

—¿Nietos? —buscó a tientas la cómoda y se apoyó en ella.

Parecía que ella tampoco había pensado en ellos.

—Pues sí. Después de todo, acabamos de darles un nieto a nuestros padres. —Su *mamá*. Tenía que contarle a su mamá sobre Trevor. Estaría extasiada.

—¿Tus padres todavía viven? —preguntó Jenna.

—Mi mamá sí. Mi papá murió cuando yo era más joven. ¿Y los tuyos?

—Mi papá murió cuando estaba en la preparatoria. Mi mamá y yo... no es que nos llevemos muy bien.

—He oído que así es con las chicas y sus mamás. Qué bueno que Trev es niño, ¿no?

Ella se cruzó de brazos y emitió una respuesta evasiva.

Bryan exhaló. —Mira, sé que no es ortodoxo. Todo esto lo es, pero lo dije en serio. Creo que deberías casarte conmigo. Es lo mejor para Trevor.

Pero ¿era lo mejor para ella?

Jenna descruzó los brazos y se puso de pie. Se acomodó el cabello detrás de ambas orejas. Otra vez.

No se quedó en su lugar. Otra vez.

—Bryan, esto es una locura. —Comenzó a caminar de un lado a otro—. Ni siquiera nos conocemos. No sabía tu apellido hasta ayer. ¿Y ahora quieres casarte conmigo? —Sacudió la cabeza. Ahí estaba él, diciendo todas las cosas correctas, todas las cosas que ella había querido que Carl dijera, y sin embargo, ella estaba dudando.

Porque tendría que mentirle todos los días por el resto de su vida.

No sabía si podría hacerlo. Una vez que Trevor cumpliera dieciocho años no importaría si Bryan supiera la verdad, *si* no estuvieran casados. Pero si lo estaban, lo mataría. Destruiría su matrimonio. Se preguntaría sobre qué más le había mentido.

Bryan la tomó de la mano. —Tenemos mucho más en común que mucha gente.

Un calor crepitó por todo su brazo. —La química no hace un buen matrimonio, Bryan.

—Tampoco lo hace malo. Pero me refería a querer lo mejor para Trevor. O sea, es obvio que tú lo quieres porque no negaste que yo era su padre ni me hiciste pasar por el aro de las pruebas de paternidad. Tú quieres lo mejor para él; yo también, y a él le encantaría vernos juntos. Ambos estamos solteros, ¿verdad?

—¿Lo estás?

Él asintió. —Pues sí. No me habría insinuado si no lo estuviera.

—Ah, claro. Lo siento.

Él exhaló. —Supongo que me lo merezco, dado de lo que te acusé.

—No lo hice en represalia.

—Lo sé.

—¿Cómo? —dejó caer los brazos a los costados—. Esto era ridículo. No podía simplemente proponerle matrimonio y esperar que ella saltara de gratitud—. ¿*Cómo* lo sabes? En realidad no sabes nada de mí.

Él se frotó la nuca. Era un gesto muy sexi en él. —Sé que eres una madre atenta. Cariñosa. Una gran trabajadora. Has inspirado el amor y la lealtad de tus alumnos. Trevor es un niño feliz, sano, divertido y extrovertido. Le caes bien al jefe del departamento de policía. Tienes un trabajo estable, una casa bonita y fuiste lo suficientemente generosa como para darme un lugar en la vida de mi hijo. Y todo eso sin contar la fachada y la química demencial que hay entre nosotros. Mucha gente tiene mucho menos cuando se casa.

—Pero al menos se conocen.

—Está bien. Entonces conozcámonos.

—¿Eh? —Se apartó de la cómoda y comenzó a caminar de un lado para otro, tanto para tener algo que hacer *como* para quemar algo de la adrenalina que le había provocado su numerito de baile anterior.

Y ese beso...

—Conozcámonos, Jenna. Pasemos tiempo juntos. Juguemos con nuestro hijo.

—Pensé que ya estábamos haciendo eso.

—Lo estábamos haciendo —con Trevor—, pero me refiero a *nosotros*. Como pareja. Salir en citas.

—¿Quieres salir conmigo?

—Es al revés, lo sé, pero sí, me gustaría salir contigo.

Maldita sea, eso le provocó un pequeño aleteo en el estómago. Claro que ese estómago no sabía lo que era tener estrías por llevar a su hijo, así que en realidad no tenía ni voz ni voto en el asunto. —No quiero casarme solo por el bien de mi hijo, Bryan. El matrimonio debe ser entre dos personas que se aman, porque una vez que Trevor se vaya de casa, solo seremos nosotros dos.

—No necesariamente.

—¿Eh?

—¿Y si tenemos más hijos?

—¿Más? —Estaba a mitad de su segunda vuelta paseándose cuando ese comentario la hizo caer de sentón en la cama de él. ¿Tener *más* hijos con Bryan? Bueno, para él serían *más*, para ella sería el *primero*.

¿Y cómo diablos iba a ocultarle eso? Se suponía que ya había pasado por un parto. Ir a la clase de Lamaze de Mindy no se parecía en nada a dar a luz. Había respirado durante las contracciones por su hermana como espectadora, no como la participante principal, y Mindy no había estado lo suficientemente coherente como para entrar en detalles sobre la experiencia. Había dolido y eso era todo lo que Jenna había necesitado saber en ese momento.

—Quieres tener más hijos, ¿no? Trevor no puede ser hijo único.

Se frotó la cabeza. Le dolía. Por un montón de razones, entre las cuales no era la menor la imagen de otro bebé de rizos negros acurrucado en sus brazos.

—Yo... supongo. —*Sí* quería más hijos. Pero no había planeado exactamente que Bryan fuera su padre y no estaba lista para ir por ahí. Para acercarse a nada de esto. Porque con el secreto que guardaba, esto tenía la muy grande y muy real posibilidad de explotarle en la cara.

Pero ¿cómo iba a convencerlo de que esto era una mala idea sin decirle la verdad?

—Bryan, lo siento, pero no puedo casarme contigo.

Capítulo Veinte

Era la primera vez que lo rechazaban, y había sido cuando más importaba.

Bryan apartó las sábanas de la cama del apartamento. Se había quedado ahí la noche anterior, después de verla bajar furiosa por las escaleras hacia la parte trasera del club. Había querido ir con ella, pero insistió en que no lo necesitaba porque llevaba casi cuatro años criando a Trevor sola y había hecho un fantástico trabajo sin su ayuda, *muchasgracias*, y que podía tomar su idea de matrimonio e irse a buscar a otra mujer que necesitara de un hombre para que su vida estuviera completa.

Habían quedado muchas cosas sin decir en esa diatriba que él habría querido explorar, pero supuso que, dado el nivel de disgusto que había generado su sugerencia, sería mejor esperar a que se le pasara el enojo y lo consultara con la almohada.

Así que durmió aquí. O al menos, esa era la teoría.

Había cambiado de canal una y otra vez en un esfuerzo por distraerse, pero no había funcionado. Así que finalmente se dio por vencido, bajó a cerrar el local y luego regresó para tumbarse en la oscuridad, tratando de no pensar en lo que acababa de hacer.

Lo que se había *propuesto* hacer.

Nunca se le había pasado por la cabeza la idea del matrimonio. Nunca pensó que lo haría.

Claro, tampoco nunca pensó que sería padre, así que eso demostraba lo poco que sabía.

Se frotó la cara. Necesitaba una ducha. No había querido meterse anoche después de que ella estuviera ahí, porque estaba seguro de que su aroma aún persistía. Como mínimo, estaría ahí ese maldito jabón de manzana y canela.

Iba a tirarlo.

Se levantó de la cama. Mmm, llevaba puestos los bóxers. Una decisión consciente que había olvidado, ya que usualmente dormía desnudo, pero como no había querido ceder a la tentación de *desahogarse* con la imagen de Jenna con sus pezoneras, su tanga y nada más, había puesto una barrera para disuadirse. Simplemente no parecía correcto masturbarse con el recuerdo del cuerpazo de la madre de su hijo.

Debería estar haciéndole el amor *al cuerpazo de la madre de su hijo.*

Su pene cobró vida.

Bryan negó con la cabeza y se dirigió al baño. Era una batalla perdida; simplemente no podía sacarse a Jenna de la cabeza.

Y cuando percibió el aroma de ese maldito jabón, se dio cuenta de que tampoco podía sacársela de la piel. Ella se le había enroscado como un enorme abrazo de oso cuando le dio acceso a su hijo.

Rogaba al cielo no haberla espantado.

Abrió la ducha y se metió debajo. Bien. El agua fría no solo lo despertó, sino que también calmó a su pene.

Tomó el jabón, con toda la intención de lanzarlo al bote de la basura, pero la canela no era algo que nadie pudiera ignorar.

Olía a Jenna.

O más bien, ella olía a eso.

Ay, diablos, no sabía qué olía a qué, ¿y de verdad importaba? Se transportó de vuelta a la noche anterior, a ese beso y a su desastrosa propuesta.

Ella tenía razón, por supuesto. No se conocían; casarse probablemente no era la idea más inteligente. Al menos, no todavía. Pero ¿por qué no *podían* tener citas? ¿Por qué no *podían* conocerse? Tenían las mismas posibilidades que cualquiera en una nueva relación de que se gustaran.

Bryan se frotó la nuca, donde comenzaba un dolor de cabeza, y aumentó un poco la temperatura del agua. Quedarse aquí parado pensando en ello no haría que se conocieran. Solo una cosa lo haría: pasar tiempo juntos. Y le *había* prometido a Trevor algo de fútbol.

Bryan se pasó el jabón por el cuerpo. Era sedoso. Suave. Igual que ella. Lo olió, recordando la misma fragancia a canela cuando le había olisqueado el cuello. Cómo se lo había mordisqueado.

Puso los ojos en blanco y lo dejó, tomando ahora su champú. Algo fuerte y masculino. Conservaría el jabón con la esperanza de poder convencerla de que lo conociera y, tal vez, algún día, ella se ducharía aquí de nuevo.

Bryan resopló. Sí, era una posibilidad remota. Pero aun así, nunca se había rendido en un partido en su vida, ni siquiera en el último con su pierna hecha un desastre. El entrenador fue quien les dijo a los paramédicos que lo ataran a la camilla y se lo llevaran al hospital, así que de ninguna manera iba a rendirse ahora, aunque ella ya lo hubiera rechazado.

Su único consuelo era que nadie más que él y Jenna lo sabían.

—¿Te pidió que te casaras con él?

Cathy lo había repetido durante todo el camino a casa la noche anterior y fue lo primero que dijo cuando apareció en casa de Jenna esa mañana.

—Mi respuesta no ha cambiado desde anoche.

—¿Tu respuesta a mí o tu respuesta a él? Porque, en serio, Jen, de verdad deberías reconsiderarlo. O sea, el tipo es un verdadero dios en cuanto a apariencia, *quiere* ser parte de la vida de su hijo —¿sabes lo raro que es eso entre los padres biológicos?— *y* tiene bastante dinero. Podrías conseguir algo mucho peor.

—¿Podemos no hablar de esto ahora? Trevor bajará en cualquier momento.

—No, no lo hará. Bobby trajo su nuevo libro sobre tiranosaurios rex. No los veremos en horas.

Jenna suspiró. Cathy tenía razón. Las únicas cosas que absorbían más a Trevor que el fútbol eran los tiranosaurios rex.

—No me extrañaría que hubieras comprado ese libro de camino para acá. —Le entregó a Cathy un vaso de jugo de manzana con una cucharada de crema batida flotando encima y espolvoreado con canela. Como Cathy había renunciado a sus lattes habituales durante el embarazo, ella y Jenna se habían puesto creativas con el jugo de frutas.

Cathy levantó su vaso. —¿De verdad crees que soy tan retorcida, Jen?

Jenna enarcó una ceja. —Eh, ¿no era tu esposo el que solo quería un hijo y aquí estás con el segundo en camino, para nacer exactamente cuatro años después del primero, en el mismo auspicioso plazo de planificación para la matrícula de la universidad que discutimos *ad nauseam* cuando estábamos en la preparatoria?

Cathy se llevó el vaso a los labios. —Los condones pueden romperse. Deberías saberlo.

—Que se rompan es una cosa. Sabotearlos a propósito es otra.

Cathy tomó un sorbo y bajó el vaso. Un bigote de crema batida se curvó sobre sus labios como el de Snidely Whiplash. —No los saboteé a propósito. Solo se me olvidó meter la caja del auto.

—¿Durante todo un año mientras pasaban por cuatro estaciones de temperaturas extremas en el hueco de la llanta de repuesto?

Cathy agitó su vaso. —No sabes que estaban ahí.

—Ahora sí lo sé.

Le sacó la lengua. —No puedes probar nada. Y además, Mark está extasiado con el bebé.

Sí, lo estaba. No dejaba de llamar a esta nueva llegada su bebé milagro porque nunca había dejado a nadie embarazada usando esa marca de confianza de condones desde la universidad.

Jenna nunca podía mirar a Cathy cuando surgía esa conversación.

—Sabes… —Cathy se contoneó hacia el refrigerador, poniendo el andar de nueve meses de embarazo en un cuerpo de cuatro meses—. Si dijeras que sí, ustedes dos podrían empezar a trabajar en un hermanito para Trevor, y tú y yo podríamos tener bebés al mismo tiempo. —Sacó el bote de crema batida y echó otro pegote —o tres— en su vaso—. Solo piensa en lo divertido que sería.

Jenna estaba tratando de *no* pensar en lo divertido que sería *hacer* un bebé con Bryan.

—Estás loca.

—Oye, no te burles de la embarazada. Se sabe que lloramos por cualquier cosa.

—También se sabe que lloras cuando pasas una tarjeta de crédito sin estar embarazada, así que no te la creo.

Cathy abrió la boca para decir algo y luego la cerró. Sacó una de las sillas cromadas y palmeó el mantel individual sobre la mesa junto a ella. —Aquí, Jen. Toma asiento.

—No puedo. Tengo que, um…

—Claro. No tienes que hacer nada. Anda. Solo descansa un poco y discutamos por qué te opones tanto a no casarte con Bryan.

Jenna tomó el asiento a regañadientes. Sabía exactamente por qué estaba reacia y Cathy debería ser capaz de deducirlo también.

—No puedo mentirle, Cath.

—Cariño, ya lo estás haciendo. Y normalmente, no soy una gran defensora de las mentiras.

Jenna enarcó las cejas y miró el vientre de Cathy.

—De las mentiras malas, quiero decir. Sabía que Mark estaría encantado. Pero no estamos hablando de mí...

—Qué conveniente —murmuró Jenna.

—Estamos hablando de ti. Y de Bryan. Y de Trevor. Y de Tabitha.

—¿Tabitha?

—Sí. Tu hijita.

—¿Voy a llamarla Tabitha?

—Sí. Lo harás. Porque yo voy a llamar a esta Samantha.

Jenna puso los ojos en blanco. A Cathy le gustaban demasiado las reposiciones de TVLand.

—Como sea, solo piensa en lo genial que sería para Trevor tener no solo a su mamá, sino a su papá *y* a una hermanita, todos bajo el mismo techo.

—Pero la tía Cathy está olvidando un diminuto detalle. No soy la mamá de Trevor. Soy la sustituta.

—¿Hola?

La voz masculina en la puerta trasera hizo que Jenna se paralizara como si el mundo entero se hubiera congelado.

Si era Bryan, de verdad esperaba que así fuera.

¿Cuánto había escuchado?

Cathy tragó saliva.

Nunca era buena señal cuando Cathy tragaba saliva.

—¿Jenna?

Oh, Dios, *sí* era Bryan.

Ahora le tocaba a ella tragar saliva.

—¿Chicas? ¿Todo bien?

Sacudió la puerta mosquitera y la única razón por la que no podía entrar era porque Jenna solía cerrarla con pestillo para que Trevor no se fuera al patio trasero sin que ella se diera cuenta. ¿Por qué no había cerrado la puerta por completo hoy? ¿Con cerrojos? ¿Y cadenas?

¿Un sello hermético?

¿Y mantenido su bocota cerrada?

—¿Jenna? —Sacudió la puerta un poco más fuerte.

—Eh, sí. Bien. Um, todo bien. —Infundió algo de estructura en sus piernas de gelatina y se puso de pie.

Cathy le apretó la mano.

Limpiando la expresión de angustia que estaba segura de tener en la cara, si la de Cathy servía de referencia, Jenna intentó pegar una sonrisa igualmente *no* enfermiza sobre ella. —Yo, eh, no te esperaba.

—Obviamente. —Se quitó una mochila del hombro y la sostuvo con las manos frente a él mientras esperaba que ella abriera la puerta.

¿Una mochila? ¿Había rechazado su propuesta de matrimonio y él entendió que podía simplemente aparecer y mudarse?

Oh, Dios. ¿Y si quería hacerlo? ¿Y si lo *exigía*?

Jenna se tomó su tiempo para llegar a la puerta, principalmente porque tenía que recordarle a cada grupo de músculos de sus piernas que se movieran, pero también para averiguar qué diablos iba a hacer.

¿Cuánto había escuchado? ¿Ese *obviamente* era en relación a que no lo esperaba porque no habría estado hablando tan libremente sobre la paternidad de Trevor? ¿Lo sabía?

Soltó un suspiro mientras alcanzaba el pestillo.

—Qué bueno verte —dijo Bryan con esa voz de cremoso chocolate derretido, *no* lo que esperaría oír de él si lo supiera. ¿Había esquivado una bala?

Su corazón sintió como si hubiera recibido una.

Capítulo Veintiuno

—Yo, eh, ya me voy yendo. —Cathy se levantó de la silla arqueando la espalda hacia atrás de forma exagerada, como una embarazada, con los pies separados y una mano apoyada en la silla y la mesa.

Jenna puso los ojos en blanco.

—Oh, oye, deja que te ayude. —Bryan la esquivó, dejó la maleta de lona en el estante de la cocina junto a la puerta y corrió al lado de Cathy, sosteniendo esa falsa espalda dolorida con una de sus grandes manos.

Tenía unas manos muy bonitas.

—Gracias, Bryan. Eres todo un caballero. —Cathy le hizo una extraña mueca a Jenna por encima del hombro, arrugando la cara y asintiendo—. No puedo creer que ninguna mujer te haya atrapado todavía.

Ahora le tocaba a Jenna hacer una mueca rara, pero era más bien para contener el desayuno que amenazaba con reaparecer.

—Gracias, Cathy, pero nunca estuve buscando a nadie.

—No es lo que he oído... —Su dulce encanto sureño —y a Jenna le constaba que la única vez que Cathy había estado al sur de la línea Mason-Dixon fue en el viaje de fin de curso a Orlando— desapareció en un instante.

Bryan las miró. ¿Era un sonrojo lo que se extendía por sus mejillas? —Se lo contaste.

No era una pregunta, así que Jenna no tenía por qué responder, ¿o sí?

—Oh, ¿se suponía que era un secreto? —Cathy incluso adoptó la pose de llevarse las yemas de los dedos al pecho. Solo le faltaba un abanico para ser Scarlett con los hermanos Tarleton, pero si decía «tara, tara», Jenna le iba a rociar toda la crema batida encima.

—Es mi mejor amiga, Bryan. Lo compartimos todo. —Lanzó una mirada fulminante a Cathy para que mantuviera cerrada su bocota falsa.

Él gruñó. —Sí, supongo. O sea, Gage es mi mejor amigo, pero no se lo conté.

Jenna se acercó a la mesa y tomó la bebida de Cathy. —¿Pero acaso Gage estaba en tu casa esta mañana a una hora ridículamente temprana para enterarse de todo el chisme?

—Oye, eso me ofende.

Jenna le tendió el vaso. —Gracias por pasar, Cath. Nos vemos mañana.

Cathy le dio un buen trago. —Bien. —Dejó el vaso—. Iré a reunir a los chicos para que ustedes dos puedan hablar.

—Si no te importa, ¿puedes dejar a Trev aquí? —preguntó Bryan—. No tuve la oportunidad de verlo ayer y, bueno, le prometí que lanzaría algunos pases con él.

Ah, para eso era la mochila. Llevaba sus balones...

Jenna intentó no reírse. De verdad que lo intentó.

—¿Jen? ¿Estás de acuerdo con eso?

Jenna se mordió el labio. Cierto. Trev. Aquí.

Oye, él no podía llamar a Trev Trev. Ese era *su* apodo para él. —Eh, sí, claro. Está bien. Digo, sé que a Trev*or* —enfatizó la última sílaba— le gustaría.

—Bueno. Bien. Como quieran. —Cathy salió de la habitación contoneándose.

—¿Así fue para ti? —Bryan la sobresaltó con una mano en su codo.

—¿Qué?

Él señaló con la cabeza la puerta por la que Cathy acababa de salir. —Eso. Caminar. Parece que le doliera.

Cathy era tan buena actriz como Jenna de estríper. ¿Qué decía eso de ellas?

Jenna no quería saberlo. —Cathy es, ehm, más baja que yo. El embarazo es más una prueba para ella. —Técnicamente, no le había mentido, aunque no entendía por qué se sentía obligada a hacer esa distinción cuando le estaba contando la mentira más grande de todas.

—¡Bwwwwyyyyaaannn!

Trevor bajó las escaleras como un trueno y se aferró al marco de la puerta como si su vida dependiera de ello mientras doblaba la esquina derrapando. —¡Estás aquí!

Se abalanzó contra las piernas de Bryan, rodeándolas con sus brazos como si *ellas* fueran su vida.

Como si *Bryan* fuera su vida.

Jenna sacó una de las sillas y se sentó. Esto se iba a complicar más por momentos.

—Hola, Trev. —Bryan le quitó los bracitos de las piernas, pero no lo soltó, sino que se agachó para quedar a su altura—. Traje mi balón de fútbol americano. ¿Quieres que lancemos algunos pases?

—¡Claro que sí!

Entonces Trevor hizo lo único diseñado para hacerle el corazón pedazos a Jenna.

Abrazó a Bryan, un abrazo grande y apretado alrededor del cuello, y Jenna tuvo que apartar la vista antes de llorar.

Pero no antes de ver que los ojos de Bryan se humedecían.

—Oye. —Bryan se aclaró la garganta—. Oye, Trev, gracias.

Jenna volvió a mirar. Las grandes manos de Bryan estaban pegadas a la pequeña espalda de Trevor como si nunca fuera a soltarlo.

No lo haría. Eso lo entendía. Bryan estaba en la vida de Trevor para siempre.

Lo que significaba que también estaría en la suya por el mismo tiempo.

* * *

Bryan y Trevor habían lanzado algunos pases en el patio trasero mientras Jenna intentaba desesperadamente serenarse. Esto era algo bueno. Trevor necesitaba una figura paterna y Bryan quería serlo. Cathy tenía razón; había muchos padres que no querían tener nada que ver con los hijos que habían creado. Debería estar encantada de que Bryan quisiera involucrarse.

Y lo estaba. De verdad.

Solo que estaba muerta de miedo de meter la pata de alguna manera. De darle alguna pista sobre Mindy.

Y obviamente no podía ocultar la existencia de Mindy. Su media hermana había crecido en este pueblo, y cuando Bryan finalmente conociera a su madre, Mindy y su madre «cualquiera», como la llamaba Ellen North, definitivamente saldrían a colación; siempre eran un tema de conversación.

Su madre. Oh, Dios. Su madre iba a conocer a Bryan y, si había algo sobre lo que esa mujer no se callaba, era el «vergonzoso» pasado de Jenna. Especialmente porque pensaba que Jenna había salido y había hecho lo mismo otra vez.

—¡Oye, mami! —Un niñito de dieciséis kilos entró como una tromba por la puerta—. ¡Bwyan quiere llevarnos a una feria! ¿Podemos ir? ¿Pofavo? ¿Pofavo?

Bryan se encogió de hombros mientras seguía a Trevor de vuelta a la cocina. —Es para beneficiar al ala infantil del Hospital General Comunitario y BeefCake, Inc. patrocina un puesto. Dije que pasaría a ayudar. Así que si no están haciendo nada y les interesa, pensé que sería divertido.

Le había pagado para que no estuviera haciendo nada.

En realidad, no, no lo había hecho. E incluso si lo hubiera hecho, habría sido demasiado pronto para cancelar a alguno de sus alumnos. Así que fue bueno que no tuviera ninguno programado para hoy.

Una parte de ella quería decirle que no a Bryan. Además del hecho de que no debería habérselo mencionado a Trevor sin consultarla primero —y hacerla quedar como la mala de la película si tenía que decir que no—, no debería estar pasando tanto tiempo con su hijo, metiéndose en su vida como si siempre hubiera estado allí.

La otra parte de ella, sin embargo, no podía decirle que no. No era justo para Trevor. Las circunstancias de su nacimiento no eran su culpa; ni siquiera eran de Jenna. *Eran* de Bryan, pero no era como si él hubiera sabido algo al respecto. Ciertamente no lo había planeado, dada la selección de condones en ese departamento.

—Claro, Trev. Podemos ir a la feria. —De todos modos, había planeado llevarlo.

Bryan le apretó el brazo y articuló «gracias» por encima de la cabeza de Trevor.

Una de las dos acciones —o ambas— provocó que unas chispas la *recorrieran.*

Oh, por el amor de Dios, supéralo. Supera esto. Podía ser todo lo guapo que quisiera, pero eso no cambiaba el hecho de que tenía que mantener la distancia. Ya le había propuesto matrimonio, ¿qué más quería?

El cuento de hadas.

Ese pensamiento la persiguió por el resto del día.

Especialmente cuando vio el puesto en el que se suponía que Bryan debía trabajar.

Capítulo Veintidós

Por *supuesto* que el puesto de BeefCake tenía que ser un puesto de besos. Se había preguntado cómo un club de estriptis podía patrocinar un puesto en un evento familiar, pero unos tipos buenos en traje vendiendo besos castos en la mejilla eran la tapadera perfecta.

También era la forma perfecta de hacer dinero. Las mujeres hacían una doble fila para tener la oportunidad de intimar con el galán del día.

Y ahora Bryan iba a ser uno de ellos.

Se puso una chaqueta que le dio uno de los chicos, se ajustó una pajarita alrededor del cuello y se abrochó los pantalones de desgarre sobre sus shorts. Se veía devastadoramente atractivo. Como de costumbre.

—Oye, Trev. ¿Por qué no van tú y tu mamá a ver los paseos en poni mientras yo trabajo un ratito? Luego puedo ir con ustedes cuando termine.

—¿*Trabajas* aquí? ¡Genial!

No, en realidad, hacía calor.

—¿*Puedo* montar un poni, mami?

Otra cosa que Bryan y ella tendrían que hablar. Él necesitaba consultarle las cosas antes de ofrecérselas a Trevor.

Le besó la coronilla a Trevor y miró a su padre. —Claro que puedes, cariño.

—¿Todo bien? —preguntó Bryan, deslizando los dedos por el brazo de ella.

A Bryan le gustaba tocar; eso lo entendía. También entendía que a su piel le gustaba que él la tocara.

Era otra cosa que tendrían que discutir.

—¿Cuánto tardarás? —preguntó ella, poco dispuesta a entrar en la discusión sobre los derechos parentales delante de la mitad del pueblo. La mitad *femenina*—. Va a querer empezar a subirse a las atracciones, jugar y todas esas cosas divertidas tan pronto como termine el paseo en poni.

—Una hora, como mucho. —Sacó su celular—. ¿Cuál es tu número? Te llamaré cuando termine para encontrarnos.

Su número. Ahora él tendría acceso a ella —a Trevor— las veinticuatro horas del día.

Jenna respiró hondo y se lo dio. Tampoco era como si pudiera negárselo ahora. —Esperaré tu llamada.

Se dio la vuelta para irse, pero Bryan la tomó del brazo de nuevo. —¿No se te olvida algo? —Sus ojos violetas se clavaron en los de ella.

Le *encantaría* olvidar algo... —No creo.

—¿No vas a, ya sabes, apoyar la caridad? —Señaló con la cabeza a su izquierda. Hacia el puesto.

Luego la atrajo hacia él. —Incluso te dejaré meterte en la fila.

Olía bien. Realmente bien. Y se sentía aún mejor, especialmente ese pecho duro y esculpido contra el que su hombro estaba acurrucado; contra el que *ella se había* acurrucado.

—Vamos, Jenna. Es por una buena causa. Incluso haré la donación por ti.

No debería haberlo mirado. No cuando estaban tan cerca. No cuando había estado soñando con hacerle el amor toda la noche. No cuando su cuerpo recordaba cada parte de ese sueño y exigía una recreación en la vida real.

Pero lo hizo.

Y él la besó.

Otra vez.

Oh, esta vez era diferente. Apto para todo público. Bueno, quizás un poco subido de tono. Pero seguía siendo excitante, ella seguía respondiendo y seguía deseándolo. Deseando esto.

—¡Guácala, puaj!

Tenía que ser Trevor el que pusiera la situación en perspectiva.

Se separaron, riendo, aunque la mirada de Bryan escrutaba la de ella. Jenna desvió la vista. No podía mirarlo. No quería mirarlo. No quería que él la mirara porque había visto el deseo allí. Algo difícil de ignorar, ya que había estado tan cerca de él en ese apartamento —en esa cama— y podía recordar cada matiz de esos pocos minutos en sus brazos.

—¡Vamos, mami! ¡Quiero montar el poni!

Ella quería montar otra cosa.

—De acuerdo, Trev. Vamos.

Se apartó de Bryan tanto por su propio bien como por el de Trev.

Fue una de las medias horas más largas de su vida.

Una hora.

Una hora y quince minutos.

Jenna no dejaba de mirar su teléfono. Tanto para ver la hora como para asegurarse de que no se le había pasado su llamada.

¿A cuántas mujeres estaría besando?

Intentó no pensar en ello. Intentó no preguntarse qué sentirían esas otras mujeres cuando Bryan posara sus labios en sus mejillas. Cuando se acercaran lo suficiente para oler su calor. ¿Se preguntarían cómo sería hacer el amor con él? ¿Fantasearían con él esta noche en *sus* sueños?

¿Alguna de ellas se habría preguntado quién era ella?

¿Les importaría?

¿Le importaría a *él*?

Saludó con la mano a Trevor mientras daba su quinto paseo en poni. Solo había cinco ponis en esta atracción, así que más le valía a Bryan darse prisa, porque cuando este paseo por la pista terminara, Trevor iba a buscar algo nuevo que hacer.

—¿Me extrañaste? —le susurró en el oído alguien alto, moreno y guapísimo, provocándole escalofríos por la espalda.

—Trevor sí. —Jenna estaba muy orgullosa de sí misma por responder coherentemente y no balbucear en un charco de feromonas.

—¿Y tú? ¿Me extrañaste?

Era un poco difícil no mirarlo cuando él le ponía un dedo bajo la barbilla y le giraba el rostro hacia el suyo.

Sus labios estaban justo ahí. Lo suficientemente cerca como para besarlos.

—¿Cuánto recaudaste para la causa? —Tuvo que preguntar. Tenía que quitarse de la cabeza sus labios.

Por supuesto, los vio formar su respuesta. —Como mil.

A dos dólares por beso, él había...

—¿Besaste a quinientas mujeres?

—¿Celosa? —Le subió y bajó las cejas.

Sí. —Por supuesto que no. Es... es solo que... me preocupa. Por los gérmenes. —Bueno, era una excusa patética, pero fue lo mejor que se le ocurrió—. O sea, podrías contagiarte de algo. Y al estar con Trevor, podrías contagiárselo. No necesita enfermarse.

—Y luego estás tú, también. —Bryan le dio la vuelta como un depredador acechando a su presa y, sí, ella se sintió un poco acosada.

—¿Yo?

—Sí. Tú. Si estoy enfermo, no puedo seguir besándote, ¿o sí?

De acuerdo, iban a tener que tener esta discusión ahora. —Bryan, no creo que sea una buena idea que sigas besándome.

—Está bien, entonces tú puedes besarme a mí. No soy de los que dejan que la caballerosidad se interponga en los besos de una mujer.

—No me refería a eso.

—¿Ah, no? Entonces, ¿a qué te referías? Porque no me dirás que no quieres besarme.

—Yo no...

—Ni lo intentes. Yo estaba allí, ¿recuerdas? En el apartamento y cuando nosotros... —Señaló con la cabeza hacia Trevor—. Aquella vez. Obviamente nos besamos. Y mucho más, aunque no creo que estemos listos para eso todavía.

Quizá *él* no lo estaba, pero las hormonas de ella estaban bailando de alegría solo con la mención.

—No creo que sea buena idea besarse delante de Trevor. Podría hacerse una idea equivocada.

—Estoy perfectamente dispuesto a besarte lejos de Trevor. ¿Cuándo y dónde? Ahí estaré.

Se veía tan adorable con esa expresión esperanzada en su rostro que ella no pudo evitar reírse. —¿De verdad te funciona eso?

Se encogió de hombros. —No lo sé. ¿Por qué no me lo dices tú?

Sí, funcionaba. Y no, no se lo iba a decir.

—Mira, Bryan. Obviamente hay química entre nosotros. —Una química de alto voltaje, de contacto letal, de las que iluminan el cielo, pero ella tenía demasiado que perder por unas cuantas noches de pasión desenfrenada.

Aunque la pasión desenfrenada tenía muchos puntos a su favor.

—Pero tenemos que ver esto desde una perspectiva a largo plazo. Trevor ni siquiera tiene cuatro años. Tenemos al menos catorce años, si no más, de tratar el uno con el otro. No es buena idea empezar algo que podría causar problemas en el futuro. Necesitamos ser amigos. Padres en conjunto. Trabajar juntos. Sin ninguna complicación añadida.

—Has pensado mucho en esto, ¿verdad?

—¿Y tú no?

Sonrió y un hoyuelo apareció en su mejilla. Igual que el que tenía Trevor.

Dios, estaba tan jodida.

No, quieres que te *jodan.*

Su subconsciente *no* estaba ayudando en absoluto.

—Sí *he* estado pensando en ello, Jenna. Desde que solté esa propuesta de matrimonio.

La mujer detrás de él se dio la vuelta para mirar.

Mierda, lo había dicho demasiado alto. Jenna lo apartó de los oídos curiosos. —Bryan, por favor. Baja la voz. No necesitamos más chismes circulando.

—¿Por qué? ¿Alguien te ha dicho algo sobre lo de la prostitución? ¿Quién fue? Iré a ponerlos en su lugar.

Nunca le habían gustado las tácticas de cavernícola, pero tenía que admitir que le gustaba que él se indignara en su nombre y quisiera resolver el problema por ella. Durante tanto tiempo había tenido que resolver sus propios problemas.

—No, nada de eso. Pero Trevor no necesita que haya habladurías sobre sus padres. Ya será bastante malo cuando se sepa que tú eres su padre.

—¿Quién *cree* la gente que es su padre?

Sí, este no era un tema en el que quisiera entrar con él. —Nunca lo dije. Solo cambiaba de tema cada vez que salía.

—Como intentaste hacer conmigo.

—Eh, sí.

—Definitivamente tenemos que inventar una historia para justificar mi presencia, Jenna. Algo que la gente crea —. La atrajo hacia él—. Y para ayudar a poner las cosas en marcha, creo que *debería* besarte. Para que la gente vea que estamos juntos. Amortiguará el golpe cuando se sepa la verdad.

Nada podría amortiguar *ese* golpe, pero él no hablaba de *su* verdad. Qué irónico que fueran a mentir sobre *su* participación en la paternidad de Trevor, cuando la de ella era la verdadera mentira.

—Entonces, ¿estás conmigo?

—¿Contigo? —. No tenía idea de lo que hablaba; la cabeza le daba vueltas con todas las implicaciones de esta situación.

Y entonces la cabeza le dio vueltas por algo completamente distinto.

La besó. De nuevo.

Por suerte, lo mantuvo bastante inocente. La rodeó con sus brazos, sus labios encontraron los de ella y deslizó su lengua en el interior con la cantidad justa de movimiento como para que nadie, excepto ella, supiera dónde estaba su lengua.

Y ella lo sabía. Vaya que si lo sabía. Sus terminaciones nerviosas se encendieron como si él hubiera accionado un interruptor, su ritmo cardíaco entró en modo rumba y sus hormonas bailaban de alegría una vez más.

—¿Mami? ¿Por qué Bwyan te está besando?

Era exactamente la pregunta que ella quería hacer.

Se apartó del abrazo de Bryan, se metió el pelo detrás de las orejas y tuvo que contenerse para no lamerse los labios porque él sabía *así* de bueno.

—Le estaba dando las gracias, Trev —. Bryan, maldita sea, sonaba muy tranquilo y sereno, mientras que ella era un manojo de nervios sobreexcitados.

—¿Por qué?

Levantó a Trevor del poni y se lo puso sobre los hombros. —Por dejarme ser tu nuevo amigo.

—Ah. De acuerdo —. Trevor le dio una palmadita en la parte superior de la cabeza a Bryan—. ¿Puedo ir aquí awiba todo el tiempo?

—Bueno, no sé si todo el tiempo, pero por ahora sí puedes.

—¡Genial!

Bryan le levantó una ceja. —¿Genial? ¿De dónde sacó eso?

Jenna puso los ojos en blanco y esa ligereza fue justo lo que necesitaba para controlar sus hormonas. —Del sabelotodo de Michael.

—Ah.

—Sí, ah.

—¿Puedo jugar un juego? Quiero ganar un oso de peluche. El señor Mono también quiere un nuevo amigo.

—¿Dónde ves un oso de peluche? —le preguntó Bryan.

—Allá —. Trevor señaló una fila de juegos de feria—. Es azul. Al señor Mono le encanta el azul.

—Eso es porque se cayó en un vaso de ponche —le susurró Jenna a Bryan. Había tenido que pensar rápido para evitar que Trevor llorara por su amigo «arruinado». Pero cuando se enteró de que al señor Mono le «encantaba el ponche», también se convirtió en su bebida favorita. Esperaba que el señor Mono hiciera pronto la transición al jugo de naranja. No dejaba el mismo bigote que el ponche, así que no tendría que esforzarse tanto para limpiárselo.

A Bryan le costó más de sesenta dólares en boletos —y varios otros premios que había ganado entretanto— para finalmente ganar el oso de peluche del tamaño de Trevor, pero cada centavo valió la pena al ver la sonrisa en el rostro de su hijo y la adoración de héroe en sus ojos. Al parecer, Bryan no podía hacer nada mal.

Entonces Bryan se inclinó para recoger un sable de luz que se le había caído y..., sí, prácticamente todo en Bryan *era* casi perfecto.

Jenna exhaló y miró a su alrededor. A cualquier parte menos al magnífico par de glúteos que estiraban unos shorts de nailon ajustados.

Algo más estaba un poco ajustado...

—¿Puedo subirme al cawusel ahora? Quiero montar un tigre —. Trevor balanceó las piernas y rebotó sobre el hombro de Bryan.

Bryan hizo una mueca y agarró los pies de Trev. —Sí, pero no querrás patearlo como me acabas de patear a mí. Eso dolió.

—Ah. Lo siento.

—Sé que lo sientes. Entonces, ¿qué animal debería montar yo?

—El felefante. Es gande como tú.

Jenna se sonrojó solo de pensar en lo «grande» que era Bryan. Madre e hijo estaban en dos sintonías diferentes.

Bryan, sin embargo, estaba en la misma sintonía que ella y su sonrisita lo confirmó. —¿Un elefante, eh? ¿Es por mi larga trompa?

No estaba mirando para nada a Trevor cuando dijo eso.

Y ella no *iba* a mirarlo para nada.

—¿Y qué quieres montar *tú*, Jenna? —. Bryan recurrió de nuevo al contacto, deslizando las yemas de sus dedos a lo largo del brazo de ella en lo que podría considerarse un toque inocuo, pero que no lo era.

No iba a dignarse a responderle. Principalmente porque dudaba que fuera a mostrarse muy digna al responderle.

—Mami puede montar el poodle. A ella le gustan los poodles, ¿verdad, mami?

—Eh, sí. Me gustan. Los poodles son bonitos —. Levantó la mano para alborotar el pelo de Trevor. Era rizado como el de un poodle.

Como el de su padre, en el que ella había enredado sus dedos.

Gracias a Dios, el carrusel estaba justo adelante. Un par de vueltas en un poodle estático sería justo lo que necesitaba para controlar su libido y su imaginación.

También lo fue la cháchara de Trevor mientras caminaban bajo los mini triángulos rojos, blancos y azules que se extendían a través de cuerdas atadas entre las atracciones y los puestos en una mezcla festiva similar a una pérgola; desde el mar de familias, hasta los puestos de juegos, las estaciones de pintura de caras, los adivinos, los lectores de tarot, los zanqueros, los malabaristas y los payasos, Trevor tuvo que comentar sobre cada uno de ellos. También tuvo que probar cada producto alimenticio entre ese punto y el carrusel, y Jenna solo podía imaginar un dolor de estómago a altas horas de la noche.

Pero ella no había sido capaz de decirle que no, como tampoco lo había sido Bryan.

Trevor mantuvo un diálogo constante sobre qué animales eran cuáles en el carrusel, qué comían, dónde vivían, sorprendiéndola por lo mucho que había retenido de los videos de animales que le había comprado en Navidad, ya que no los había visto en meses, ahora que los camiones de bomberos, el fútbol americano y los tiranosaurios rex eran sus favoritos.

—Me gustan los poodles, pero los bóxers son mejores —. Le entregó a Bryan el raspado a medio comer para poder correr hacia la valla que rodeaba la atracción, siendo Bryan el depositario de todas las cosas de Trevor ese día y Jenna intentó que no le importara. Trevor había querido un padre y ahora lo tenía.

Uno que le había pedido que se casara con él.

—Un centavo por tus pensamientos —. Bryan le dio un codazo en el hombro con el gigantesco oso de peluche.

No tenía ni idea de dónde iba a meter esa cosa en su casa. El dormitorio de

Trevor no era lo suficientemente grande para la colección que ya tenía, y mucho menos para uno más.

—Me pregunto dónde vamos a poner el oso.

—Podría tenerlo en mi casa si quieres.

—¿En ese departamento? ¿Con todos esos condones?

Una sonrisita se dibujó en su rostro. —¿Los viste, eh?

Ella puso los ojos en blanco. —Por favor. No vas a poner el juguete de mi hijo en esa... esa... esa guarida de perversión.

Bryan la miró fijamente durante un segundo antes de empezar a reír. Y rio un poco más. Rio tan fuerte que tuvo que inclinarse para recuperar el aliento y el oso de peluche ahora tenía una gran mancha azul húmeda en la nariz por haber caído al suelo justo donde un niño había derramado su raspado.

Igual que el señor Mono. Esos dos se llevarían de maravilla.

—¿Qué es tan divertido? —preguntó Trevor, tan inocentemente, mientras volvía corriendo de la valla.

—Nada —. Le giró la cabeza de vuelta hacia el carrusel. Quizás si ignoraban a Bryan, se iría. ¿Cómo podía ese hombre hacerla sentir acalorada, excitada y simplemente molesta, todo al mismo tiempo?

—Entonces, ¿por qué se ríe Bwyan? —. Incluso se parecía a su padre con la frente toda arrugada.

—Tu mamá dijo algo gracioso —dijo Bryan, controlando su risa.

—Ah. ¿Fue sobre un lechero y una corista?

—¿Qué? —dijeron ella y Bryan al mismo tiempo.

—¿Dónde oíste hablar de una corista? —. Miró a Bryan, presa del pánico. ¿Alguien sabía lo de anoche? ¿Alguien la había reconocido? ¿Iba a perder su trabajo?

No podía perder su trabajo. No podía. De acuerdo, tenía algo de dinero ahorrado, pero no lo suficiente como para aguantar el desempleo.

Nunca debería haber bailado anoche. Debería haberle dicho que no. Haberle dicho que no podía. Explicarle *por qué* no podía.

Claro, como si esa fuera la respuesta. Entonces, en lugar de estar aquí en una feria con algodón de azúcar pegado a su camiseta sin mangas y demasiados boletos para las atracciones en los bolsillos, podría estar frente a un juez, explicando por qué le había ocultado la verdad a Bryan y suplicando por los derechos de visita.

Estaba tan jodida. Y no en el buen sentido.

—Trevor —. Bryan se agachó al nivel de Trevor y a Jenna no le importó si toda la cara del oso de peluche estaba cubierta de agua azucarada azul—. ¿Dónde oíste ese chiste?

—Me lo contó Michael.

Por supuesto. Ahora Michael era el proveedor de cochinadas de preescolar, además de un bravucón, un matón y un problema de disciplina.

—¿Qué te contó Michael exactamente?

—¿Estás enojado?

El corazón de Jenna se encogió ante esa mirada asustada en el rostro de Trevor. —No, cariño, no estamos enojados. Solo tenemos curiosidad. Nunca hemos oído ese chiste, así que queríamos saber cómo lo conocías tú.

—Bueno, no es de vewdad gachioso.

—¿No es de verdad gracioso? —tradujo ella para Bryan, que la había mirado confundido. Habiendo estado allí todos los días desde que Trevor dijo su primera palabra a los dos años, ella lo entendía.

Trev negó con la cabeza, sus rizos negros rebotando. —No. Solo me dio sed, porque el hombre quería tomarse la leche.

Jenna cerró los ojos. Necesitaba tener una charla seria con sus maestras. Y con los padres de Michael.

—¿Tú te encargas de la escuela y yo del papá? —Bryan la ayudó a levantarse.

—Trato hecho —. Le tendió la mano para estrechársela. Era agradable que estuvieran en la misma sintonía en esto. Era agradable tener a alguien con quien compartirlo.

Era agradable tener a *Bryan* con quien compartir esto.

Capítulo Veintitrés

El carrusel desató un torrente de comentarios por parte de Trevor, sobre todo acerca del San Bernardo de madera en el que iba montado y del espectáculo canino en el pasillo de al lado.

Se dirigieron allí en cuanto el carrusel perdió su encanto —después de tres vueltas— y vieron perros saltando a través de aros, caminando sobre sus patas traseras, sobre sus patas *delanteras*; algunos brincaban y otros saltaban la cuerda. Uno de ellos incluso podía dar volteretas hacia atrás.

—El señol dijo que entlenó a los cacholitos cuando elan bebés. —Trevor los miró desde donde estaba agarrado a la valla de plástico que el entrenador había colocado alrededor de los perros—. Dijo que tienes que hacello cuando son muy muy chiquitos o no lo aplenden. —Señaló a uno de los perros, una mezcla de pastor ovejero ya viejo cuya principal tarea, al parecer, era mordisquear a los más pequeños que se acercaban demasiado a la valla. Un perro guardián para perros—. Ese tiene tlece años. El señol lo dijo. ¿Algún día voy a tenel tlece años? ¿Puedo tenel un cacholito pala mi cumpleaños? Quielo enseñalle a hacel lo que hacen esos. Puedo dale de comel y quelello y puede dolmil en mi cama. ¿Veldad, mami?

Esos ojos violetas se clavaron en ella con un fervor que le derritió el corazón. Igual que su padre…

Jenna negó con la cabeza. No, no iba a pensar en nada que se derritiera si se trataba de Bryan.

—Ándale, mami, ¿pol favol? ¡Yo lo cuidalé, lo plometo!

—Trev, este no es el momento pa...

—Tu mamá y yo lo hablaremos, ¿de acuerdo, Trev? ¿Por qué no vas a ver a ese cachorro caminar sobre la pelota?

—¡Oh, qué chido!

Bryan, una vez más, al rescate. Se estaba volviendo bastante molesto.

Quería decirle que era perfectamente capaz de responderle a su propio hijo, pero lo último que necesitaban —lo último que *ella* necesitaba— era que se convirtieran en bandos en guerra frente a Trevor. Conocía a mucha gente que había enfrentado a sus cónyuges durante un divorcio, incluida su propia madre. Eso había hecho que Jenna estuviera aún más decidida a no hacerle eso a Trevor.

—Le estás agarrando la onda a esto de ser padre bastante rápido. Fue la manera perfecta de hacer que dejara de hablar del tema. —Tenía que darle crédito a Bryan cuando se lo merecía.

—Gracias. Es muy amable de tu parte.

Ese era otro momento enternecedor que no necesitaba que ocurriera entre ellos. No podía *bajar* la guardia con Bryan; sería demasiado fácil hacerlo, y entonces, ¿quién sabía qué le contaría?

—Pero aun así no va a tener un cachorro.

—¿Por qué no? Quiere uno.

—Pero *yo* no.

—Ah, vamos. ¿Qué tienes contra los cachorros? ¿No te gustan los animalitos lindos y peludos? —Le frotó la mejilla con el hocico grande y cubierto de raspado del oso de peluche.

Se limpió el residuo pegajoso de la mejilla. —Sí me encantan los animalitos lindos y peludos. Los de otras personas. Las clases comenzarán pronto. Los cachorros consumen tiempo y requieren trabajo. Hay que entrenarlos y pasearlos, y aúllan por la noche, y luego está la patrulla de popó en el patio y...

—Dijiste «popó».

Levantó la vista hacia él. —¿Qué?

Él sonrió con esa sonrisa que convertía sus entrañas en papilla de raspado. —Dijiste «popó».

—Pues claro. ¿Cómo se supone que le diga? Eso es lo que hacen los cachorros. Hacen popó. Por todos lados. Y acabo de poner una alfombra nueva en el cuarto de estar.

—Nunca he salido con alguien que dijera «popó».

—¿En serio? ¿Acaso ellas *evacuaban*? ¿O simplemente no lo hacían?

Él se rio. —No sé qué hacían. Nunca surgió en la conversación.

¿Podía tener sexo con ellas, intercambiar fluidos corporales con ellas, pero nunca nadie sacó a relucir *esa* función corporal en particular? ¿Acaso había salido con exesposas perfectas o algo así?

Bueno, no quería pensar en con quién había salido. No quería pensar en nada de eso. Incluida la popó. —Nada de cachorros.

—Aguafiestas.

—Sí, bueno, si quieres venir a limpiar el patio… y los zapatos de Trevor cuando la pise, sin mencionar las salidas al baño de medianoche y las toneladas de pelo que limpiar. Los cachorros suenan geniales en teoría, pero la única razón para darle un cachorro a un niño es para enseñarle a ser responsable. De esa manera, los padres no tienen que hacerlo todo, y Trevor no está listo para esa responsabilidad.

—Cielos, ¿quién te nombró la Grinch?

Mindy, esa fue.

Ese pensamiento golpeó a Jenna en el estómago. Esta debería ser la conversación de *Mindy* con Bryan, no la suya, aunque Mindy probablemente habría dicho que sí a un cachorro porque a ella nunca le permitieron tener uno.

—¿Jenna? ¿Estás bien? —Bryan le apartó unos rizos de la cara, con una expresión preocupada y seria.

No podía permitir eso. No podía permitir que se preguntara en qué estaba pensando… en *quién* estaba pensando. —Sí, estoy bien. Pero, ¿podemos descartar la idea del cachorro cerca de Trevor, por favor? No quiero tener que ser la policía mala.

—Ah, cariño, todavía nos quedan años antes de llegar a la etapa de policía bueno/policía malo.

—¿En serio? Me parece recordar haber llegado a esa etapa muy pronto.

—¿Tú? No puedo creer que alguna vez estuvieras en esa etapa. Pensé que eras la niña buena. La hija perfecta.

Hasta que cumplió diecisiete años y trajo a casa un pequeño *regalito* de esas vacaciones en la costa a las que su madre finalmente la había dejado ir con la familia de Dave.

Su madre no le había vuelto a dirigir la palabra a la madre de Dave desde entonces. Y vivían una justo detrás de la otra.

—Solo... nada de cachorros, ¿de acuerdo? Es demasiado trabajo ahora mismo. Quizá cuando sea mayor. Entonces podrás ser el héroe.

Él la miró de forma extraña y abrió la boca para decir algo cuando Trevor echó a correr.

Lejos de ellos. —¡Oh, mien! ¡Pecesitos!

Jenna entró en pánico total. Odiaba cuando se emocionaba tanto que simplemente se levantaba y corría.

Ella y Bryan fueron tras él. Increíble lo rápido que podían ir unas piernecitas de tres años y medio.

—Oye, Trev. —Bryan lo alcanzó primero, levantándolo por debajo de los brazos con su mano libre—. Amigo, no *puedes* salir corriendo así. Nos asustaste a tu mamá y a mí.

Trev la miró, con los ojos muy abiertos y a punto de llorar. —Lo siento, mami.

Ella le ahuecó la cara y le besó la nariz, aspirando ese dulce, dulce aroma suyo que se había grabado en su memoria desde el primer momento en que lo sostuvo en el hospital después de que Mindy diera a luz. No *podía* perderlo.

—Lo sé, cariño. Pero ¿recuerdas lo que te dije en el supermercado? No puedes correr así. No quiero que nadie te lleve.

Bryan hizo una mueca cuando ella dijo eso y bajó a Trev. —¿Quizá no deberías decírselo así? ¿Hacerlo un poco menos aterrador? —susurró.

Ella le susurró de vuelta. —*Quiero* que se asuste. *Quiero* que le aterrorice que alguien se lo lleve para que no siga haciéndolo. ¿Y si hubiera corrido hacia la calle? Prefiero tenerlo asustado y vivo que valiente y muerto. —Estaba temblando, tan... ¿enojada? ¿Asustada? ¿Ambas cosas?

—¿Puedo il a vel los pecesitos ahola? —Trevor levantó esos grandes ojos esperanzados hacia ellos dos.

Jenna estaba perdida. —Sí, Trev, puedes. Y Bryan y yo estaremos justo aquí. —A medio metro detrás de él. Sin nadie delante de ellos. En una línea de visión perfecta e ininterrumpida.

—Supongo que no debí darle el algodón de azúcar, ¿eh? —dijo Bryan cuando sus respiraciones habían vuelto a la normalidad.

Jenna no estaba segura de que el ritmo de su corazón lo hiciera alguna vez.

—Ni el hot dog, ni el sundae de fudge, ni el raspado. Pero es una feria. Al menos dormirá bien esta noche.

Ella, por otro lado, probablemente no. Igual que la noche anterior, pero por razones completamente diferentes.

—¡Mami! ¡Papi! —Trev se dio la vuelta y los saludó con la mano—. ¡Vengan acá!

Papi. Había llamado a Bryan *papi*. Esta situación se complicaba cada minuto que Bryan estaba cerca.

Bryan no la miró, pero ella ciertamente sí lo miró a él. Tragó saliva. Lentamente.

—Ah. —Se aclaró la garganta y se acercó a Trev, luego le dio un golpecito en el ala del sombrero que Bryan había ganado para él—. ¿Qué pasa?

—Si no puedo tenel un cacholito, quielo un pez dolado. —Trevor señaló los cientos de diminutas peceras en la plataforma detrás del mostrador—. ¿Puedes lanzal la pelota dentlo de una, ya que eles el mejol lanzadol del mundo? —La adoración de un héroe brillaba en sus ojos.

Las lágrimas brillaban en los de Bryan.

Lo que hizo que brotaran en los de ella. Jenna tuvo que apartar la vista.

—Eh, sí, Trev. Claro. —La voz de Bryan sonaba un poco ronca; no, *muy* ronca. Se aclaró la garganta de nuevo—. ¿Dónde está la pelota?

—Aquí. —Trevor levantó una pelota de ping-pong que había tomado del mostrador y luego le sonrió a Jenna con su gran y radiante sonrisa—. Mila, mami. Papi me va a conseguil un pez.

Bryan le entregó el oso de peluche, el sable de luz, el pato de goma y la caja de palomitas a medio comer con el cono de papel del algodón de azúcar sobresaliendo del centro; sus ojos húmedos decían todo lo que él no decía.

Ella asintió, con la garganta demasiado apretada para hablar también.

Pero entonces él puso su cara de juego, tomó la pelota y la lanzó.

La pelota rebotó en una sucesión de bordes como en un juego de pinball, y luego voló hacia la canaleta.

—¡Oh, no! —Trevor golpeó el mostrador—. ¡Quiero un pez!

Jenna reacomodó los premios en sus brazos para liberar una mano y alborotarle los rizos. —Trev, estos juegos no están realmente diseñados para que ganes. Están más diseñados para quitarle a la gente...

—¿Jenna? ¿Te importa? —La interrumpió Bryan mientras le hacía una seña al encargado del puesto.

—Hola, Sra. C. —Era Rocco, su estudiante repetidor de primer año en Inglés 101, a quien no le sorprendería tener como cliente el próximo verano. Si no es que antes. Rocco le dio a Trevor un golpecito suave en la barbilla—. Hola, amigo.

Normalmente, eso haría que Trev se iluminara como un árbol de Navidad, pero no ahora, cuando sus sueños de tener un pez se iban por el desagüe, donde el pez acabaría de todos modos.

Bryan sacó un billete de diez de su cartera. —Tomaré tantas pelotas como esto compre.

Rocco lo tomó, levantó las cejas y se encogió de hombros. —Es su dinero, amigo. —Luego puso un balde de plástico de máquina tragamonedas lleno de pelotas de ping-pong en el mostrador—. Buena suerte.

—Vamos, papi, sé que puedes hacello. Me vas a ganal un pez.

Vio la nuez de Adán de Bryan moverse de nuevo. Toda esa presión. El mejor lanzador, *papi*... Trevor tenía muchas expectativas puestas en Bryan, y Bryan estaba sintiendo cada una de ellas.

Las primeras cinco tuvieron el mismo destino que la anterior pelota en la canaleta. La siguiente, sin embargo, rebotó un poco más cerca de caer en una pecera, y si hubiera habido otras dos filas de ellas, probablemente la habría metido en una.

A la siguiente no le fue tan bien, quedando atascada *entre* las peceras.

—¡Rayos! ¡Quiero un pez!

Ahora Bryan se arremangó unas mangas imaginarias, adoptó la postura de un lanzador de béisbol y lanzó la pelota.

Rebotó una vez en un borde y salió volando hacia el horizonte.

Trevor golpeó el mostrador de nuevo. —¡Vamos, papi, tú puedes!

Bryan estaba sintiendo la presión. Tres pelotas más desaparecieron en la canaleta.

No podían quedar muchas.

—¿Qué tal si dejamos que tu mamá lo intente, Trev? —Bryan le ofreció una pelota. Era una rosa.

—¿El chico rudo no puede lanzar una pelota rosa? —bromeó ella, acomodándose el oso de peluche bajo el brazo, lista para el desafío.

—El chico rudo *sí puede* lanzar una pelota rosa. Pero si no cae donde debe, nunca se lo perdonará.

Ella tomó la pelota. —Nunca entenderé a los hombres.

—Ah, vamos, somos sencillos. Fútbol, carros, comida y se... uh, mujeres. No hay mucho más que eso.

El problema era que él estaba equivocado. Había mucho más en Bryan Lassiter y acababa de demostrarlo al darle a ella la oportunidad de ser la heroína a los ojos de su hijo.

Lanzó la pelota.

—¡Oh, mami!

Capítulo Veinticuatro

~⚬~

La pelota de Jenna cayó en el tazón del medio con un chapoteo y Trevor se volvió loco, gritando y saltando, golpeando el mostrador con los puños. —¡Me gané un pececito! ¡Me gané un pececito!

Rocco se reía mientras sacaba la pelota rosa del tazón y luego vertía a su nueva mascota en una bolsa de plástico para el viaje a casa. —¿Quiere la pelota, Trevor? A su pez podría gustarle tenerla de recuerdo.

—¿Qué es un lecuedo?

—Es algo que te ayuda a recordar un evento especial.

—Ah, ¿como mi nuevo oso de peluche? Lo voy a nomblal Blyan.

Bryan comenzó a toser y tuvo que darse la vuelta. Tosía tanto que sus hombros empezaron a temblar. Tosía tanto que tenía lágrimas punteando las comisuras de sus ojos.

—Entonces, ¿cómo vas a nombrar al pez, Trev? —Jenna se apiadó de Bryan y logró que Trevor se concentrara en el pez. Ya se preocuparía por el oso de peluche más tarde.

También se preocuparía por Bryan más tarde.

—Mi pececito se llama Locco.

Jenna se rio y se acomodó el oso de peluche en cuestión bajo el brazo. —Estoy segura de que Rocco se sentirá honrado.

Bryan tosió una vez más y luego tomó los premios. —Deberías nombrar al pez en honor a tu mamá, ya que fue ella quien lo ganó para ti.

—Eso es tonto. No puedes nomblal a un pez Mami. —Trevor bajó el brazo y arrastró la bolsa detrás de él.

—Oye, campeón, deja que te lleve eso. —Bryan extendió su mano libre antes de que terminaran con un pez deshidratado en la bolsa—. Creo que necesitamos conseguirle una pecera y algo de comida, y bastante rápido. Deberíamos pensar en irnos a casa.

—Ah, pelo quielo un cupcake. Dijiste que podíamos comel uno y a Locco le gustalá un cupcake.

Bryan hizo malabares juiciosamente con los premios y la bolsa con el pobre pez que tendría suerte si vivía los próximos veinte minutos, sin mencionar la hora más o menos que les tomaría comprar su pecera, su comida, y satisfacer los antojos de cupcakes.

—Se lo prometiste, Bryan —dijo ella, riendo—. Te oí.

—Bueno, entonces, es bueno que conozca el lugar perfecto, ¿no?

—¿Tienen de flesa?

—Supongo. Tienen de muchos tipos diferentes.

—¿Y de snozzberries? ¿Tienen de esos?

Bryan la miró con cara de no entender nada. —¿Quieres ayudarme aquí, Jenna?

—¿En serio? ¿No sabes lo que son las snozzberries?

—Nunca he oído de ellas.

—¿De verdad? ¿Charlie y la fábrica de chocolate? ¿Una de *las* películas clásicas?

—No...

—¿Trev? ¿Quieres contarle a Bryan sobre la película? —Era una de sus favoritas, especialmente cuando ella recitaba los diálogos con los personajes. Trevor la había mirado como si fuera la persona más inteligente del mundo y Jenna había estado más que dispuesta a dejar que lo creyera. Los años de la adolescencia llegarían bastante pronto.

Habían terminado viendo la película un par de veces seguidas hasta que él se supo algunos de los diálogos, y todavía la veían al menos una vez al mes juntos, su pequeña «cosa».

—¡Mílame, Blyan! ¡Soy un *oompa loompa*!

Trev tenía la canción y el contoneo dominados a la perfección. El contoneo no era difícil, ya que había caminado de la misma manera cuando usaba pañales; todo lo que tenía que hacer era canalizar esos días.

—Deberías verla con nosotros alguna vez. Los papás ven películas con sus hijos, ¿veldad, mami?

De la boca de los niños…

—Si él quiere, Trev.

—Por supuesto que quiero. ¿Qué papá no querría?

—¡Sí! —Trevor giró como un *oompa loompa*, lo que se parecía mucho a Charlie Chaplin con los pantalones cayéndosele alrededor de las rodillas—. Entonces, ¿tienen? ¿Tienen cupcakes de snozzberry?

—Bueno, ahora, Trev, realmente no lo sé. Supongo que tendremos que averiguarlo. ¿Estás listo para irnos?

—Siempre estoy listo pala los cupcakes.

✳ ✳ ✳

Bryan miró por el retrovisor hacia el asiento trasero mientras Jenna ajustaba el cinturón de seguridad sobre el asiento elevador de Trevor. El oso de peluche gigante —Bryan— estaba sujeto con el cinturón a su lado. Trevor había insistido, y Jenna, la madre increíble que era, había aceptado. Bryan deseaba haber ganado otro para poder haberlo sujetado a *este* lado de la cabina, las bolsas de aire perfectas en caso de un accidente.

Era increíble cómo sus prioridades habían cambiado en las veinticuatro horas desde que se había convertido oficialmente en padre. Tres años y medio demasiado tarde, pero eso no había sido culpa de nadie. Lo que sí sería su culpa era si permitía que se perdiera más tiempo.

Desafortunadamente, tenía que volver al trabajo que estaba haciendo. Los Viston regresaban de sus vacaciones en dos semanas y él había prometido tener la ampliación cableada y lista para los instaladores de paneles de yeso para el próximo fin de semana. Tomarse un tiempo libre para estar con Trevor iba a apretar el cronograma. Además, tenía que cubrir algunos turnos de Gage esta semana en el club, lo que iba a hacer aún más difícil sacar algo de tiempo para Trevor.

Fue bueno que Jenna hubiera rechazado su propuesta improvisada. No tenía tiempo para cortejarla, conocerla, enamorarse de ella. El trabajo tenía que ser su enfoque para poder mantener a su hijo.

Entró al estacionamiento de la pastelería de la prometida de Gage. En el año desde que Gage y Lara estaban juntos, el negocio de Lara y su prima, Cara, Cavallo's Cups & Cakes, había crecido tanto que Gage había estado pasando todo *su* tiempo libre construyendo una ampliación en la cocina y expandiendo el frente del edificio para incluir una tienda donde la gente podía comprar los productos que hacían en el lugar. El negocio había despegado después del pícnic comunitario del Cuatro de Julio del año pasado y Gage se quejaba de que ya no tenía tiempo libre. Como apenas había tenido antes de eso, eso era decir algo, y era la razón por la que Bryan había ayudado a cubrir sus turnos cuando era posible. Con la cirugía de su sobrino, Gage tenía muchas cosas en su plato y Bryan había podido ayudar.

Pero ahora, con el deseo de que todo *su* tiempo libre estuviera dedicado a Trevor —y a la madre de Trevor—, las cosas se iban a poner difíciles en todos los sentidos.

Le dolía el corazón por el tiempo que ya había perdido con su hijo. Por lo que se había perdido. Por saber cómo se sentía Trevor en sus brazos de bebé. Cómo olía. Cómo lloraba y gorjeaba y cuándo había empezado a dormir toda la noche. Si había algún alimento al que fuera alérgico, o algo a lo que le tuviera miedo o lo que le gustaba comer... Todo. Quería saber todo sobre Trevor y quería ser parte de cada momento de su vida de aquí en adelante.

¿Debería pedir la custodia?

Bryan detuvo el auto bruscamente. *Custodia.* La palabra acababa de aparecer en su cabeza, pero ahora que estaba allí, no podía no pensar en ello. Era su derecho, después de todo.

Pero, ¿*era* lo correcto para Trevor?

Salió de la cabina y abrió la puerta trasera para desabrochar el cinturón de seguridad de Trevor. Las cosas iban bien con Jenna. ¿Una discusión sobre la custodia alteraría ese equilibrio? ¿Era prudente arriesgarse? ¿Y si ella decía que no y contrataba a un abogado? Ella era la madre de Trevor y una buena madre; ningún juez le quitaría un hijo y podría limitar *su* acceso a él.

Bryan ayudó a Trev a bajar. No, esperaría. Por ahora, al menos.

—¿Qué cupcake vas a quelel, Blyan? —Trev saltaba una y otra vez.

—Todavía no lo sé. ¿Qué tal si tú eliges una vez que veamos qué tipos tienen?

—Está bien. —Se agachó y miró debajo del auto—. ¡Apúlate, mami! ¡A que te gano!

Bryan tuvo que lanzarse rápidamente para agarrar al niño antes de que saliera corriendo por el estacionamiento. Jenna tenía razón. Era mejor darle un susto de muerte al niño que dejar que lo atropellaran. Gage y su familia ya estaban viviendo esa pesadilla.

—Trevor, si te escapas corriendo, no hay cupcakes.

Eso detuvo al pequeño monstruo retorcido en seco. —¿No hay cupcakes?

—Tu mamá tiene razón. Salir corriendo es peligroso. Estás en un estacionamiento. La gente no puede verte desde sus autos. Podrían atropellarte.

—¿Y aplastarme como a un bicho?

Bryan hizo una mueca ante la imagen. Seguramente había salido de ese niño Michael, pero en este caso, Bryan se alegraba de que Michael hablara de más.

—Sí, y entonces nunca te darían un cupcake.

—Oh —Trev se metió el pulgar en la boca y se enroscó el pelo con la otra mano—. Está bien. ¿Puedo tomarte de la mano?

Bryan solo pudo asentir.

Lara, la prometida de Gage, estaba detrás del mostrador cuando entraron.

—Hola, Lar.

—Hola, Bryan. ¿Y a quién tenemos aquí? —Lara miró a Jenna con una sonrisa, pero fue Trevor quien recibió toda su atención.

—Soy Tevol. ¿Tienes cupcakes de snozzbewwy?

Lara se dio unos golpecitos en el labio. —¿Sabes? Creo que acabo de vender el último de snozzberry. ¿Te gusta algún otro tipo?

Trevor arrugó la cara. —Oh. ¿Qué tal de dinosaurios? Me gustan los T-Rex.

—Sí tengo algunos de dinosaurios —señaló la vitrina de cristal—. ¿Por qué no echas un vistazo y yo voy a ver atrás si queda algún snozzberry por ahí? ¿Te parece una buena idea?

—Sí, po favo.

Lara enarcó las cejas hacia Jenna y Bryan. —Educado. Muy bien.

Y *era* agradable. Como también lo fue la pequeña punzada en el corazón de Bryan por el cumplido hacia su hijo, aunque sabía que no tenía ningún mérito, ya que las habilidades de crianza de Jenna habían hecho de Trevor quien era hoy.

De acuerdo, no mencionaría el tema de la custodia. Al menos no todavía. Ella estaba haciendo un buen trabajo y él no quería arruinarlo.

—¡Miwa, mami! ¡Tiene un T-Rex! Y un diplodocus.

—Ya veo, Trev. ¿Quieres uno de esos?

—No sé —deslizó sus palmas pegajosas sobre el cristal mientras miraba el resto de los cupcakes.

—¿No puede decir T-Rex pero sí diplodocus? —le susurró Bryan a Jenna antes de ir detrás del mostrador para tomar unas toallas de papel.

Ella se encogió de hombros. —Sin *erres* ni *tes erres*. Deberías oírlo decir *tráiler*. Es bastante vergonzoso.

Le tomó unos segundos, pero lo entendió. Se rio entre dientes mientras caminaba hacia el frente de la vitrina con el atomizador de vinagre de Lara y limpiaba las huellas de las manos de Trevor.

—¡Oh, miwa, mami! Tienen un ca...

—¡Camión! Tienen un camión de bomberos. Sí, lo veo, Trevor —enarcó las cejas hacia Bryan.

Sí, definitivamente vergonzoso.

—¡Oigan, miren lo que encontré! —Lara salió de la trastienda con una sonrisa y un cupcake en la mano.

Un cupcake rojo. Con una fresa de forma extraña encima.

—¿Qué es eso? —preguntó Bryan.

—Un snozzberry —respondieron Jenna y Lara al mismo tiempo. Se miraron y se echaron a reír.

—¿Encontwaste un snozzbewwy? ¿De vedad? —a Trevor se le iluminaron los ojos y su voz subió una octava.

Ah. El secreto para una paternidad exitosa. Mentirle al niño. A Bryan le gustaba la idea.

—Sí, Trevor. Este es el último cupcake de snozzberry en todo el lugar y, como los snozzberries están fuera de temporada, probablemente no recibiremos más por un tiempo. Pero este es tuyo si lo quieres.

Trevor extendió sus bracitos regordetes. —Sí, po favo. Siempre quise proba un snozzbewwy.

Trevor retiró el papel del cupcake como si estuviera desenvolviendo un regalo, con todo el asombro, la maravilla y la felicidad que un niño podía reunir.

—Entonces, ¿qué te parece? —Jenna le pasó una mano por los rizos. Hacía eso a menudo. Como si *necesitara* tocarlo.

Bryan lo entendía perfectamente. Esto de la paternidad era...

—¡Genial!

Sí, eso lo resumía todo.

—Y bien, Bryan, ¿cómo están todos? Gage me contó lo que pasó. Gracias a Dios que las otras bailarinas pudieron suplirlos.

—Oye, Trev —dijo Jenna—. ¿Por qué no vamos a ver los dinosaurios otra vez? Quizá podamos llevarnos uno a casa para más tarde —Jenna guio a Trevor hacia el otro extremo del mostrador mientras señalaba hacia el lado opuesto con un gesto de la cabeza.

Bryan captó la indirecta y se dirigió hacia allí, seguido por Lara. —Hablé con todos. Todavía sienten algo de dolor de estómago residual por los calambres, pero están bien. Lo mejor que pudimos hacer fue contratar un equipo más grande y rotarlos. Claro, el equipo de esta noche estará en su segunda noche consecutiva, pero dudo que muchos de los clientes vengan dos noches seguidas.

—Oí que había una bailarina nueva. La que hizo el número de Marilyn Monroe.

Bryan se frotó la nuca. Odiaba las situaciones incómodas y esta estaba a punto de volverse más pegajosa que el glaseado de crema de mantequilla de Lara.

—Uh, sí. Estaba solicitando el trabajo y, como ya estaba allí, pensé que sería la audición perfecta.

—Bastante arriesgado. ¿Y si hubiera sido terrible?

Resistió el impulso de mirar a Jenna. —Tuve el presentimiento de que no lo sería.

—¿Tuviste un presentimiento? Aquí estoy yo, revisando hojas de costos, inventario y necesidades de personal, ¿y todo lo que se necesita es un *presentimiento* para tomar decisiones de negocios? —Lara se llevó el dorso de la mano a la frente—. Cielos. He estado haciendo todo mal.

—Vale, vale, ya entendí tu punto. Pero no importó; decidió que no quería trabajar en el club. Pero sí ayudó y lo hizo bien.

—Vaya. Eso parece... contraproducente. Y voluble. —Lara le frotó la parte superior del brazo—. Qué bueno que no la contrataste. Ya has tenido suficientes mujeres volubles en tu vida.

Cierto. La mayoría por culpa del trabajo nocturno. Gage había tenido el mismo problema. Por un tiempo, a las mujeres les gustaba la idea de que él supiera esos movimientos sexis. El sexo nunca había sido un problema en sus relaciones. Los celos, por otro lado… Se necesitaba una mujer segura y con confianza para estar con un bailarín.

—Entonces, ¿cuál es la historia ahí? —Lara asintió hacia donde Jenna y Trevor estaban acurrucados, mirando los artículos en la vitrina—. ¿Es ella?

—Gage te lo contó.

Ella asintió, no es que fuera una sorpresa. Una noticia como esta no se mantendría en secreto por mucho tiempo, aunque él no había esperado que Gage se lo ocultara a ella.

—Entonces sabes que es mi hijo.

—Lo sé. ¿Cómo estás? —le frotó el brazo.

—Bien. Fue un shock, obviamente.

Sus dedos se apretaron. —Debería habértelo dicho.

Él cubrió la mano de ella con la suya y la retiró con delicadeza. —No sabía cómo contactarme. Culpa mía —no fue culpa de nadie, pero la sociedad era como era y sería mejor para Jenna si él asumía la culpa. No le importaba—. Pero está de acuerdo con que yo sea parte de su vida. Está yendo bien.

—Hasta ahora. ¿Vas a pedirle un acuerdo de custodia formal?

Era su turno de poner *su* mano en el brazo de *ella*. Apretó. —Gracias por preocuparte, Lara, pero por ahora, nos está funcionando. Ya cruzaré ese puente cuando sea necesario.

—Solo no quiero que salgas herido, Bry.

—No va a pasar. No en esto. Trevor es genial, y Jenna también. Todo saldrá bien. Ya verás.

—¡Oye, Byan! —Trevor se estrelló de nuevo contra sus piernas—. Voy a compra un montón de cupcakes. ¿Quiees?

—Claro, Trev. ¿Cuáles vas a llevar?

Jenna se acercó a ellos. —Ha decidido dos dinosaurios, un camión de bomberos y tres balones de fútbol americano —miró a Bryan—. Uno para cada uno de nosotros de postre. Después de la cena de esta noche. Si te interesa, claro.

Él miró a Lara. Punto demostrado sobre lo bien que estaba funcionando todo.

—¡Po favo, Byan! Po favo, cena en nuesta casa. Mami va a hace pisgueti. Me encanta el pisgueti.

Bryan se rio. Solía llamarlo igual. —Claro que sí, Trev. A mí también me encantan los espaguetis.

Demonios, comería cualquier cosa si eso significaba poder compartirla con su hijo.

Y con la madre de su hijo.

Capítulo Veinticinco

—A Wocco le guta su nueva casa. —Trevor miraba fijamente la pecera de cristal en la que había *insistido* que estuviera con ellos en la mesa. Incluso le había puesto un plato al pez para que Rocco no se sintiera excluido.

—¡Aoda también tiene una familia de vedad! —dijo, derritiéndole el corazón a Bryan. Era obvio que se había perdido de tener una familia «de verdad», y a Bryan le alegraba mucho poder dársela. Que *él y Jenna* pudieran dársela.

Retiró los platos de la cena mientras Jenna servía helado de postre. —Gracias por venir hoy —dijo mientras raspaba los restos del «pagueti» de Trevor en la basura y ponía el plato en el fregadero para remojarlo—. La pasé muy bien y creo que Trevor también.

—Gracias a *ti* por sugerirlo. —Sacó una bola de helado de vainilla con fudge del envase—. Tenía muchas ganas de llevarlo este año. El año pasado los payasos lo asustaron antes de que pasáramos de la fila para los boletos. Me preocupaba que quedara traumatizado de por vida. —Dejó caer la bola en el tazón de Trevor.

Bryan desenvolvió el cupcake de fútbol que Trevor había reclamado. —A mí tampoco me gustaron nunca los payasos. Siempre pensé que los zapatos rojos grandes daban miedo.

Ella rio entre dientes y sirvió un poco de helado en otro tazón. —Él dijo lo mismo. La genética es algo asombroso.

—Lo sé. —Desenvolvió otro cupcake, el rosa que Trevor dijo que era de Jenna—. Me gustaría ver sus fotos de bebé alguna vez. Compararlas con las mías.

La cuchara de helado resonó contra la encimera y Jenna se puso nerviosa tratando de agarrar el helado antes de que cayera al suelo.

Bryan dejó el último cupcake desenvuelto y abrió el grifo cuando ella dejó caer el pegote de helado en el fregadero, luego le pasó un paño de cocina cuando terminó de lavarse las manos.

—Sus fotos de bebé. —Se secó las manos enérgicamente y puso una expresión rara—. Yo, eh... tengo su álbum de bebé guardado arriba. Dedos pegajosos de niño, ya sabes. No quería que manchara las fotos. ¿Te las puedo enseñar en otro momento?

—Claro, no hay problema. ¿Pero debes tener algunas fotos por ahí? ¿Colgadas o algo?

—Eh, sí. Sí tengo. Buscaré algunas cuando terminemos el postre, ¿te parece? —Sacudió los dedos—. Hasta los adultos pueden tener los dedos pegajosos.

—Suena bien. —Levantó dos de los tazones y regresó a la mesa—. Aquí tienes, campeón. El de fútbol azul y blanco, justo como lo querías.

Los ojos de Trevor se iluminaron. Bryan nunca se acostumbraría a la sensación de hacer sonreír a su hijo. Era tan precioso. Tan dulce.

—Gacias, Bwyan. Digo, papi. Me guta tener un papi.

A Bryan le gustaba que tuviera uno.

—El papá de Michael bibe con él. ¿Tú vas a bibil conmigo?

La cuchara de Jenna cayó con estrépito sobre la mesa y puso una expresión rara —aunque no en el sentido de *ja, ja*—. —Trevor...

—Tengo mi propia casa, Trev. —Bryan intervino porque esto era tanto para Jenna como para Trevor. Acababa de aparecer en sus vidas y, por genial que Jenna se estuviera portando, tenía que estar asustada por tener que compartir a su hijo. Tenía que estarse preguntando a dónde iba a parar todo esto. Bryan también, pero tenía que tranquilizarla. Por mucho que quisiera ser parte de la vida de Trevor, tenían que tomarse las cosas con calma. Que no todo podía ser diferente de repente—. De hecho, Trev, ya tengo una casa.

—¿En serio?

—En serio. Y puedes venir cuando quieras. Incluso podemos prepararte una habitación si te gusta la idea.

La mirada de Jenna voló hacia él y no parecía más aliviada que cuando Trevor le preguntó si se mudaría aquí. Quizás debió consultarle esa invitación antes de hacerla.

—¿Puedo tener oto cuato? ¡Genial! ¿Tienes una casa del ábol? Michael tiene una, pero mami dice que ninguno de nuettos áboles es lo suficientemente fuelte.

—Lo siento, no, no tengo una casa del árbol. Pero quizás podamos construir una cuando seas mayor. —Lo último fue tanto una pregunta para Jenna como una táctica evasiva para Trevor.

—Voy a cumplí cuato ponto, ¿vedá, mami?

La sonrisa de Jenna no le llegó a los ojos. —Así es, Trev. En unos meses.

—¿Qué día? —Bryan se dio cuenta de repente de que no lo sabía. El día más importante de su vida y no sabía la fecha. A principios de año, dado que la despedida de soltero de Brad había sido en abril.

—El tres de enero. —Las palabras fueron cortas, secas, y mantuvo la vista fija en su cupcake.

Él quería mantener los ojos en *sus* cupcakes...

Sacudió la cabeza. Debería darle vergüenza, desear a la madre de su hijo...

Aunque eso prácticamente se contradecía, ¿no? ¿De qué otro modo sería ella la madre de su hijo si no la hubiera deseado en algún momento? ¿Y por qué estaba mal hacerlo ahora?

El caso es que no *estaba* mal. También abría las puertas a un montón de posibilidades. Unas que de verdad quería explorar.

Esa propuesta no había salido de la nada. Aunque podría no haberlo estado pensando *conscientemente*, era obvio que lo había estado pensando *in*conscientemente.

—¿Puedo subí a Wocco a mi cuato, mami? El señor Mono quiere conocerlo.

—¿Qué tal si yo lo subo por ti? —Bryan se apartó de la mesa. No había necesidad de quedarse sentado con la tentación frente a él, luciendo absolutamente deliciosa con una mancha de glaseado en el labio superior. Desear a la madre de su hijo con ese mismo hijo sentado justo ahí no era la parte de la paternidad que Bryan quería que su hijo viera—. Así el agua no se derramará.

—Yo puedo cadgala, Bwyan. Ayudo a mami todo el tiempo en el jadín y cadgo muchas cubetas de agua. ¿Vedá, mami?

Jenna levantó la vista. —Sí, es verdad. Eres un gran ayudante, Trevor. —Lo ayudó a bajar de su asiento elevador, luego tomó la pecera—. Pero, ¿por qué no dejas que Bryan cargue a Rocco de todos modos y tú le enseñas tu cuarto? Apuesto a que al señor Mono también le gustaría conocerlo.

—Okey. —Trevor rodeó la mesa hasta Bryan y tiró de su mano—. ¿Quiedes ver mi cuato?

—Claro. —Le tomó la pecera—. Bajo en unos minutos para ayudar con los platos.

—No, no te preocupes por eso. Disfruta a Trevor.

—¿Segura? En serio, no me molesta ayudar.

—Pero a *Trevor* podría molestarle si te vas antes de que te muestre su colección de carritos de juguete. Yo puedo encargarme de lavar los platos.

Él le tocó la barbilla. —Dijiste una mala palabra.

Ella le apartó la mano de un manotazo con una sonrisa, la que él había estado tratando de devolverle a la cara—. Anda, vete ya. El niño no tendrá tres años y medio para siempre. Disfrútalo mientras dure.

—A la orden, mi capitán. —Juntó los talones y saludó, lo que provocó que a Trevor le diera un ataque de risa.

—¡Se llama mami, no capitán, Bwyan!

—No estés tan seguro de eso, Trev —dijo Bryan mientras seguía a su hijo escaleras arriba. La mujer era definitivamente la capitana del barco en el que *él* estaba últimamente.

Jenna exhaló en cuanto salieron de la cocina. El álbum de bebé de Trevor. Tenía que hacer algo al respecto y rápido.

Las fotos de Mindy estaban por todo ese álbum, razón por la cual no lo dejaba por ahí. Trevor no sabía de Mindy y Jenna quería que siguiera así hasta que tuviera edad suficiente para entender. Y, como ella y Cathy habían discutido, para evitar que lo soltara sin pensar en el improbable caso de que su padre apareciera alguna vez.

Y como lo improbable había sucedido, Jenna se alegraba de haber guardado ese secreto. Ahora tenía que *seguir* guardándolo...

Iba a tener que hacer un álbum de bebé falso.

Miró el reloj retro rojo y blanco que colgaba sobre el umbral de la puerta. Demasiado tarde para ir a una tienda esta noche. Debería haber comprado un álbum de bebé cuando estuvieron allí antes, pero eso habría suscitado preguntas que no estaba preparada para responder.

Terminó de limpiar la cocina y empezó con la sala familiar, todo mientras escuchaba la charla que venía de arriba. No podía oírlo todo, solo el murmullo bajo de las voces, y aunque debería estar feliz de que estuvieran creando un vínculo, debería sentirse bien al respecto, no era así.

Se sentía excluida.

Iba a ser difícil, adaptarse a tener a alguien más en la vida de Trevor que fuera tan importante para él como ella.

Jenna respiró hondo. Podía hacer esto. *Podía*. Tenía que hacerlo. Y tenía que hacer que funcionara para que a Bryan no le entrara la curiosidad y empezara a indagar en asuntos que ella preferiría que no lo hiciera.

Lo que hacía que el álbum de bebé fuera aún más importante.

Capítulo Veintiséis

Llegó a casa a las nueve de la mañana siguiente, después de haber dejado a Trevor en casa de Cathy mientras completaba la «Operación Falso Álbum de Bebé».

Las fotos eran difíciles de ver. Mindy en cada etapa de su embarazo, los ultrasonidos, la copia de su partida de nacimiento original, las huellas entintadas junto a la foto de su nacimiento...

Extrañaba a su hermana. Le dolía que hubiera muerto tan joven y que se hubiera perdido la vida de Trevor. Él era un regalo, un verdadero regalo, y uno que Jenna atesoraría para siempre.

Escaneó copias de las fotos y las pegó en el álbum. Agregó algunas de las notas que Mindy había escrito, decorándolas con signos de exclamación y corazones, como lo había hecho Mindy, para mostrar lo feliz que había estado mientras él crecía dentro de ella.

Luego venía la misma información sobre su nacimiento, los mismos comentarios sobre las náuseas matutinas y las preocupaciones por las estrías y el parto, seguidos de su horario de alimentación y de cuándo se había dado la vuelta, sonreído, gorjeado y dicho su primera palabra. Dio su primer paso. La llamó «mami».

Esos últimos habían sido recuerdos *suyos*, no de Mindy.

Amaba a ese niño con todo su ser. No podría amarlo más aunque *hubiera* estado dentro de ella, y lo sabía porque había llevado un niño en su vientre. Claro, solo había sido por tres cortos meses y había estado aterrorizada todo el tiempo, pero amaba a Trevor con la misma intensidad que a ese otro niño. Y lloraría su pérdida con la misma fuerza si llegara el caso.

Pero no podía ser. Trevor era suyo y haría lo que fuera necesario para que siguiera siéndolo.

Llamó a Bryan cuando terminó.

—Hola, Jenna, ¿qué tal? ¿Trevor está bien?

Tuvo que sonreír ante la pregunta; sería la misma que ella le haría si él la llamara. —Me preguntaba si estás libre para almorzar. Tengo las fotos que me pediste.

—Genial. ¿Puedes verme en Mick's Deli en, digamos, media hora? Debería poder escaparme.

—Claro. Nos vemos entonces.

Se retocó el maquillaje en el espejo del pasillo, luego se metió la blusa en los shorts y se aseguró de llevar dos calcetines iguales. No era que Bryan se fuera a fijar, pero cuando salía en público siempre intentaba tener un aspecto profesional por si se encontraba con alumnos o con sus padres.

Ojalá ninguno de ellos hubiera estado en el club la otra noche.

Ay, Dios, la otra noche. ¿En qué había estado pensando? ¿Por qué diablos había aceptado? Podría haberle dicho que no. Ser maestra era una excusa válida, y aun así había optado por estar desnuda en un escenario.

Bueno, llevaba pezoneras y una tanga, pero era como si hubiera estado desnuda.

No había estado pensando. Eso era todo. Estaba tan preocupada por perder a Trevor que había estado dispuesta a hacer cualquier cosa.

No había sido para tanto.

Se quedó mirándose. ¿Que no había sido *para tanto*? ¿Estaba loca? Podría haber perdido su trabajo. El respeto de sus alumnos si esto llegaba a saberse.

¿El de Bryan?

No. Claro que no. Él se lo había *pedido*. Demonios, *él* también había bailado.

Sí que lo había hecho.

Y luego la había besado.

Y le había propuesto matrimonio.

¿Por qué diablos se le ocurrió proponerle matrimonio? ¿De dónde había salido eso? Apenas se conocían y casarse por el bien de un niño *no* era una razón para casarse y era mejor que se olvidara del sueño de anoche.

El sueño.

Oh, diablos. El sueño. El que la había despertado con un dolor entre los muslos y las sábanas enredadas a su alrededor.

Él había estado cubierto de aceite y lleno de músculos en ese sueño, sin llevar nada más que lo poco que tenía puesto en el escenario, con movimientos diseñados para encender la libido de cualquier mujer, y mucho más la de alguien que no había tenido sexo en más de tres años.

Por supuesto que soñaría con él. Sería digno de cualquier sueño incluso si no lo hubiera visto bailar en el club.

También había bailado en su sueño. Esta vez solo para ella.

Y ella había hecho lo mismo por él.

Se acomodó el cabello detrás de las orejas. *Contrólate, Jenna. Nada de aventuras con el padre biológico de tu hijo.* Ya era bastante malo que le preocupara soltar la sopa sobre el nacimiento de Trevor, pero ¿qué pasaría si algo *comenzara* entre ellos y luego saliera mal? Eso abriría una caja de Pandora que nunca podría cerrar.

Ella y Bryan eran padres compartidos. Y punto. Tenían que llevarse bien por el bien de Trevor, pero N.A.D.A. más. Nunca.

¡~!

Sí, todo eso era muy bonito en teoría, pero luego llegó a Mick's, y Bryan estaba allí esperando junto a la puerta con sus jeans ajustados al trasero, botas de trabajo y una camiseta que podría haber sido pintada sobre su cuerpo; su sueño se levantó como un maremoto y se estrelló contra ella, ahogándola en deseo, necesidad y una soledad dolorosa y desesperada que nunca antes había reconocido. Pero ahora tenía que hacerlo porque con él parado allí, mirándola como lo hacía... sentía un profundo anhelo.

—Me alegra verte —dijo Bryan mientras le sostenía la puerta.

—A mí también —porque de verdad lo era.

No podía quitarse ese sueño de la cabeza. Ni el recuerdo de cuando la besó. Con Trevor cerca, había sido un poco más fácil apartar esos pensamientos, pero cuando estaban solo ellos dos... era difícil. Muy difícil.

Mantuvo la vista al frente mientras entraba. No iba a mirar a su alrededor para ver nada *duro* en él.

Su bíceps se flexionó cuando ella pasó a su lado.

Bueno, podía mirar eso.

Y babear por ello.

Esbozó una sonrisa cuando vio a Johnny, uno de sus alumnos, detrás del mostrador, esperando tener un buen aspecto. Amigable. No frustrada y sexualmente insatisfecha.

Realmente no debería haber dejado de salir con hombres. De eso se trataba. Solo una acumulación de frustración que Bryan había desatado al besarla. Y porque lo hacía tan malditamente bien. Luego estaba el hecho de que lo había visto casi desnudo en el escenario...

De hecho, su trasero *había* estado desnudo.

Se acercó al mostrador y prácticamente arrancó un boleto del dispensador mientras miraba el menú colgado en la pared, que bien podría haber estado en griego por lo nublada que tenía la vista en ese momento. Iban a ser catorce años y medio muy largos hasta que Trevor cumpliera dieciocho.

Bryan le puso las manos en los hombros. —¿Encontraste algo que te guste?

Sí. Lo había encontrado. Y sus manos estaban en sus hombros.

—Eh... Rosbif en pan blanco. Mayonesa. Suizo. Lechuga. —Una palanca para despegar la lengua del paladar.

—Número veintisiete —llamó Johnny, cambiando el número en el indicador electrónico del mostrador.

Nadie lo reclamó.

—¡Número veintisiete! —dijo un poco más fuerte.

—¿Jenna? —Bryan se estiró por encima de su hombro y le quitó el boleto de la mano—. Somos nosotros.

Nosotros. No *ella*, sino *nosotros.* Ya la estaba incluyendo en asuntos que no tenían que ver con Trevor.

Esto no era bueno.

Bryan hizo el pedido y luego la llevó a una cabina. Jenna se sintió más que feliz de deslizarse en el asiento porque sus piernas temblaban un poquito.

—¿Así que trajiste algunas fotos? —preguntó él.

Ahora sus dedos se unieron al temblor. También su estómago.

—Sí. —Bajó la cabeza, agradecida por una vez de que su cabello no se quedara detrás de sus orejas para tener unos segundos para recuperar la compostura, y sacó el álbum de bebé de su bolso. Era el momento. Una vez que hiciera esto, no habría vuelta atrás.

Bryan tomó el álbum como si fuera de cristal, la expresión de su rostro solo aumentaba su culpa.

Piensa en el panorama general.

Cierto. Trevor. La custodia.

Bryan abrió la primera página. Era el ultrasonido.

—No lo veo. —Bryan giró el álbum hacia ella—. ¿Puedes mostrármelo?

—Claro. —Trató de inyectar calidez en su voz. Trató de mantener el dedo firme mientras señalaba los rasgos de Trevor. Se había estado chupando el dedo incluso en el útero.

—Yo solía hacer eso, ¿sabes? —Bryan imitó el mismo movimiento que hacía Trevor.

—Me imaginé que debías haberlo hecho porque yo... yo nunca me chupé el dedo. ¿Qué hizo que dejaras de hacerlo? He estado pensando en hacer algo, pero todos los libros que he leído tienen opiniones diferentes. Algunos dicen que lo deje en paz, que parará por sí solo, otros dicen que le ponga fin antes de que se convierta en un hábito de por vida.

—¿Cuántos adultos conoces que se chupan el dedo?

—Buen punto. Además, le ayuda a calmarse y a veces necesito que lo haga.

—Sí, parece que tiene mucha energía. Con todos esos saltos que da.

—Es un niño pequeño. Serpientes y caracoles y colas de cachorros, ya sabes.

—Me parece recordar algo así. —Pasó la página—. ¿Qué edad tenía en esta?

Jenna inclinó la cabeza y sonrió. Recordaba ese momento como si fuera ayer. —Como una hora.

—¿Quién la tomó? ¿Tu mamá?

Oh, diablos. Ahí venían las mentiras. —No. Mi madre y yo... Como te dije, no estamos de acuerdo en muchas cosas.

—Pero este es su nieto.

—Trevor es una de esas cosas. —Jenna se mordió el labio—. No le conté sobre él hasta después de que nació. Tiene un problema con su... parentesco.

—Te refieres a cómo fue concebido.

Asintió, conteniendo las lágrimas. No quería tener que contarle sobre el otro bebé, la razón detrás de la supuesta vergüenza de su madre.

Dejó caer el libro sobre la mesa y se reclinó, soltando un gran suspiro. —Por Dios, Jenna. ¿Pasaste por todo eso tú sola? Debes haber estado aterrorizada.

—Bueno, no del todo sola. Mi hermana... mi media hermana estaba conmigo. —Al mentir, siempre era mejor apegarse a la verdad tanto como fuera posible. En este caso, solo cambió de úteros. ¿O úteri? ¿Cuál era el plural de útero?

—... está ahora?

Cierto. Concéntrate en la conversación.

Jenna respiró hondo, esta parte de la conversación era tan dura como la otra.

—Ella... ya no está. Cáncer.

Un cáncer del que sabía mientras estaba embarazada y contra el que no hizo nada porque no quería poner en peligro la salud de su hijo.

Sin embargo, la propia madre de Jenna negaría su existencia y rechazaría a su propia hija por «avergonzarla». La biología no te convertía en padre o madre.

—¿Y entonces te quedaste sola?

—Fue entonces cuando regresé aquí. Me mudé a casa, con la esperanza de que mi madre quisiera conocer a su nieto y pudiera pasar por alto las circunstancias de su nacimiento, pero no pudo. —Todavía no lo había hecho.

—¿Así que Trevor no conoce a su abuela?

Jenna negó con la cabeza. Era lo único que lamentaba de las mentiras que había tenido que contar. Pero la verdad del asunto era que, si le hubiera dicho a su madre quién era *realmente* la madre de Trevor, no solo Ellen nunca querría volver a saber de Trevor, sino que esparciría más veneno y vitriolo sobre cómo la hija de *la buscona* era tan buscona como lo había sido su madre. Trevor no necesitaba crecer con eso rondando sobre su madre.

No, había sido mejor para todos que Trevor fuera suyo.

—Bueno, *mi* madre va a estar encantada —dijo Bryan—. Ama a sus nietos.

Jenna levantó la vista. No había pensado en eso. Al ganar un padre, Trevor también ganaba abuelos. Y primos. Un tío.

—¿Vive por aquí?

—Sí, allá en Oaks. No muy lejos. Me gustaría presentárselos si no te importa.

No importaría aunque le importara. Trevor merecía una abuela que lo amara. —¿Ya le contaste?

—Todavía no. Quería hablar de esto contigo. Es un gran paso y sé que estás acostumbrada a tenerlo solo para ti. Solo dejarme entrar debe ser difícil. Quiero que te acostumbres a mí antes de soltarte a mi madre encima. Va a querer comérselo a besos.

—Se merece eso. Es un niño tan bueno con tanto amor dentro de él.

—Amor que tú le has dado, Jenna. —Bryan buscó sus manos y entrelazó sus dedos—. Obviamente, esta no es la forma más oportuna de traer un niño al mundo y no es realmente la forma que yo habría elegido, pero me alegra haberlo tenido contigo. Eres una madre increíble, Jenna. Gracias. Por amar a nuestro hijo tanto como lo has hecho y por poner sus deseos y necesidades primero. No debe haber sido fácil. Por eso quiero ayudar a aligerar la carga. No porque quiera quitártelo, sino porque quiero que él —y tú— podáis disfrutar de estar juntos.

—Pero lo hacemos.

—Lo sé, pero como con Jason el otro día. Trevor no quería dormir la siesta, pero tenía que hacerlo porque tú tenías que trabajar. Toma los diez mil. Úsalos para relajarte un poco. Concéntrate en Trevor. Pasa tiempo con él. Conmigo. Con nosotros como familia. Sé que no es del tipo tradicional, pero ¿qué lo es hoy en día? Ambos queremos lo mejor para él y, quién sabe, tal vez descubramos que mi propuesta de matrimonio no fue tan precipitada después de todo.

¿Por qué tenía que ser tan amable? ¿Tan perfecto? Entonces tal vez no se sentiría tan culpable por mentirle y *podría* explorar lo que había entre ellos.

Incluso tal vez casarse con él.

Por un momento —solo un pequeño momento— se permitió ir allí. Se vio despertando en la cama junto a él todos los días. Vio cómo él entraba en la habitación de Trevor y le ayudaba a vestirse mientras ella preparaba waffles en la cocina.

Vio a Bryan meter a Trev en su asiento de seguridad en la camioneta y llevarlo a la escuela con la mochila de T-rex y la lonchera del camión de bomberos.

Quizás incluso traer un cachorro a casa para el cumpleaños de Trevor.

A él le encantaría recibir un cachorro en su cumpleaños.

—¿Jenna?

El pulgar de Bryan frotó su mano, dejando a su paso chispas de deseo y necesidad, y no solo del tipo sexual.

Quería estar con alguien. Lo *necesitaba*. Habían pasado tres años desde Carl e incluso entonces, Carl no había estado *con* ella como Bryan lo estaba en ese preciso momento. El amor que sentían por su hijo los unía.

¿Era suficiente? ¿Podría ser suficiente?

¿Lo deseaba lo suficiente?

Sí. Y ese era el problema. Si lo deseaba con la suficiente intensidad y se permitía —y les permitía— tenerlo, tendría que mentirle a Bryan por el resto de sus vidas.

<h1 style="text-align:center">Capítulo Veintisiete</h1>

Jenna logró darle largas a Bryan con el tema del dinero —y su propuesta de matrimonio— durante el resto del almuerzo, pero eso no significaba que no pensara en ello.

Sí que lo hizo. Y mucho.

—Esta foto es linda. ¿De qué es?

Bryan había necesitado que le explicara cada foto que ella había puesto en el álbum: cuándo la habían tomado, qué edad tenía Trevor, cuáles eran las circunstancias, quiénes habían estado allí, quién había tomado la foto. Esa parte se había vuelto más fácil después de la muerte de Mindy, porque ella había tomado la mayoría de las fotos de Trevor. Las pocas en las que salía ella habían sido gracias a Cathy.

—Ah, ese fue su primer día de preescolar. Estaba tan emocionado e insistió en que el señor Mono tenía que ir en su mochila. Los maestros habían dicho que estaba bien llevar sus juguetes favoritos. Que era común que los niños tuvieran ansiedad por separación y que los juguetes los ayudaban en la transición. El señor Mono empezó a quedarse en casa la segunda semana, así que funcionó.

—Sí que quiere a esa cosa fea, ¿verdad?

—Sí. Así es. —Mindy lo había comprado cuando se enteró de su enfermedad. Quería que él tuviera algo de ella que pudiera abrazar, atesorar y llevar a cualquier parte consigo. Ella todavía tenía su señor Mono de cuando era niña; su padre les había regalado uno a cada una. El de Jenna estaba guardado en su clóset, un recuerdo de su padre que había sacado la noche en que ella y Mindy llevaron a Trevor a casa... y la noche en que Mindy murió.

—¿Cariño?

Jenna levantó la vista. Una mujer mayor se acercaba a su mesa.

—¿Mamá? Hola. —Bryan se puso de pie.

¿La madre de Bryan?

Jenna se quedó helada. Era la abuela de Trevor.

—Mamá, te presento a Jenna Corrigan. Jenna, ella es mi mamá, Tabitha Lassiter.

—¿Tabitha? —Cathy debía de ser psíquica.

—Un poco anticuado, lo sé, aunque fui bastante popular cuando daban esa serie en los años sesenta.

—Es un placer conocerla.

—Igualmente. Bueno, no quiero interrumpirlos... ¡Oh!, ¿eso es un álbum de bebé? —La señora Lassiter ladeó la cabeza—. Es adorable. Me resulta familiar. ¿Nos hemos visto...?

Era la foto de la escuela de Trevor. El retrato.

Con sus ojos en primer plano.

—¿Quién es? —La voz de la señora Lassiter se volvió ronca y apoyó la mano en la mesa—. ¿De quién es este niño? —Miró a Bryan, y su rostro perdió el color.

Igual que el de ella, estaba segura.

Bryan sostuvo el brazo de su madre. —Mamá, toma asiento.

Jenna tragó saliva. No había forma de ocultar esos ojos.

—¿Bryan? —Su madre se apoyó con las palmas en la mesa y luego se dejó caer en el asiento—. ¿Qué está pasando?

Bryan se pasó una mano por la boca. —Tengo... buenas noticias, mamá.

—¿Buenas? —Miró de Bryan a Jenna.

Jenna intentó esbozar una sonrisa. Lo intentó, porque no tenía idea de lo que esto iba a significar para todos ellos.

—Sí, mamá. Buenas. Será una sorpresa, pero una buena. Ya verás.

—Bryan, ¿qué me estás diciendo?

Bryan sonrió, luego se mordió el labio, luego se pasó la mano por la boca otra vez y tamborileó los dedos de la otra mano sobre la mesa. —Es mi hijo, mamá.

—Oh, Dios mío. —La señora Lassiter se desplomó contra el vinilo acolchado—. ¿Cómo? ¿Cuándo? ¿Por qué?

Él le dio una palmada en el hombro y miró a Jenna.

Ella intentó darle ánimos, pero, en realidad, no sabía qué decir. Una parte de ella quería esto para Trevor y la otra estaba aterrorizada por sí misma.

—Bueno, el *cómo* es bastante obvio. Digo, todos sabemos cómo se hacen los bebés.

—No te pases de listo conmigo, Bryan.

—Lo siento. —Se aclaró la garganta—. Digamos que no fue planeado.

Era interesante que no hubiera dicho que Trevor fue un accidente. Porque no lo era. No importaba que no hubiera sido planeado, Jenna nunca lo llamaría un accidente. Una bendición, un regalo, una sorpresa... pero nunca un accidente.

—En cuanto al *cuándo* y al *porqué*... Digamos que Jenna y yo nos conocimos hace unos años y perdimos el contacto.

La señora Lassiter finalmente recordó que había alguien más en la mesa y se enderezó, taladrando a Jenna con sus ojos entrecerrados. —¿No le dijo a mi hijo que iba a ser padre?

Jenna hizo una mueca. Esto no iba a salir bien, sin importar el giro que Bryan intentara darle.

—Yo...

—Mamá, mira, no estoy orgulloso de mí mismo. No estuvimos... juntos por mucho tiempo y no le dije cómo contactarme. Ella lo intentó, pero no pudo encontrarme.

Bueno, tal vez ese giro sí funcionó, porque la señora Lassiter dirigió su incredulidad hacia su hijo. —¿No le diste tu *número de teléfono*? ¿Tu *apellido*? ¿Así es como te criamos? ¿Quieres decirme que dejaste que esta pobre chica criara a tu hijo sin ninguna ayuda tuya?

Se volvió hacia Jenna. —Por favor, perdóneme, querida. Me disculpo por el comportamiento... imprudente de mi hijo. Por supuesto que la ayudaremos ahora. Si nos lo permite. Puedo entender si no quiere saber nada de ningún Lassiter, pero espero que lo piense un momento. Un niño debería conocer a su familia. —Arrastró el álbum del bebé y miró la foto—. ¿Cómo se llama? ¿Qué edad tiene? ¿Está aquí?

Bryan cubrió la mano de ella y la apretó. —Se llama Trevor y tiene tres años y medio, y, no, no está aquí. Jenna y yo tenemos mucho de qué hablar y él no necesita ser parte de eso. Está con un amigo suyo.

—¿Puedo conocerlo? —Esto se lo preguntó a Jenna, de mujer a mujer. De madre a madre.

—Por supuesto. —Jenna miró a Bryan—. Pero... ¿le importaría esperar un día o dos? Apenas se está acostumbrando a tener a Bryan en su vida y no quiero abrumarlo con una familia que nunca ha conocido.

—Claro que sí. Entiendo. —La señora Lassiter pasó el dedo por la foto—. Se parece a ti, Bryan. Tiene tus ojos. —Los ojos de *ella* se llenaron de lágrimas y pasó la página—. ¿Le importa si miro esto?

Jenna negó con la cabeza, tratando de contener sus propias lágrimas. Una respuesta tan diferente a la de su propia madre ante la noticia. La suya había estado llena de recriminaciones y de «todo se trata de mí» y las lágrimas no habían sido de felicidad.

Las de la señora Lassiter corrían por sus mejillas mientras su hijo le explicaba cada foto, mientras leían su horario y sus primeras palabras.

—Oh, mira, Bryan. Su primera palabra también fue *vaca*.

—¿Yo dije eso?

—Sí. Estábamos en la granja de los Mackerley. Habíamos ido muchas veces contigo y conocías todos los sonidos de los animales, pero por alguna razón, en el momento en que llegamos ese día, empezaste a gritar: «¡Vaca! ¡Vaca!». —Le dio una palmada en el brazo—. Por supuesto, no tuvimos el corazón para decirte que era un toro cuando estabas tan orgulloso de ti mismo. Después de eso, no había forma de callarte.

—Vaya. Qué cosas, ¿eh? ¿Quién diría que hasta eso era genético? —Bryan se reclinó y se rascó la mejilla—. ¿Y qué hace Trevor que hicieras tú, Jenna?

—Ah, eh, bueno... —Jenna tragó saliva, tratando de deshacerse de la enorme mentira que la ahogaba—. Me gustaba, mm, colorear. Trevor lo hace muy bien.

—Ah, y construye cosas, ma. Con bloques.

—Como solías hacer tú.

—Sí. Y le gusta lanzar la pelota de fútbol americano.

Su madre sonrió y eso reconfortó y rompió el corazón de Jenna a la vez. ¿Por qué su madre no pudo haberse emocionado tanto al enterarse de su nieto? Ya podía ver el amor que la mamá de Bryan sentía por Trevor.

—¿Quizás le gustaría venir a cenar mañana por la noche, señora Lassiter?

La invitación simplemente salió de su boca, pero en el momento en que la dijo, supo que era lo correcto. Trevor no debería ser privado ni un día más de todo este amor.

—¿Estás segura, querida? No quiero abrumarlo. Ni a ti tampoco. Esto no puede ser fácil para ti, ceder tu tiempo personal con él para compartirlo con lo que debe parecer un montón de extraños. —Le dio un golpe a Bryan en el bíceps—. Nunca te perdonaré por no haber mantenido el contacto con ella. ¿Cuántos otros nietos podría tener por ahí de novias anteriores?

Bryan hizo una mueca. Y con razón. Dios, Jenna ni siquiera había pensado en eso. ¿Y si él tenía otros hijos? Los condones no eran cien por ciento efectivos, independientemente de si alguien les hacía un agujero con un alfiler o no.

—Contrariamente a tu bastante baja opinión de mí, mamá, no tengo la costumbre de dejar mi ADN con mujeres al azar. Jenna fue... Bueno, digamos que esa noche no fue lo normal para mí.

—¿Noche? —Las cejas perfectamente arqueadas de la señora Lassiter casi llegaron a la línea de su cabello—. No quiero saber. Ustedes dos tienen que lidiar con eso. Solo quiero asegurarme de que ambos han aprendido la lección y al menos están practicando sexo seguro. Solo porque hayan tenido un bebé juntos no significa que deban tener más. Al menos no hasta que estén casados. Se *van* a casar, ¿verdad?

—Ma, tranquila. Un paso a la vez. Acabo de enterarme de él hace cuatro días.

—Bryan sí me lo propuso, señora Lassiter. Lo rechacé. —Le debía al menos eso a Bryan, ya que él había asumido la culpa de su supuesta noche de desenfreno.

—¿Lo hizo? ¿Por qué, querida? No puede ser fácil criar a un hijo sola.

—Ma, de verdad, no creo que...

—Está bien, Bryan. —Jenna dio unos golpecitos en la mesa frente a él. Con todas las mentiras que estaría diciendo durante los próximos catorce años más o menos, podía decirle la verdad ahora—. Dije que no porque Bryan y yo no nos conocemos muy bien, y deberíamos hacerlo si vamos a comprometernos a pasar nuestras vidas juntos. Ahora mismo, necesitamos ser amigos y centrarnos en lo que es mejor para Trevor. Ya es un ajuste lo suficientemente grande. El matrimonio y todo lo que conlleva solo enturbiará las aguas.

La señora Lassiter frunció los labios y los miró a ambos. —Tiene razón, por supuesto. No hay necesidad de apresurar las cosas. Lo importante es que estén ahí para este pequeño. —Echó un último vistazo a la foto de la escuela de Trevor y meneó la cabeza—. Tiene tus ojos. Seré...

Sorbió por la nariz y luego empujó a Bryan para que saliera del reservado. —Los dejaré para que sigan con sus arreglos. Y gracias, Jenna, me encantaría ir a cenar mañana. Le pediré todos los detalles a Bryan. —Le ahuecó la mejilla y besó la otra—. Adiós, cariño. Te quiero.

—Adiós, mamá.

La vio alejarse y luego saludó con la mano cuando ella estuvo fuera de la charcutería.

—Tienes una gran relación con ella.

—Sí. La tenemos. Sabía que estaría encantada. Desde que papá murió, prácticamente ha asfixiado a las niñas de Kyle con su cariño.

—Ahora tendrá a alguien más a quien asfixiar.

—¿Segura que estás bien con que vaya mañana por la noche? No tenías que hacer eso.

Jenna le dio un bocado a su sándwich más por hacer algo que por hambre. Porque no tenía hambre. Todas las ramificaciones de la situación comenzaban a golpearla. La madre de Bryan iba a ir a cenar. Trevor tenía una abuela, una de verdad, que quería conocerlo y probablemente querría llevarlo a la granja de los Mackerley y mostrarle las vacas.

—¿Hornea? —La mamá de Jenna solía hacer las mejores galletas con chispas de chocolate, hasta que su hija la decepcionó.

—Hornea, cocina, cose, puede planear una fiesta con nada más que una sartén y una parrilla... no preguntes. A mi mamá le ha encantado ser madre y todo lo que siempre ha querido es tener media docena de nietos.

—Parece que se le cumplió el deseo.

—Bueno, la mitad. Hasta ahora solo hay tres, lo que deja tres lugares vacíos. Me gustaría llenarlos algún día. —Sus dedos se deslizaron sobre la mesa y se entrelazaron con los de ella.

Genial. Otra cosa más con la que soñar.

Capítulo Veintiocho

—Así que he oído que andas ventilando tus vergüenzas otra vez.

Como de costumbre, la madre de Jenna no se molestó en llamar; irrumpió en la casa como si fuera ella quien pagara la hipoteca y sin pensar en lo más mínimo en bajar la voz para que Trevor no escuchara nada de aquello.

Por suerte, él había pasado la noche en casa de Cathy y todavía no había vuelto. Jenna había querido asegurarse de que su casa estuviera impecable para la cena con la señora Lassiter y Bryan —¡en dos horas!— y la había limpiado de arriba abajo.

Ojalá pudiera barrer a su madre debajo de la alfombra con la misma facilidad. —Ellen, no sé de qué estás hablando.

Mamá había insistido en que la llamara *Ellen* una vez que la infidelidad de papá salió a la luz. No había querido el apelativo de *mamá*; decía que jugaba en su contra en el mundo de las citas y, como Jenna estaba a punto de ser madre en aquel momento, de ninguna manera quería que la conocieran como *abuela*.

Daba igual. Ellen había demostrado que ya no tenía el gen maternal, como lo probó con su siguiente frase.

—Hay una vieja fodonga por ahí diciéndole a la gente que Trevor es su nieto.

Típico de su madre, reducirlo todo a su mínima expresión. Ellen siempre había sido de las que ven el vaso medio vacío, pero la infidelidad de papá la había sumido por completo en la negatividad.

Claro que esa podría haber sido la razón de la infidelidad de papá, pero Jenna había decidido mantenerse al margen de las batallas matrimoniales de sus padres.

—Se llama Tabitha Lassiter y *es* la abuela de Trevor.

—Yo también lo soy.

Ojalá actuara como tal. Jenna extendió las revistas sobre la mesita de centro. —No he dicho que no lo seas.

—Entonces, ¿qué quiere?

—¿De qué estás hablando?

Ellen extendió las revistas un poco más. —Bueno, estuvo hablando sin parar en la oficina de correos de que podría verlo y que quiere llevarlo de compras para comprarle ropa para la escuela y juguetes para Navidad. Y que quiere que vaya a su casa para el Día de Acción de Gracias. ¿Cómo es que yo no puedo hacer nada de eso con él?

A Jenna le costó todo su autocontrol no ir a acomodar esas revistas. En su lugar, enderezó los marcos de fotos de la repisa de la chimenea. —Porque nunca has querido. Me parece recordar que me dijiste que mantuviera al «pequeño bastardo» lejos de ti para que la gente no te menospreciara. —Esas palabras le habían dolido cuando las escuchó por primera vez y cada vez que las recordaba desde entonces. Eran especialmente hirientes ahora que la madre de Bryan había aceptado tan fácilmente la existencia de Trevor, simplemente porque estaba encantada de tener otro nieto.

—Yo nunca dije eso, Jenna Marie.

—Está bien, de acuerdo. No lo dijiste. —Jenna cedió. De todas formas, nunca ganaría y, bueno, si esto era lo que se necesitaba para que su madre tuviera la más mínima pizca de interés en Trevor, aceptaría lo que fuera. Por el bien de él.

—¿Estás siendo frívola?

—Mira, Ellen, ya te dije que está bien. Puedes llevarlo de compras si quieres. Pero ahora mismo estoy tratando de limpiar la casa antes de que lleguen, así que, si no te importa, no tengo tiempo para esta discusión. Faltan seis meses para Navidad. —Y para entonces, Ellen probablemente se habría olvidado de su indignación.

Y de su nieto.

—¿Antes de que llegue *quién*?

Típico de su madre, centrarse en lo único que Jenna no quería que hiciera. —Invité a algunas personas a cenar.

—¿A quién?

—A unas personas.

Ellen cruzó la habitación y le puso un dedo en la cara a Jenna más rápido de lo que la había visto moverse nunca, excepto cuando arrojó las cosas de papá por la ventana.

—Vas a invitar a esa mujer, ¿verdad? Si fueras a invitar a Cathy y a su marido, lo habrías dicho, pero no lo hiciste. La única razón por la que no me lo dices es porque tiene que ser *ella*. ¿También va a venir el padre de Trevor?

Jenna se plantó en la cadera la mano que sostenía el trapo de limpiar y se negó a retroceder. «Esta es mi casa, maldita sea», pensó. Podía invitar a cenar a quien quisiera. —De acuerdo. Si tienes que saberlo, sí, Bryan y su madre vienen a cenar. Quiere conocer a Trevor. Así que, si no te importa, tengo mucho que hacer para prepararme.

—No me importa. —Ellen recolocó dos de los marcos—. Pero me quedo.

—¿Qué? No, no te quedas. Esta es una cena para que Bryan y su madre pasen tiempo conociendo a Trevor.

—A mí también me vendría bien pasar tiempo conociéndolo.

—Ha sido tu elección *no* conocerlo hasta ahora.

—Una elección que ha sido terriblemente equivocada. —Ellen se dio la vuelta, se contoneó hasta el sofá, se sentó, se quitó los tacones y cruzó los tobillos sobre la mesita de centro—. Me gustaría rectificar esa situación.

—Solo porque no quieres que la señora Lassiter te gane en la escala de abuelas.

Ellen se examinó las uñas. —Ahora bien, ¿qué clase de abuela sería si eso fuera verdad, cariño? Al menos *yo* tengo un nieto, a diferencia de esa zorra mosquita muerta con la que tu padre tuvo que liarse.

Jenna se mordió la lengua para no soltar la verdad. Nadie saldría ganando si lo decía ahora.

—¿Qué tal si vienes mañana por la noche? Así tendrás a Trevor para ti sola.

—¿Te avergüenzas de mí? —Ellen se dio una palmadita en su nuevo corte de pelo, del que se había asegurado de dejar caer que había costado más de doscientos dólares. Se deleitaba gastando el dinero del seguro de vida de su marido, de ahí el corte y el tinte, la membresía del gimnasio y las numerosas sesiones con el entrenador personal para mantenerse guapa.

Ojalá trabajara tanto en su interior.

—No me avergüenzo de ti. —En cuanto a la apariencia, no. Pero ¿en la forma en que la había apoyado y había estado ahí como madre? Sí, eso era vergonzoso. Pero herir a su mamá no cambiaría el pasado y Jenna no era esa clase de persona.

—Bien. Entonces no hay razón para que no pueda venir a cenar esta noche a conocerlos.

—No creo que sea una buena idea.

—*Sí que te* avergüenzas de mí. Lo sabía.

¿Eran lágrimas eso en los ojos de su madre? No podía ser. Ellen North se tragaba su decepción para que nadie se enterara.

Jenna se sentó en el extremo opuesto del sofá y dejó caer el trapo sobre la mesa. —Mamá, ¿qué está pasando?

Ellen parpadeó. —Lo estoy intentando, Jenna. De verdad. Todo el mundo sabe lo que has hecho. Primero te quedaste embarazada de adolescente y luego vas y haces lo mismo de adulta. Y ahora, de repente, aparece el padre y su madre está contentísima —su voz subió una octava— de difundir que mi hija le ha dado un nieto. ¿Cómo crees que me siento? Todo el mundo me mira como si yo fuera la mala abuela. ¿Sabes que Marla dijo que ni siquiera sabía que yo *tenía* un nieto?

Marla era una de las mujeres del club de bridge con el que Ellen había estado jugando semanalmente durante años. Qué vergüenza que su madre no les hubiera hablado de él a sus supuestas amigas más cercanas.

—Quizás si lo sacaras de vez en cuando y se lo mostraras a tus amigas, lo sabrían. —Por *supuesto* que todo se trataba de Ellen. Jenna era una tonta al pensar que tenía un significado más profundo, como haberse perdido los años de infancia de Trevor. Se puso de pie. No podía lidiar con esto ahora. Tenía que prepararse para las personas que de verdad querían conocer a Trevor por ser él, no por lo que dirían los demás.

Ellen volvió a examinarse las uñas. —Yo ya crie a mi hija, Jenna. *También* sin marido. ¿Acaso me viste endosándote a otra gente?

—Yo tenía *dieciséis* años. Y papá todavía estaba presente.

Eso le dolió a su madre. Ellen golpeó el suelo con los pies y se inclinó hacia adelante. —Solo porque seguíamos legalmente casados no significa que estuviera presente para nosotras. En nuestras vidas. Estaba demasiado ocupado con *ella*.

Bueno, quizá *sí* tenía que lidiar con esto. Al menos una parte. Durante mucho tiempo había escuchado a su madre despotricar contra papá y se había mantenido en silencio. Se había aguantado y había recibido el aluvión de insultos de su madre cuando se quedó embarazada. Pero esta noche era por Trevor. No podía permitir que su madre lo arruinara.

—Ellen, no puedes venir esta noche. Cada conversación que tengo contigo termina en una diatriba contra papá. No quiero que Trevor ni los Lassiter estén expuestos a eso. Sé que te hizo daño, pero él ya no está. Nosotras sí. Disfruta de nosotras.

Se sintió bien decirlo por fin. Durante tanto tiempo se lo había guardado.

—Eso es lo que intento hacer, Jenna. Empezando esta noche. Una gran familia feliz. Es lo que quieres para tu hijo, ¿verdad?

—¿Hola? —canturreó la voz de Cathy desde la cocina—. Trevor, Bobby y yo estamos aquí. ¿Podemos entrar?

Cathy habría visto el coche de Ellen y se habría dado cuenta de la necesidad de anunciar su presencia antes de entrar con los niños.

—Ellen...

—Oh, qué bien. Mi nieto está aquí. —Ellen se calzó los tacones, se levantó y se dirigió a la cocina—. Espera a que vea lo que le he traído.

Jenna cerró los ojos, apretó los dientes y contó hasta diez. Dos veces.

No iba a poder deshacerse de su madre.

Capítulo Veintinueve

—Hola, soy Ellen North. La abuela de Trevor. —Ellen le extendió la mano a la señora Lassiter con toda la falsa elegancia propia de su exclusivo club de campo —. O, supongo que debería decir su *otra* abuela, ¿no?

Podía ser muy encantadora cuando se lo proponía. Y se lo estaba proponiendo ahora.

—Encantada de conocerla. —La señora Lassiter fue tan encantadora y genuina como lo había sido en el almuerzo.

Bryan estaba igual de guapo.

Jenna no lo había visto desde ayer. Él había regresado al trabajo después del almuerzo, y luego al club, y Jenna *no* iba a poner un pie en ese lugar por un buen tiempo porque A) no quería que la volvieran a arrastrar a bailar, y B) no quería tener que verlo hacerlo.

Cierto, él dijo que había sido una casualidad, pero aun así, la posibilidad existía, y ahora que había estado de cerca con la perfección física que era Bryan, ahora que sabía cómo se sentía y a qué sabía, y que él la deseaba... No necesitaba ese tipo de tentación. Ya tenía bastantes líos entre manos.

—¡Miwa, Bwyan! Al señor Mono le gusta Wocco.

Trevor entró en la habitación, haciendo malabares con la pecera con las resbaladizas manos de marioneta de calcetín del señor Mono.

Ella y Bryan corrieron y tomaron la pecera antes de que se estrellara contra el suelo.

—Sabes, Trev —Bryan guio a su hijo hacia sus abuelas—. A Rocco no le gusta que lo muevan mucho. Su agua se salpica por toda la pecera.

—¿Se marea?

—Sí, puede marearse. Los peces no andan en las olas, les gusta quedarse en aguas más tranquilas.

—Oh. ¿Lo asusté? —El pulgar de Trevor se metió de un tirón en la boca.

Bryan le dio una palmada en el hombro mientras Jenna se ocupaba de la crisis del pez. —No quisiste asustarlo y Rocco lo sabe.

Jenna miró al pez. Normalmente no vivían más de uno o dos días. Rocco estaba en las últimas, incluso sin el paseo alocado. Sería mejor que visitara una tienda de mascotas y encontrara uno que se pareciera a él, por si acaso. Trevor no necesitaba cargar con la muerte de su pez sobre los hombros por el resto de su vida.

—Y, oye, me gustaría presentarte a mi mamá. —Bryan subió a Trevor a su cadera—. Mamá, este es Trevor.

Había lágrimas en los ojos de la señora Lassiter mientras le extendía la mano. —Hola, Trevor. Estoy tan feliz de conocerte.

Jenna se acercó a él cuando empezó a enroscarse el pelo con la otra mano. A pesar de que le gustaba Bryan, el hecho de que hubiera vuelto a llamarlo por su nombre en lugar de «papá» significaba que no estaba tan seguro del lugar de Bryan en su vida como a todos les gustaría.

Chupó su pulgar con más fuerza.

Jenna se lo sacó y se lo limpió. —Está bien, Trev. Es... Es tu abuela.

Sus ojos violetas se abrieron como platos. —¿Tengo una abuela? —Su acento, por alguna razón bostoniano, siempre se hacía más marcado cuando estaba emocionado.

Jenna sintió que las lágrimas le picaban en los ojos y tuvo que tragar saliva para deshacer el nudo de emoción en la garganta antes de poder responderle.

Pero Ellen se le adelantó, con una risa un poco demasiado alta. —Por supuesto que tienes una abuela. —Le frotó el brazo con demasiada brusquedad—. No te olvides de mí, Trevy.

Nadie lo llamaba Trevy.

Bryan miró a Jenna.

Ella negó levemente con la cabeza. —Así es, Trev. Ellen también es tu abuela. —Miró a la señora Lassiter—. Mi madre prefiere que la llamen por su nombre en lugar de *abuela*. Dice que se vuelve confuso en el parque con todos los niños llamando a sus abuelas. —Nadie llamaba nunca a Ellen, pero esa era su propia elección.

—Oh, bueno, él ciertamente puede llamarme abuela —dijo la señora Lassiter, retirando sabiamente la mano—. O Nana, como me llaman mis otros nietos.

—¿Tiene otros nietos? —La forma en que Ellen examinó a la madre de Bryan de pies a cabeza no fue nada sutil—. Vaya que es *usted* toda una ama de casa, ¿eh?

—Gracias. —La señora Lassiter sonrió con genuino orgullo. La mujer no tenía un pelo de tonta; sabía que Ellen lo había dicho como un insulto, pero honestamente no le importaba. Y hasta *podría* haber algo de lástima en esa sonrisa.

A Ellen no le gustaría eso.

A Jenna le agradó aún más la señora Lassiter por reconocer lo que era importante en la vida.

—Muy bien, entonces. Ahora que ya terminamos con las presentaciones... —Bryan bajó a Trev—. ¿Quieres ver lo que te trajo mi mamá?

Trevor tomó la mano de Jenna. —¿Es mi cumpaños?

—No, cariño, pero como es la primera vez que te ve, quiso traerte un regalo.

—Oh. Genial.

—Yo también te traje algo, Trevy.

La voz de Ellen crispó los nervios de Jenna. —Mamá, hagamos que abra un regalo a la vez para que no sea tan abrumador.

La sonrisa de su madre se volvió quebradiza.

Igual que los nervios de Jenna. Esta iba a ser una cena muy larga.

* * *

La cena no fue tan mala como podría haber sido —aunque Jenna estuvo muy tentada a usar un cuchillo de carne para cortar la tensión—, la señora Lassiter había mencionado que el rib-eye era el corte favorito de Bryan cuando llamó para preguntar si podía llevar el postre, pero Bryan hizo un excelente trabajo manteniendo un ambiente amigable y haciendo que todo fluyera mientras comían.

Trevor jugaba felizmente con las figuritas de tiranosaurio rex que la señora Lassiter había traído, un detalle sobre su hijo que Jenna había compartido durante esa misma conversación sobre el hijo de la señora Lassiter. Era una mujer encantadora, muy emocionada de tener a alguien más a quien amar.

Ellen se calmó una vez que Trevor dejó de ser el centro de atención. Bueno, el centro de atención directo, ya que *él* era la razón por la que todos estaban cenando juntos. Pero la señora Lassiter —Tabitha, como insistió en que Jenna la llamara— sabía cómo tratar a los niños y se contentaba con observarlo mientras sus dinosaurios aplastaban un chícharo que se había caído de su plato.

—Le queda un año más de preescolar, pero luego irá al kínder. Es un programa de día completo. Creo que le irá bien. —Jenna sirvió un poco más de fideos con mantequilla en el plato de Trevor. Eran sus favoritos. Esa semana.

—Jenna no fue al preescolar. Yo le enseñé todo lo que necesitaba saber. Éramos inseparables en ese entonces.

Jenna miró a su madre. No sabía eso. Tampoco se lo habría imaginado. —¿En serio?

Ellen masticó un chícharo. Solo uno. Era fanática de cuidar su figura. —Oh, sí. Estaba tan emocionada de tenerte. Habíamos intentado por tanto tiempo, ya sabes, y luego, cuando llegaste, simplemente tenía que pasar cada minuto contigo. Renuncié a mi carrera, a mis amigos, a todos los viajes que habíamos hecho para poder hacerlo.

¿Era un intento de hacerla sentir culpable o un viaje por el baúl de los recuerdos?

—Tiene suerte de haber podido pasar ese tiempo con ella —dijo Tabitha —. Mis hijos eran como monos. La escuela fue lo único que salvó mi casa del desastre. Supongo que esa es la diferencia entre niños y niñas.

—¿Tenías un mono, papi? —La vocecita de Trevor detuvo la conversación. O tal vez fue el uso de *papi* lo que lo hizo.

La boca de Ellen se frunció en una línea tensa; la de Tabitha se curvó en una sonrisa.

Bryan parecía que quería llorar. Lo que hizo que Jenna quisiera llorar también. Estaba tan emocionada por Trevor de que su padre lo amara.

Y al mismo tiempo, aterrorizada de que lo hiciera.

—No, Trev. Mi hermano y yo solo nos portábamos como ellos.

—Ojalá tuviera un hewmano.

La mesa se quedó muy silenciosa.

Los ojos de todos se movieron por toda la habitación.

Excepto los de Bryan.

Él la miró. —Tendremos que ver qué podemos hacer al respecto, Trev. Todo niño debería tener un hermano o una hermana.

—No quiero una hermana. Son asquerosas. Michael tiene dos y dice que tejen con sus muñecas por todos lados y no juegan al fútbol.

Jenna intentó apartar la mirada, pero no pudo, y no tenía nada que ver con esos hermosos ojos de Bryan.

No, tenía que ver con la imagen que tenía en su mente. Tener un hijo de Bryan. De verdad esta vez.

Quería. Realmente, realmente quería. De repente, la golpeó una necesidad abrumadora de tener un hijo, *su* hijo. Crear una nueva vida, una que pudiera llamar suya, que nadie pudiera quitarle, y quería hacerlo con Bryan.

Estaba tan hundida hasta el cuello que debería sentirse como si se estuviera ahogando, pero no era así.

Se sentía bien. Esa imagen se sentía bien. Sentada aquí, cenando con él y Trevor y ambas abuelas... se sentía bien. Como si así fuera como se suponía que debían ser las cosas.

Pero todo este escenario se basaba en una mentira.

—No sé si Jenna esté para un tercer embarazo. —Ellen puso otra cucharadita de chícharos en su plato—. Quiero decir, el cuerpo solo puede aguantar hasta cierto punto, aunque ella era tan joven la primera vez. Pero, en serio, Jenna, deberías estar feliz con un hijo sano. Nunca se sabe lo que puede pasar.

La realidad se derrumbó con toda su fuerza. La fuerza vengativa de su madre.

Ellen nunca había superado la «humillación» del embarazo adolescente de Jenna, pero Jenna nunca se habría imaginado que lo sacaría a relucir ahora de esta manera, con el único propósito de devolverle esa humillación.

—¿*Tercer* embarazo? —Bryan la miró.

—¿No te lo dijo? —Ellen pareció sorprendida, pero no lo estaba. Sabía lo que hacía. Nunca le había perdonado a Jenna que no se pusiera de su lado en contra de su padre.

¿Qué padre quería que su hijo eligiera un bando? Ella había intentado mantenerse neutral, amando a cada uno por sus propios méritos.

Su madre acababa de perder muchos de esos méritos.

Jenna se puso de pie. —No tendré esta discusión delante de Trevor. Bryan, ¿me acompañas afuera, por favor? Ellen, me gustaría que te fueras. Señora Lassiter..., Tabitha..., si no le importara cuidar a Trevor un ratito, se lo agradecería.

—Por supuesto, Jenna. —Bendita fuera la amabilidad de la señora Lassiter. La mujer se sentó en la silla de Jenna, tomó uno de los tiranosaurios rex y empezó a hacer gruñidos.

Trevor se los devolvió, riendo.

Ellen, sin embargo, fruncía el ceño. —No vas a dejar que esa mujer, esa extraña, cuide a mi nieto.

Jenna se aferró al respaldo de su silla, tratando de mantener a raya su ira. No haría esto delante de su hijo. —Él es su nieto y yo sí. Ahora vete, Ellen, antes de que esto se ponga más feo de lo que ya está.

Bryan se paró detrás de Jenna y le puso una mano en el hombro. —Sí, Ellen. Creo que sería mejor que se fuera. Mi madre tiene experiencia más que suficiente para mantener a Trevor ocupado por unos minutos. Le confiaría mi vida a *ella*. De hecho, lo hice durante años.

Ni Ellen ni Jenna pasaron por alto la inflexión en el *ella*. Sus labios se fruncieron y salió de la casa a grandes zancadas, cerrando la puerta de un portazo.

—Discúlpenos, Tabitha.

La señora Lassiter hizo un gesto con la mano y enfrascó al dinosaurio de Trevor en una batalla por otro chícharo.

Jenna llevó a Bryan al porche trasero. Los grillos apenas calentaban para su sinfonía nocturna y las luciérnagas comenzaban a parpadear en su patio. Normalmente, este era uno de sus momentos favoritos de la noche, con el pálido anochecer púrpura y la quietud, pero ahora...

Se apoyó en la barandilla y miró las ramas del sauce llorón meciéndose con la suave brisa.

Esta no era una conversación que hubiera querido tener nunca. Especialmente no con él.

Capítulo Treinta

Bryan la miraba fijamente. Se acercó y se apoyó con los codos en la barandilla, pero no observaba a las luciérnagas; la observaba a ella.

Ella respiró hondo, deseando que el dolor no opacara los recuerdos. —Tenía dieciséis años. Él era mi novio. Éramos estúpidos, como lo son los adolescentes. Jamás pensamos que nos pasaría a nosotros.

—¿Qué pasó? ¿Dónde está el bebé?

Las luciérnagas parpadeantes se volvieron borrosas. Jenna pestañeó. —No sobrevivió. Tuve un accidente de auto, en el que murió mi padre y... —Se aclaró la garganta—. Mi madre pensó que fue una bendición.

Bryan exhaló. —Lo siento, Jenna.

Entonces ella lo miró. —No tienes nada que lamentar.

—Lamento que tuvieras que pasar por eso con esa mujer como tu único apoyo. No debió ser fácil. Necesitabas que te abrazaran y te consolaran. ¿Una bendición? ¿Acaso no se dio cuenta de que perdió un nieto?

Jenna intentó encogerse de hombros, pero el peso que había cargado sobre ellos desde entonces —culpa, duelo, alivio, horror por ese alivio, más culpa— no se lo permitió. —Sucedió. No había nada que pudiera hacer. Tuve que lidiar con ello. Y, bueno, tenía dieciséis años.

—Dieciséis, veintiséis... ¿En verdad hace alguna diferencia? —Se giró hacia ella, apoyándose en su codo izquierdo y recorriéndole el brazo con la mano—. ¿Dónde está el tipo ahora?

Ella se mordió el labio y desvió la mirada. —Se fue en cuanto se enteró del bebé. Incluso preguntó si era suyo.

—Vaya. —Bryan se puso de pie y la atrajo a sus brazos—. Siento tanto que nadie estuviera ahí para ti, Jenna. Lamento no haber estado ahí para ti con lo de Trevor. Pero estoy aquí ahora y no me iré a ninguna parte.

Se permitió fundirse en su abrazo. Solo un poco. No pudo evitarlo. Él tenía razón; nadie había estado ahí. Había estado lidiando con la muerte de su padre, la de su bebé, el fin de su relación y la revelación de lo que Dave realmente pensaba de ella. Y, para colmo, la traición de su madre. ¿Era de extrañar que se hubiera aferrado a Mindy con tanta fuerza? Había sido la única familia que Jenna había tenido.

Y ahora Mindy se había ido. No podía perder a Trevor también.

Se enderezó. No podía apoyarse en Bryan. Él tenía el poder de quitarle a la última persona a la que podía llamar suya.

—Gracias, Bryan, pero estoy bien. De verdad. Fue hace mucho tiempo. — Hace doce años, once meses, nueve días y unas seis horas. Lo había dejado atrás y había seguido adelante. Era lo que tenía que hacer.

Pero entonces cometió el error de alzar la vista hacia él.

Estaba justo ahí. Sus labios estaban justo ahí, sus ojos preocupados, su expresión pensativa. Inquieta. Cariñosa. Y la noche estaba en calma; la música de la naturaleza les daba una serenata, su loción para después de afeitar y ese aroma que era tan suyo la envolvían de una forma tan reconfortante como sus brazos, tan *excitante* como sus brazos. Tan atrayente y seductora y provocadora y sólida y acogedora como sus brazos.

—Jenna...

—Bryan...

No supo quién habló primero. No importaba. Estaba en sus brazos y él estaba ahí para ella, y tenía que besarlo. Tenía que hacerlo. Como si cada parte de su vida hubiera conducido en espiral a este único momento en el tiempo, a este único momento crucial del que no podía escapar.

Sus dedos se aferraron a las costuras de su polo y se sujetaron, manteniéndola erguida, anclándola a algo tangible, mientras el mundo giraba a su alrededor en un torbellino de sensaciones. De anhelo, de necesidad, de sentimientos y emociones y el deseo abrumador de una conexión con otro ser humano.

Bryan era tan fuerte. Tan alto. Tan sólido. Estaba tan *presente*. Él *quería* estar presente. No había dudado en absoluto a la hora de quedarse por su hijo. Incluso le había propuesto matrimonio para asegurarse de *poder* estar ahí.

¿Por qué lo había rechazado? ¿Por qué no había aceptado la oferta sin pensarlo? Sería lo mejor para Trevor, y por la forma en que el beso de Bryan la estaba afectando, tampoco estaría tan mal para ella.

La lengua de él se deslizó dentro de su boca y, de repente, el beso ya no fue reconfortante. Ya no era seguro ni protector ni acogedor. Era ardiente y carnal y no tenía nada que ver con el niño que compartían; todo se trataba de la *química* que compartían. Este deseo y necesidad imperiosos y las ganas de meterse bajo su piel para no salir jamás. De conocerlo por dentro y por fuera, ser parte de él, compartir con él y cabalgar las olas de este placer con él hasta las alturas y dejarse caer por el precipicio.

Él arrancó sus labios de los de ella y los enterró en el hueco de su garganta. Ella echó la cabeza hacia atrás mientras jadeaba en busca de aire, con los senos apretados contra el pecho de él mientras las manos de Bryan trazaban una magia ardiente y sexi por su espalda hasta acunarle el trasero. El calor se expandió en espiral desde ese punto en su vientre, infundiendo cada parte de ella con ardor y una necesidad dolorosa e imperiosa.

—Te deseo, Bryan. —Las palabras simplemente brotaron. No pudo detenerlas. No quiso detenerlas. No quiso detener*lo* a él. Lo deseaba. En verdad. Había pasado tanto tiempo desde que había estado con alguien, y nadie, ni siquiera Carl antes de que ella hablara de adoptar a Trevor, nadie la había hecho sentir tan deseada y especial como Bryan desde el momento en que lo conoció.

Pero entonces él se apartó.

Se *apartó*.

—Jenna...

—Oh, Dios. —Salió de sus brazos tambaleándose, se rodeó la cintura con los suyos y se quedó en la esquina de la barandilla, mirando a cualquier parte menos a él. Se había *apartado*—. Lo siento, Bryan. Dios, lo siento. No debí decir nada. Es... solo... Olvida que lo dije. No pienses que es... Quiero decir... Solo olvídalo.

Él volvió a caminar detrás de ella y le sujetó los bíceps. —Jenna.

Ella negó con la cabeza. No podía enfrentarlo. Simplemente no podía. Esta marea creciente de anhelo y necesidad y, sí, desesperación, amenazaba con abrumarla y si lo miraba, se derrumbaría.

—Jenna. —Ejerció presión en sus brazos, instándola a darse la vuelta—. Jenna, mírame.

Pero cuando lo dijo con tanta amabilidad y suavidad, tocó algo dentro de ella. Alguna parte solitaria y anhelante en su interior.

Se dio la vuelta, pero fijó la vista en el botón inferior del cuello de su polo.

—Jenna. —Él le levantó la barbilla con un dedo. Sus ojos estaban tan fijos en los de ella que se habían oscurecido hasta un morado profundo—. Yo también te deseo.

El deseo en su voz amenazó con hacerle flaquear las rodillas. Se aferró de nuevo a las costuras de la camisa de él.

—Pero tienes que desear*me* a mí. No el consuelo que puedo ofrecer. No la gratitud por reconocer tu dolor y cómo todos te fallaron. Ni siquiera por Trevor. Quiero avanzar contigo, Jenna, no revivir el pasado. Te quiero en el aquí y el ahora, conmigo. No podemos cambiar el pasado, pero podemos cambiar el futuro. Cuando estés lista para eso, cuando me desees por eso, entonces será el momento adecuado para nosotros.

Le besó la frente. Luego la nariz. Luego un suave, suavísimo roce de sus labios sobre los de ella. —Estaré aquí, Jenna. Cuando estés lista, estaré aquí. No me voy a ninguna parte.

Ella se balanceó hacia él. Esto era lo que quería. Lo que siempre había querido. Lo que Carl no había tenido las agallas de ser, hacer o decir. Lo que Dave no había sido capaz de dar. Lo que su padre le había quitado cuando destruyó su familia al elegir a otra persona.

Pero Bryan... Bryan estaba aquí para ella. Y para Trevor.

La besó de nuevo y le frotó los brazos. —Vamos. Entremos a relevar a mi mamá. Ha pasado mucho tiempo desde que entretuvo a un niño de tres años.

Jenna asintió y contuvo... algo. No una lágrima. No una disculpa. Pero algo...

Él le sostuvo la puerta para que pasara y ella tuvo que hacer un esfuerzo para no cerrarla, rodearlo con los brazos y quedarse justo donde estaban en ese momento, sin que nada —ni el pasado, ni su mentira, ni ninguna de las ramificaciones de aquello— se entrometiera en este, el más perfecto de los momentos.

Y entonces oyó la risita de Trevor.

—¿De vedad?

—De verdad —respondió la Sra. Lassiter—. Y entonces tu papi terminó cubierto de lodo. Todo lodo pegajoso, asqueroso y viscoso. Tuvo que darse cuatro baños.

—¡Puaj! Odio bañame.

Jenna casi podía imaginarse la expresión en el rostro de Trevor al decir eso y sonrió. Conocía todas sus expresiones. Conocía cada sonrisa y cada espasmo cuando dormía y cada gesto lánguido cuando estaba cansado. Esa era su realidad. En eso tenía que concentrarse, no en este momento de ensueño fuera del tiempo con Bryan.

Le asintió a él y entró en la casa.

—Pero los baños te dejan todo limpio y reluciente, y hueles bien después. —La Sra. Lassiter levantó la vista cuando Jenna se detuvo en la entrada de la sala—. Y apuesto a que tu mami te da muchos abrazos después del baño.

Trevor asintió rápidamente, sus rizos rebotando alrededor de su cabeza. —Sí, me los da. Me gustan los abazos.

—¿Te gustaría uno ahora?

Trevor dejó de asentir. Sus rizos dejaron de rebotar.

Jenna contuvo el aliento. ¿La dejaría?

Y si lo hacía, ¿cómo se sentiría Jenna al respecto? Ella había sido la única en darle abrazos a su hijo.

—Sí, po favo. —Trevor extendió los brazos y dejó que su nueva abuela lo envolviera en los suyos.

Jenna se desplomó contra el marco de la puerta. Es lo que quería para Trevor.

Lo era. De verdad.

—Aun así, a quien más quiere es a ti —le susurró Bryan al oído—. Nadie te reemplazará jamás, Jenna. El corazón es como cualquier músculo; tiene la capacidad de crecer y expandirse. Trevor puede querer a muchas personas en su vida, pero nunca dejará de quererte a ti.

Fue lo más perfecto que Bryan pudo decir. El sentimiento perfecto y Jenna le estaba agradecida por darle eso.

Lástima que no supiera que Trevor *podría* dejar de quererla algún día cuando descubriera la verdad sobre su madre biológica.

¿Y qué hay de Bryan? ¿Qué diría él?

La odiaría por haberle mentido.

—Das buenos abrazos, Nana.

La señora Lassiter se aclaró la garganta. —Gracias, Trevor. Le di muchos a tu papá cuando era pequeño.

—Mi mami me da muchos ablazos. Amo los ablazos de mami.

Jenna se tragó el nudo que tenía en la garganta. Por eso tenía que mentirle a Bryan. Por eso nunca podría decirle la verdad. No podía arriesgarse a perder sus derechos sobre su hijo.

Se aclaró la garganta y entró en la habitación. —¿Qué tal, Trev? ¿Te divertiste con tu abuela?

—Ajá. A ella le gusta jugal a los dinosaulios.

Los adultos se sonrieron y Jenna solo quería tomar a Trevor en sus brazos y abrazarlo hasta la semana que viene, su dulce, dulce bebé.

La señora Lassiter se puso de pie. —Voy a levantar la mesa y luego los dejo en paz. Estoy segura de que este jovencito necesita empezar su rutina para dormir y no quisiera interrumpir.

—Awww, ¿tengo que hacerlo? —hizo un puchero Trevor.

—Sí, campeón, tienes que hacerlo si tu mamá lo dice. —Bryan miró a Jenna—. ¿Jenna? ¿Se baña esta noche?

Jenna señaló las manos de su hijo. —Parece que alguien ha estado jugando con fideos con mantequilla. Creo que eso amerita un baño.

Trevor hizo aún más pucheros. —¿Wocco puede nadal conmigo?

Bryan se rio. —El jabón es malo para los peces, pero ¿qué tal si traemos su pecera mientras te doy un baño? ¿Te parece bien?

Los ojos de Trevor brillaron. —¿Puede, mami? ¿Puede Bwyan, digo, papi, bañalme?

Quería decir que no. Trevor era suyo. *Ella* le daba sus baños.

Pero él estaba tan emocionado que sería la mamá mala si decía que no.

—Claro, cariño. Yo limpiaré mientras ustedes se encargan del baño. —Miró a Bryan—. Hay un asiento en el armario de la ropa blanca. Tiene ventosas en la parte de abajo para pegarlo a la bañera. También hay un montón de jabones de colores. Le gusta hacer dibujos en los azulejos.

—Entendido. ¿Algo más que deba saber?

—Una toallita sobre su regazo. Te salvará *a ti* de necesitar una ducha.

—Gracias, lo recordaré.

Wocco los acompañó a los dos al baño mientras la señora Lassiter ayudaba a Jenna con los platos.

—Has hecho un trabajo maravilloso con él, Jenna —dijo la mamá de Bryan mientras enjuagaba los platos.

—Gracias. Ha sido un desafío, pero no cambiaría ni un minuto.

—Siento mucho que hayas tenido que pasar por eso sola. Desearía que mi hijo hubiera sido un poco más responsable.

Jenna fingió encontrar algo en el suelo para no tener que mirar a la madre de Bryan. Menuda conversación incómoda para tener con la abuela de su hijo... —Se necesitan dos, señora Lassiter. Él no puede cargar con toda la culpa. Además, no fue planeado. A veces las cosas simplemente suceden.

—Bueno, lo importante ahora es que ambos hagan lo correcto. Gracias por permitirnos ser parte de su vida. Es lo mejor для Trevor. Y para ti también, ¿sabes? Ahora tienes una nueva familia.

Jenna no lo había pensado de esa manera. Claro, Trevor tenía una nueva familia, pero, sí, ella también.

Y les estaba mintiendo a todos.

Terminaron en la cocina justo cuando Bryan trajo a un Trevor húmedo y empolvado para despedirse, con su pijama de una pieza coronado con la gorra de béisbol que Bryan había ganado para él en la feria.

Jenna no tuvo el corazón para decirle que Trevor tendría demasiado calor con esa ropa durante la noche, así que lo cambiaría después de que Bryan se fuera.

—¡Adiós, Nana! Glacias pol mis T-lexes. Wocco les va a hacel compañía esta noche pala que no te extrañen.

Ella le besó la mejilla. —Buenas noches, cariño. Te veré más tarde.

Le dio un tirón de oreja a Bryan y él se inclinó para recibir su propio beso. —Cuídalo, hijo. No hay regalo más preciado que un niño.

Bryan tragó saliva. Ruidosamente. Jenna lo vio y lo oyó.

También oyó la emoción en su voz cuando besó a su mamá y le dio las gracias.

Se quedaron allí, los tres en la puerta, saludando y viendo a la señora Lassiter subir a su auto y marcharse, y fue el turno de Jenna de tragar saliva ruidosamente. Era como si fueran una familia de verdad preparándose para terminar el día.

—Entonces, ¿ahora qué, campeón? ¿Leemos un libro? ¿Vemos un poco de televisión? ¿Comemos unas galle...?

—Un libro —intervino Jenna, no queriendo darle a Trevor nenhuma idea sobre galletas como bocadillo antes de dormir—. Y tiene que lavarse los dientes.

—Ya lo hice, mami. Papi me cantó una canción diveLtida.

Jenna enarcó las cejas y se sorprendió cuando Bryan se sonrojó.

—Es algo que mi papá cantaba para que nos cepilláramos los dientes el tiempo suficiente.

—¡Y pude escupil al final! Mami nunca me deja escupil. —Trevor la miró como si eso fuera algo malo.

—Bueno, tu mamá no quiere que le escupas a nadie, solo en el lavabo del baño y solo la pasta de dientes. Y solo a la hora de dormir.

—¿Entonces no puedo escupil cuando me lavo los dientes en la mañana?

—Oh, bueno, entonces también. —Bryan se rascó la nuca—. Hay muchas cosas en esto de ser padre, ¿eh?

Jenna se rio. —Ya le agarrarás la mano. Solo requiere práctica.

Tomó un libro del estante. —Ten. Lee este. Es uno de sus favoritos.

—¡Uuuh! Me encanta el chuchú. Puede pasal sobLe la montaña.

La cama rechinó cuando Bryan se sentó en ella. Jenna se apoyó contra la pared, justo fuera de la puerta, escuchando sin vergüenza. ¿Así sería si hubiera aceptado su propuesta? ¿Se mudaría con ellos y acostaría a Trevor y lo bañaría y le leería libros y le cortaría los panqueques y lanzaría la pelota, vendaría sus rodillas, lo llevaría a los partidos?

—¡Cleo que sí puedo! —gritó Trevor su línea favorita del libro y Bryan se rio igual que ella cada vez que Trevor lo decía así.

Algún día su ceceo desaparecería y extrañaría todas las frases lindas que decía.

No quería perderse nada más de su vida, así que entró en la habitación. —¿Hay espacio en esa cama para mí?

—¡Sí! ¡Mami está aquí! —Trevor se acercó a la barandilla en el exterior de su cama—. Puedes sentalte junto a Bwyan, mami, polque el señol Mono quiele sentalse a mi lado.

Recogió el animal de peluche del suelo, lo colocó junto a Trevor y le subió las sábanas hasta el regazo, luego se subió a la cama y se apoyó en la pared junto a Bryan.

¿Qué tan mal estaba que fuera superconsciente de sus largas y musculosas piernas junto a las de ella en la cama de su hijo? Probablemente no estaría pensando así si realmente hubiera creado a Trevor con Bryan, pero como solo había tenido un adelanto de cómo sería irse a la cama con él, era lo único en lo que podía pensar mientras estaba *realmente* en una cama con él.

—¿Puedes leello de nuevo, Bwyan? —Trevor levantó la cabeza cuando Bryan terminó la historia.

—Podría, pero no creo que vayas a aguantar, cariño. —Bryan ajustó la almohada de Trevor y lo acomodó de una manera que Jenna envidió. Ella nunca lograba que se acurrucara tan fácilmente.

—¿Lo leelás mañana?

Bryan se deslizó fuera de la cama, le subió las sábanas y besó la frente de Trevor. —Claro que sí, Trev. Que duermas bien. Hazle compañía al señor Mono.

—Y a Wocco también. ExtLaña a sus amigos.

—Pero ahora tiene a los dinosaurios, así que estará bien. —Bryan dio un paso atrás para que Jenna pudiera darle las buenas noches.

—Buenas noches, mami. Te amo.

—Yo también te amo, Trev. —Se le hizo un nudo en la garganta como cada vez que él decía esas palabras mágicas. No había nada como ser amada tan incondicionalmente por este niño.

Recogió el libro, encendió la luz de noche y cerró la puerta mientras seguía a Bryan al pasillo, con una última mirada al dulce niño que ya estaba casi dormido. Nunca se cansaría de verlo dormir.

—Es un milagro, ¿verdad? —susurró Bryan por encima de su cabeza.

Ella levantó la vista. Él también estaba mirando a Trevor. —Lo es. Definitivamente lo es.

Se llevó un dedo a los labios y lo condujo a la sala. —Gracias por leerle. Normalmente no se duerme tan fácil.

—Demasiada emoción, eso es todo. Habría hecho lo mismo contigo después del día que tuvo.

La cena había sido suficiente emoción para *ella*. Y ese beso de después...

—Entonces, ¿necesitas algo más, Jenna?

Jenna levantó la vista. *¿Necesitar* algo? ¿Por dónde empezar? Ella necesitaba. Necesitaba ayuda. Alguien con quien compartir la carga y la preocupación de criar a un hijo. Alguien que tomara el relevo para que ella pudiera tener unas horas libres. Alguien a quien le importara como algo más que la madre de Trevor, la maestra de Jason, la vecina de enfrente o alguien a quien su madre dio a luz.

Necesitaba importarle a alguien.

—¿Jenna? ¿Estás bien?

No, no lo estaba. Y realmente no quería estar sola esta noche.

Ni nunca.

Dejó el libro en la estantería y se dio la vuelta.

Y entonces lo besó.

En un momento, Bryan se estaba deleitando con la cálida y tierna sensación de haber acostado a su hijo —su *hijo*— y al siguiente... al siguiente no sentía nada cálido ni tierno en lo *absoluto*.

No, estaba *acalorado* y *chispeante*, y Jenna estaba en sus brazos con los labios sobre los suyos y su cuerpo dulce, firme y perfecto frotándose contra él, y no había duda de lo que ella necesitaba.

Lo que *él* necesitaba.

Bryan la apretó contra él. Probablemente no era la mejor idea, pero, diablos, sería peor detenerse.

La deseaba. En los cuatro años desde que había estado con ella —aunque no podía recordarlo—, nada parecía haber cambiado. Había una razón por la que se habían liado esa noche, y aunque el alcohol había estado de por medio, solo había ayudado a que las cosas sucedieran, porque habrían llegado a eso de todos modos.

Pero estaría eternamente agradecido por esa noche, por ese alcohol y por esa fiesta, porque todo eso lo había llevado a este momento y lo único que quería era llevarla a la cama y redescubrir todo lo que había aprendido cuatro años atrás.

Ella soltó un gemido gutural cuando él metió la lengua en el cálido hueco de su boca, y ese sonido le recorrió la columna como una lengua de fuego, encendiendo cada centímetro de su piel.

Ella le hundió los dedos en el pelo, tirando de él, y él sintió cada tirón directamente en la entrepierna. El anhelo, la necesidad, el deseo de hacerla suya de la forma en que el hombre lo ha hecho desde el principio de los tiempos. Era suya. Había creado una vida con ella, un ser vivo que respiraba y que era las mejores partes de ambos, y quería descubrir todas esas partes en ella.

La levantó en brazos, sin romper el beso ni por un instante. No creía que fuera a hacerlo nunca, y si el mundo se acabara en este instante con ella en sus brazos, besándolo, deseándolo, gimiendo por él, moriría como un hombre feliz.

La llevó escaleras arriba y avanzó por el pasillo pasando la habitación de Trevor. La de ella tenía que estar por aquí en alguna parte y, diablos, aunque no fuera así, la tomaría contra la pared. No la iba a dejar ir. No ahora. No esta noche.

Y nunca si él podía decidirlo.

—La puerta de la derecha —murmuró ella mientras atrapaba su labio inferior entre los dientes; el escozor de esa pequeña mordida lo recorrió con una descarga mientras abría la puerta a la fuerza con el hombro.

La habitación era florida y bonita, típica de una mujer, pero a Bryan no le habría importado que fuera una cueva fría como una piedra; solo la quería desnuda y retorciéndose debajo de él en la cama tamaño —gracias a Dios— *king size*.

Cerró la puerta y luego cayó sobre esa cama sin su delicadeza habitual, pero eso tampoco le importó. No quería quitarle las manos de encima más de lo necesario, así que apenas amortiguó la caída.

A Jenna no pareció importarle; se acurrucó en él, con las rodillas sobre sus muslos, un brazo atrapado debajo de él y el otro levantándole la camisa.

Bryan logró levantarse lo justo —y apartó una mano el tiempo suficiente— para quitarse la camisa por la cabeza y lanzarla a alguna parte. Puede que algo se haya estrellado contra el suelo, o quizás era el latido de su corazón mientras ella le recorría el abdomen con la punta de los dedos.

Y luego sus labios.

Su lengua.

Bryan gimió y se dejó caer sobre el edredón. El pelo de Jenna le rozó la piel como una pluma, una pluma electrificada, porque cada terminación nerviosa se puso en alerta y, si no paraba pronto, él sería el que se retorcería debajo de *ella*.

Lo cual abría todo un abanico de posibilidades interesantes.

Pero primero quería disfrutar de ella. Volver a conocerla por completo. Descubrir qué la hacía gemir. Qué le provocaba mariposas en el estómago. Qué la hacía gritar su nombre.

Le ahuecó la cabeza e inclinó ese hermoso rostro hacia el suyo. —Jenna, ven aquí.

Ella se lamió los labios. —Pero, Bryan...

Él se incorporó —más o menos— y la besó, vertiendo en ese beso todo lo que sentía, todo lo que deseaba. Esta era Jenna. La madre de su hijo, la mujer que le había dado el mayor regalo que un ser humano puede darle a otro, y quería que este momento fuera sobre ellos. No solo sobre él, o solo sobre ella, ni ninguna combinación de los dos, sino sobre *ellos*. Se merecían esto, merecían estar juntos, redescubrirse el uno al otro.

La recostó sobre las almohadas y le apartó el pelo de la cara. Sus ojos eran tan azules. Tan hermosos, como un día claro de verano con el sol brillando; sentía toda esa calidez mientras ella lo miraba, nítida, honesta y sincera.

Y si eso no era un golpe en la zona del corazón, Bryan no sabía qué era.

La amaba.

Bryan dejó que la idea se asentara, calentando todo su cuerpo de una manera que no tenía nada que ver con cómo Jenna lo hacía sentir, pero que a la vez tenía todo que ver. La amaba.

—Jenna... —Se detuvo. No debía decírselo. No *podía*. Aún no. Era demasiado pronto. ¿O no? ¿Podría estar exagerando las cosas?

—Hazme el amor, Bryan. —Le deslizó la mano por el pelo y lo atrajo hacia ella, y sí, podía hacerlo de esta manera, *amarla* de esta manera. Dejar que su cuerpo dijera lo que él no podía.

Aún.

La besó de nuevo, vertiendo en el beso todo lo que sentía por ella. Le mordisqueó los labios por esa sonrisa juguetona que había tenido cuando no había atrapado el balón de fútbol americano que le lanzó el otro día. Le lamió los labios por el algodón de azúcar que se le había quedado pegado en la feria. Recorrió la comisura de sus labios por la sensación ardiente y deliciosa de su cuerpo moviéndose contra él, y se hundió adentro como el resto de él quería hacer, sintiéndola a su alrededor, recibiéndolo en su calor, rodeándolo con la propia esencia de todo lo que era Jenna.

Ella le arañó la espalda y le metió las manos bajo los pantalones, y de repente ambos llevaban demasiada ropa.

Se levantó de encima de ella, lo justo para que pudiera desabrocharle el botón y la cremallera de la cintura y él pudiera subirle la camisa por su abdomen liso y tonificado, revelando el sostén de encaje color durazno más sexi que había visto en su vida, con sus pezones provocándolo justo debajo.

Bajó el encaje y la probó. Dios mío, ¿cómo había podido olvidar esto? ¿Cómo pudo haber bebido suficiente cerveza como para borrar el dulce paraíso que era su cuerpo?

Hizo rodar ese pezón tenso sobre su lengua, lo succionó entre sus labios, llevándose el pecho a la boca, y se deleitó con su carne suave y deliciosa; la feminidad absoluta lo hacía temblar de necesidad.

Las palmas de ella encontraron su trasero y lo apretaron y, ¡Dios Santo!, sintió esa acción en su miembro, que ya estaba tan tenso y duro y se sacudía contra el muslo de ella, queriendo reclamarla. Queriendo estar enterrado dentro de ella y moverse... moverse para aliviar este dolor que amenazaba con salirse de control.

Se abrió paso a besos hasta el otro pecho, necesitando saber si sabía la mitad de bien que el primero, y, diablos, sí, así era. Jenna era una sensación para su paladar y no creía que pudiera cansarse de ella jamás.

Y entonces la mano de ella lo encontró.

Bryan contuvo el aliento; su tacto destruyó cualquier atisbo de compostura que quisiera mantener.

Su piel era como la seda, sus dedos se envolvieron a su alrededor y lo apretaron lo justo para hacerle hervir la sangre. Se meció al compás de su mano y, santo cielo, se sentía absolutamente increíble.

Su orgasmo se acumuló en sus testículos y no podía dejar de embestir. No podía dejar de mecerse al compás del dulce y apretado agarre que ella tenía sobre él, y si no podía moverse más rápido, moriría.

—Jenna —masculló su nombre, queriendo que ella hiciera... algo. No estaba seguro de qué, pero no podría seguir así por mucho más tiempo. Pero si se detenía, moriría.

Se detuvo.

Él, curiosamente, siguió respirando. Con respiraciones ásperas, entrecortadas, tensas, como si le faltara el aire, pero todavía le entraba aire, manteniéndolo vivo, torturándolo con el deseo de clavarse dentro de ella tan largo, tan fuerte, tan profundo y para siempre, que temblaba tratando de aferrarse a la cordura.

—Hay una caja. En el cajón de arriba. —Señaló con la cabeza la mesita de noche a su derecha.

Claro, la de la izquierda estaba más cerca.

Se arrastró hasta ella, abrió el cajón de un tirón y sacó una caja negra con un candado. —¿Qué es esto?

Jenna se la quitó y él se alegró muchísimo de ver cómo le temblaban los dedos mientras intentaba abrirla con una de las llaves más pequeñas que había visto en su vida.

—No quería que Trevor los viera —dijo ella, con toda su concentración puesta en esa diminuta llave.

Él rio por un breve segundo, pero fue suficiente para disipar parte de la tensión, lo bastante para permitirle estar semicoherente. —Buena idea.

—De vez en cuando tengo una que otra idea brillante.

—La cena fue una de ellas. Gracias.

Se le cayó la llave. Por suerte, estaba atada con una cinta. —Haber abierto esto antes habría sido una idea mejor —refunfuñó mientras por fin, gracias a Dios, deslizaba la llave en la cerradura.

La imagen casi lo hizo estallar.

Sí, era un bastardo cachondo, pero solo estaba cachondo por ella, y no era estar «cachondo» por el mero hecho de estarlo, sino un deseo por el bien de *ella*. Por el de él. Por el de ambos.

Un montón de condones se derramaron de la caja; cayeron sobre el pecho de ella, en la cama, detrás de su cuello, y Bryan agarró el más cercano, lo abrió con los dientes y se lo entregó. —¿Te encargas tú?

Ella volvió a morderse el labio, maldita sea. Bryan casi se corrió solo con esa imagen.

Luego se lamió los labios.

La fuerza de su brazo derecho se agotó y él cayó sobre la cama, girándose de modo que su espalda quedó contra ella, y su verga justo frente a Jenna, perfecta para ponerle el condón.

Lo cual ella hizo muy bien.

Demasiado bien. Él aspiró una enorme y temblorosa bocanada de aire cuando los dedos de ella rodearon su base.

Luego perdió el aliento cuando ella se inclinó y hundió la boca en su miembro.

—Jenna... —Las palabras se le ahogaron cuando sus dedos encontraron el cabello de ella. Tenía toda la intención de apartarla, pero entonces ella lo lamió y, oh, por Dios, no pudo hacerlo. No pudo hacer nada más que intentar respirar mientras la boca de ella y su lengua y sus labios y sus dedos —¡santo cielo, sus dedos!— lo golpeaban con una fuerza brutal, y Bryan supo —lo *supo*— que nada volvería a ser igual.

Jenna no podía creer lo que estaban haciendo. Lo que *ella* estaba haciendo. Bueno, sí podía, porque esto era lo que había querido hacer, pero ¿cómo había sucedido? ¿Cómo había pasado de cenar con sus madres a acostar a su hijo y terminar en su propio dormitorio, desnuda y sudando, con la boca envuelta alrededor de la verga de él?

Había querido estar envuelta alrededor de él, así era como había sucedido.

Bryan gimió su nombre y Jenna dejó de pensar. Ya se preocuparía por todas las consecuencias más tarde, pero en ese momento, tenía a Bryan en su cama, en su boca y...

En su corazón.

¿En su corazón? ¿Bryan estaba en su *corazón*?

Cerró los ojos y dejó que la sensación la inundara.

Sí, lo estaba.

—Jenna... Por favor. No más. No. Puedo. Más.

La súplica urgente de él la devolvió a lo que estaban haciendo. Ya tendría tiempo de sobra para examinar sus sentimientos, pero ahora mismo, estaba sintiendo esto. *Quería* sentir esto. *Necesitaba* hacerlo.

Y él también, incluso si la forma en que le sujetaba la cabeza decía que no estaba seguro de que quisiera que ella continuara. Pero él se esforzaba contra sus labios, en parte tirando y en parte empujando, adentro y afuera, el movimiento perfecto para el rumbo que esto estaba tomando, así que lo lamió.

No era lo mismo con un condón, pero necesitaban ese condón. Y tal vez algunos más, porque no creía que una sola vez fuera a ser suficiente esa noche.

—Cariño, por favor —gimió él—. Para. No quiero correrme así. No en nuestra primera vez. Quiero estar dentro de ti.

Ella no le recordó que, técnicamente, para él, esta no era la primera vez, pero no iba a arruinar el momento ni a traer el pasado a colación cuando no era *su* pasado.

Esta noche *era* su primera vez. Y con suerte, no la última.

Se apartó de él con un *pop* sonoro, sonriendo cuando él se desplomó en la cama con un gemido. —¿Seguro que quieres que pare?

Él giró la cabeza y le sonrió de lado; el lado de ese hoyuelo adorable. —Oh, estoy segurísimo de que no quiero que pares, pero estoy igualmente seguro de que tienes que hacerlo, porque si no, no vas a disfrutarlo.

—Ahí es donde te equivocas. Estoy disfrutando muchísimo en este momento. —Lo lamió de nuevo solo para demostrarlo; cada sabor, cada matiz era mucho más increíble por lo que acababa de descubrir.

Él gimió otra vez. —Ven aquí. Quiero verte. Quiero observarte. Quiero observarnos. Esta noche se trata de redescubrir. —Se incorporó y le tomó el rostro entre ambas manos, atrayéndola hacia él para un beso que la habría dejado sin aliento si hubiera llevado puesto algo que pudiera quitarle.

El beso invadió sus sentidos, envolviendo su corazón y atándolo con un lacito prolijo que no tenía nada que ver con lo que era su relación, pero que era lo que ella quería que fuera.

La empujó hacia atrás sobre la almohada, le deslizó los pantalones por las caderas, arrastrando sus bragas con ellos, y entonces él estaba allí, tocándola, acariciándola, tomándola con sus manos, presionando contra ella mientras crecía el deseo, ese que sentía entre las piernas. El que sentía en el pecho había estado creciendo desde el momento en que vio sus ojos y supo exactamente quién era él.

Pero no pensaría en eso ahora. Esto no se trataba de Trevor ni de Mindy ni de nadie ni de nada que no fuera lo que había entre ella y Bryan, porque *eso* era lo real. No podía fingirlo ni mentir al respecto, y él tampoco. Él sentía algo por ella en ese momento y *tenía* que ser independiente del hecho de que creía que habían concebido un hijo juntos, porque lo que ella sentía ciertamente lo era.

Los dedos de él aceleraron el ritmo y Jenna se movió contra ellos; el deseo crecía, exigiendo atención.

Ella hundió las manos en su cabello, amando la textura sedosa y el hecho de que le daba algo a lo que aferrarse mientras él dejaba un rastro de fuego sobre su piel y sus hormonas comenzaban a bailar como lo habían hecho en el club la otra noche.

Oh, Dios, esa era una imagen que no necesitaba. La de él bailando en aquel escenario...

Deslizó las manos por sus hombros, luego por el centro de su espalda donde los músculos se hundían hacia su columna, y siguió esa curva hasta su trasero, ese que él había agitado tan deliciosamente frente al público —y frente a ella— mientras bailaba. Lo abarcó con las manos, sonriendo cuando él gimió al sentir sus dedos acariciar su saco.

Así que lo hizo de nuevo.

—Sí, nena, así es. Tócame otra vez.

Lo hizo. Su recompensa fue que él hundió la lengua profundamente en su boca, y ella la succionó tal como lo había succionado a él.

Él gimió de nuevo y profundizó el beso, inclinando la cabeza de ella hacia un lado, sus dedos deslizándose entre sus pliegues, y de repente Jenna no podía distinguir qué estaba dónde ni quién estaba dónde; todo lo que sabía era que allí era donde se suponía que debía estar ella, allí donde se suponía que debía estar Bryan, y allí era donde se suponía que debían estar *ellos*, envueltos el uno en el otro, dentro del otro, y era tan perfecto que lloraría si pudiera tomar siquiera el más mínimo aliento, pero no podía, porque cada vez que lo intentaba, Bryan hacía algo maravilloso/excitante/novedoso/asombroso/espectacular y le robaba el aliento una y otra vez.

Él avivaba su cuerpo, acariciaba sus sentimientos. Acariciaba su corazón mientras le daba placer. Mientras susurraba palabras dulces y promesas contra su cuello, mientras le prometía cosas que ella había anhelado oír del hombre de su vida.

—Te deseo. —Te necesito. —Nunca te dejaré.

Sus palabras, su tacto, la mirada en esos hermosos ojos violetas... Cada sensación se arremolinaba a través de ella, elevándola en espiral hacia esa cima. Hacia ese instante brillante donde todo flotaba, el mundo entero a sus pies esperando a que lo reclamaran, el placer llenándola, rodeándola, tentándola con la promesa de lo que estaba por venir.

Y cuando él la hizo llegar al límite, embistiéndola con un ritmo que ella nunca olvidaría, su nombre convertido en una letanía en sus labios, con la fuerza de sus brazos y la forma en que la sujetaba, Jenna lo supo... Estaba enamorada de Bryan Lassiter.

Capítulo Treinta Y Dos

—Estás bien jodido.

Bryan tomó su café. Eso no era lo primero que había esperado oír en esta, la mañana más perfecta después de la noche más perfecta que siguió a la cena más perfecta que había tenido en toda su vida.

Pero, bueno, dado que era Gage quien lo decía, Bryan no debería sorprenderse. A su amigo de toda la vida le encantaba joderlo, aunque, ¿en serio? Ya que Gage había pasado por ese mismo viaje salvaje hacía un año, el tipo debería ser un poco más comprensivo.

—Estás enamorado de ella.

Nada. Cero comprensión. De hecho, si Bryan tuviera que adivinar, diría que Gage estaba disfrutando el momento.

Como sea. No se iba a molestar en responderle.

Claro que, con la estúpida sonrisa que tenía plantada en la cara, no hacía falta. Y, además, si iba a admitir que la amaba, ¿no debería ser la mujer de la que estaba enamorado la primera persona en oírlo?

Estuvo a punto de hacerlo en la madrugada, con ella en sus brazos mientras le acariciaba el dorso de la mano y él jugaba con su cabello en la dulce calma que siguió al... ¿sexto? round de hacer el amor.

El momento había sido perfecto para eso, pero no quería caer en ese cliché. Ya era bastante malo que hubieran traído a Trevor al mundo en uno; quería hacer las cosas bien. Quería que tuvieran una historia que estuvieran orgullosos de contarles a sus familias y nietos algún día, no una noche de borrachera que ninguno de los dos pudiera recordar, o un gran momento de pasión que le hubiera arrancado las palabras del alma.

—¿Hay alguna posibilidad de que bajes de las nubes el tiempo suficiente para tener una conversación de negocios seria, o ya estás frito por el resto del día? —Gage tamborileó sobre su escritorio con la goma de borrar del lápiz.

Bryan levantó la vista de la taza de café, sin estar seguro de si le había echado crema o no.

Espera. ¿Le ponía crema a su café?

No lo sabía. No le importaba.

Lo cual no era un buen augurio para la conversación que Gage quería tener.

—Sí, claro, estoy bien. —Estaba muchísimo mejor que *bien*, pero tampoco iba a compartir eso con Gage. Tomó un sorbo de su café. Sí, tomaba crema y no, no le había echado a esta taza.

—Bueno, te *ves* bien. Como si alguien te hubiera atendido bien y a fondo y, oye, amigo, me alegro por ti. —Gage tamborileó el lápiz un poco más, un hábito molesto garantizado para sacarlo de quicio, y lo logró. A Gage le encantaba provocarlo—. ¿Así que para cuándo es la boda?

Bryan casi se ahogó con el café. Oh, su amigo estaba de un *humor* particular hoy. —¿Qué te hace pensar que va a haber una boda?

—La experiencia. —Gage se recostó y puso los pies sobre el escritorio. Tenía una sonrisa tonta en la cara y llevaba puestas las botas de vaquero del disfraz que solo usaba en las raras ocasiones en que los llamaban para bailar.

Mmm... Si Gage se había puesto las botas para ir a trabajar hoy, eso significaba que se las tuvo que haber llevado a casa anoche, y la única razón para que Gage hiciera eso sería para...

Era el turno de Bryan de sonreír con suficiencia. Gage le había bailado a Lara con ese disfraz en al menos dos ocasiones que Bryan supiera, aunque no quería saber de ninguna otra vez que *no* supiera.

Pero sí, Gage sabía de lo que hablaba cuando se trataba de bodas, mujeres y sonrisas tontas.

—No creo que esto constituya una conversación de negocios, Gage. — Bryan se sentó en la esquina del aparador en lugar de en la silla frente a su socio. Al menos, aquí, tenía la ventaja de la altura. La sonrisa burlona de Gage ya era bastante difícil de soportar desde aquí, como para encima sentirse menospreciado en esa silla baja frente a él.

—Está bien. Como quieras. —Gage dejó escapar un gran suspiro de resignación y sufrimiento y volvió a golpetear el lápiz sobre el secante—. Necesito que me cubras esta noche.

—No puedo. Le prometí a Jenna que cuidaría a Trevor.

—Mierda. —Gage arrojó su lápiz contra la pared.

—Vaya. ¿Qué pasa?

—Es Connor. Le prometí que lo llevaría a un partido y los boletos acaban de salir disponibles. Justo detrás del plato de *home* con un pase a los vestuarios de uno de los chicos de la prensa cuya esposa entró en trabajo de parto. Ya le dije a Connor que lo llevaría. —Puso los pies en el suelo y se pellizcó el puente de la nariz—. Bueno, qué más da. Le diré a Tanner que cierre.

—Excepto que Tanner no está aquí. —Bryan dejó el café, el resplandor de su noche se desvanecía ante el dolor de cabeza que estaba por venir. A veces, tener un negocio propio no era la gran cosa, porque, al final del día, la responsabilidad recaía en él; a veces, literalmente.

—¿Sigue enfermo?

—No. Se fue a quién sabe dónde, sin avisar. Otra vez.

—¿Qué le pasa? Ha estado haciendo eso mucho últimamente y no dice ni una maldita palabra sobre a dónde va.

Bryan se encogió de hombros; un gesto más de frustración que de indiferencia. Las ausencias de Tanner se estaban convirtiendo tanto en un hábito como en un problema. —Es su prerrogativa, pero sí, es raro.

—Darryl, entonces.

—Tiene la noche libre. Está fuera de la ciudad.

—Mierda. Necesitamos un gerente. ¿Estás seguro de que Jenna no necesita el trabajo de noche?

—No quiero que trabaje aquí.

—Sin embargo, la hiciste *bailar* aquí.

No necesitaba el recordatorio. Uno, no le hacía ningún bien a su compostura recordar cómo se veía ella bajo esas luces, y dos, no le hacía ningún bien a sus *celos* recordar que otros hombres la habían visto en ese escenario bajo esas luces, y no mucho más. —Sí, bueno, eso fue antes.

—¿*Antes*? ¿O no debería preguntar?

—No debería hacer falta.

—Ah, claro. —Gage tosió, tragándose la risa por la que Bryan tendría que darle un puñetazo si la dejaba salir—. Entonces, supongo que no hay forma de que le pidas que te deje cuidar al niño otro día, ¿verdad?

Bryan negó con la cabeza. —Su amiga la llamó esta mañana con un plan de última hora para ir a un spa. Jenna no ha tenido un día libre sin Trevor desde que nació, así que le dije que estaría más que feliz de cuidarlo. Ya se fue y no volverán hasta tarde en la noche. Él está en un campamento de día con el hijo de su amiga hasta las once. Después de eso, me toca a mí el deber de padre. —Y estaba muy contento de hacerlo, además. Tendría un día entero y la cena con su hijo. Probablemente estaba más emocionado que Trevor al respecto.

Gage suspiró. —Se lo pediría a Lara, pero está hasta el cuello con los preparativos para la boda de un cliente este fin de semana. ¿Y tu mamá? ¿Lo cuidaría?

Era una opción, pero... —No sé a la hora del cierre. Mi mamá ya no es tan joven como antes.

—Entonces acuéstalo arriba. Usa la entrada de atrás para que no vea nada del club. Subiré corriendo para asegurarme de que sea apto para niños y les diré a todos que está prohibido el paso esta noche. Incluso tengo un monitor de bebé allá arriba para las pocas veces que Connor ha estado aquí, para que pudiera mantenerse en contacto conmigo. —Se frotó la frente—. No te lo pediría si no fuera importante, Bry. Connor ha estado esperando un partido todo el verano desde que esa última cirugía resultó no ser la última.

Connor había sido víctima de un atropello y fuga hacía más de un año y todavía se estaba recuperando de las extensas cirugías necesarias para que el niño de siete años volviera a ser el mismo de antes. Y Gage había sacrificado tanto para ayudar con las cuentas, casi incluso a Lara. Bryan no podía negarles este partido a ninguno de los dos.

—Yo lo resuelvo, Gage. Ve tú.

—¿En serio? —Gage se puso de pie y le tendió la mano—. Gracias, amigo. Te debo una.

Bryan se la estrechó. —No, no me debes nada. Harías lo mismo por mí si la situación fuera al revés.

Bueno, qué más da. Al menos tendría unas horas con Trev, y a su mamá le encantaría.

Capítulo Treinta Y Tres

—Tienes que decírselo, Jenna.

Las palabras de Cathy salieron ininteligibles a través de la mascarilla de algas que se endurecía en su rostro mientras miraban el hermoso cielo sobre ellas. Jenna no estaba del todo convencida de que los masajes y tratamientos faciales semidesnuda al aire libre fueran la mejor técnica de relajación —dado que había estado desnuda hacía menos de cinco horas con Bryan—, pero todo era parte de la experiencia de spa que, según Cathy, ella necesitaba.

Sin embargo, no necesitaba sacar a relucir lo único que la asustaba más que las agujas de acupuntura que seguían en el programa.

—No puedo, Cath. Lo sabes. ¿Y no eras tú la que me decía que mintiera? ¿Que tomara su dinero y me acostara con él?

—Y mira qué bien me hiciste caso. Igual te acostaste con él, pero sin dinero. —Cathy extendió la mano por el pequeño espacio que dividía sus camillas de masaje y le apretó la mano—. Mira, me equivoqué, ¿de acuerdo? Tienes que sincerarte. Si anoche fue tan maravilloso como dijiste, y a juzgar por el brillo que no has dejado de irradiar, supongo que fue incluso mejor, no querrás empezar su vida juntos con una mentira. Él lo entenderá. Todos lo harán. Claro que no quieres perder a Trevor, pero si aceptas la propuesta de Bryan, no tendrás por qué.

Tenía sentido, y era lo justo, pero, diablos, Jenna conocía de primera mano el dolor de que un padre te abandone. No es que ella se fuera a ir, pero si Bryan alguna vez quisiera insistir en el asunto, Trevor podría terminar sin ella. No podía arriesgar la vida de él, su estabilidad, por sus propios motivos egoístas.

—Lo pensaré. —No era una mentira; no había hecho *otra cosa que* pensar en ello en toda la noche. Bueno, en eso y en hacerle el amor a Bryan.

La sonrisa tonta que no dejaba de aparecer en toda la mañana agrietó la mascarilla en su rostro. La técnica se acercó deprisa, regañándola en voz baja como a una niña mientras ponía un poco más de alga en las comisuras de su boca.

—No hable —susurró la mujer.

Ojalá se lo dijera a Cathy.

—Es que creo que cuanto más dejes pasar esto, más difícil será sincerarte después. De todos modos, pensabas decírselo a Trevor cuando fuera mayor, así que Bryan se enterará con el tiempo. ¿Por qué no te arrancas la curita de una vez y se lo dices? Acaba con esto. Entonces podrán empezar una vida juntos de verdad. Sin secretos, sin mentiras, sin dobles intenciones entre ustedes. Él se lo merece, y tú también, Jenna. No todos los hombres son como tu papá. No todo el mundo te va a abandonar. Dale una oportunidad a Bryan. Diablos, tuvo la oportunidad perfecta para huir —los papás de bebés no son conocidos por quedarse—, pero el tuyo sí lo ha hecho. Y quiere hacer *más* que solo quedarse.

—No lo sabemos con seguridad. No ha dicho nada.

—¿Retiró su propuesta?

—Bueno, no, pero...

—Exacto. Y además pasó la noche contigo *y* está cuidando a tu hijo. En serio, Jen, amarra a ese hombre. Puede que nunca aparezca otro como él.

Ella lo sabía. También sabía que, si no tuviera la mentira pendiendo sobre su cabeza, ya lo habría atrapado. Amaba a Bryan. Era tan claro y tan simple y tan trascendental y profundo como eso. Amaba a Bryan. Tres palabras, un cúmulo de emociones y planes y un probable desastre en cada una.

La pedicurista le frotó un poco de aceite en los pies, trabajando los músculos. La reflexología tenía mucho a su favor mientras Jenna intentaba reprimir un gemido de placer.

Bryan había provocado la misma reacción la noche anterior, y no había sido solo física. Le había tocado el corazón. El alma. Ese lugar especial dentro de ella donde guardaba bajo llave sus deseos, sueños y esperanzas. Él había forzado esa cerradura con la misma facilidad —no, con más facilidad— con la que ella había abierto el envase de condones.

Sonrió al recordar cuántos de esos condones habían usado. Probablemente debería comprar otra caja de camino a casa.

Casa. Por primera vez, esa palabra significaba algo porque Bryan iba a estar allí, esperándola con su hijo, cuando regresara.

—Solo me preocupa que si no se lo dices ahora y se entera por su cuenta, se va a sentir aún más herido. Tenías una razón para no decir nada antes de que apareciera. Pero ahora que lo ha hecho y te ha propuesto matrimonio, no tienes defensa cuando esto salga a la luz.

—No estoy haciendo esto por mí, Cath. Lo hago por Trevor. Pase lo que pase, estoy dispuesta a afrontarlo para que Bryan no descubra la verdad e intente quitarme a mi hijo.

—Dale un poco de crédito al tipo. ¿Cuánto más necesita demostrarte, Jen? Está aquí, quiere estar aquí, no piensa ir a ningún lado, cuida niños, sabe lanzar una pelota —y se ve increíblemente bien haciéndolo— y te quiere a ti. Arriésgate, Jen. Por el bien de todos ustedes.

Las palabras de Cathy la acompañaron todo el día. Meditar durante sus masajes, tratamientos faciales y pedicura había asegurado que no tuviera nada más *en qué* pensar en todo el día. Se había vuelto un poco vergonzoso cuando la estaban envolviendo en algas. Los pezones erectos no eran fáciles de disimular.

No ayudó que Cathy siguiera hablando de ello durante todo el camino a casa. Incluso había solicitado el consejo de otros huéspedes durante la cena. Para un día que se suponía que debía ser tan relajante y alejarla de su vida cotidiana, solo había aumentado su estrés.

—Gracias por el día, Cath. De verdad lo aprecio. —Cathy había tenido buenas intenciones y Jenna apreciaba su buena voluntad y su genuina preocupación, pero decírselo a Bryan…

Simplemente no lo sabía.

Saludó con la mano mientras Cathy se alejaba en su auto. Sin embargo, más le valía decidirse pronto, porque con lo cercanos que habían estado la noche anterior, temía que él fuera a poder leerla como un libro abierto y saber que algo le preocupaba.

Jenna respiró hondo y se preparó mentalmente para volver a verlo. Para ocultar su agitación interna y poner buena cara hasta que pudiera decidir qué iba a hacer.

Excepto que, cuando se dio la vuelta, el auto de Bryan ya no estaba.

Capítulo Treinta Y Cuatro

Se había llevado a Trevor.

Jenna sabía que era una idea ridícula. Bryan no había secuestrado a Trevor. Probablemente solo se lo había llevado a visitar a su mamá, o al cine, o por un helado…

Solo que era más de medianoche y no había ninguna nota ni llamada.

¿El hospital?

Ay, Dios, no. La última vez que había hablado con él, estaban en un partido de teeball viendo jugar a uno de sus amigos. Había habido muchos ánimos, un montón de "te amo, mami" y Bryan le había dicho que disfrutara su día. ¿Había pasado algo en el partido? ¿A Trevor lo habían golpeado en la cabeza con una pelota? ¿Un bate? ¿Se había caído de las gradas?

Sacó su celular. Quizás se había perdido su llamada…, pero el aparato estaba muerto. Genial. Justo el peor momento para que se le acabara la batería.

Corrió de vuelta a su habitación por el cargador, pasando por el cuarto de Trev en el camino.

El señor Mono no estaba. Sin embargo, Trevor no se lo habría llevado al partido, así que eso solo aumentaba las probabilidades de un viaje al hospital. El oso de peluche azul tampoco estaba. Ni los dinosaurios ni los bloques de construcción. El pobre Rocco estaba completamente solo en el estante.

Jenna *no* quería sentirse identificada con un pez.

¿A dónde podría habérselo llevado Bryan?

Enchufó su celular, contando los interminables segundos hasta que el aparato se encendió, y luego marcó su número.

Saltó su buzón de voz.

—Bryan, soy yo. ¿Dónde estás? ¿Dónde está Trevor? ¿Está todo bien? —No logró evitar que el pánico se colara en su voz.

Luego, llamó a su madre.

Una adormilada señora Lassiter respondió. —¿Hola?

—Señora Lassiter, digo, Tabitha, soy Jenna. Lamento llamar tan tarde, pero ¿está Bryan allí por casualidad?

—¿Bryan? Oh, no. Está en el club.

¿El *club*? ¿Qué hacía en el club cuando se suponía que estaba cuidando a su hijo?

—¿Está..., eh..., está Trevor con usted?

—Oh, no, querida. Lo dejé con Bryan.

¿Dejó a un niño de tres años en un club de estriptis?

Jenna colgó el teléfono a toda prisa. Subió a su auto a toda prisa. Manejó hacia el club a toda prisa.

Bueno, sí, al parecer, podía. Al menos lo suficientemente rápido para que Sarge la viera y la detuviera.

—Lo siento, Jenna, pero tengo que ponerte una multa. Te registramos a cincuenta y cinco en una zona de treinta y cinco millas por hora. —Se rascó la frente—. Que me caigas bien no significa que pueda hacer una excepción. Lo sabes.

Lo sabía. Había ignorado suficientes reglas en su vida para saber que algún día le pasarían factura.

—Y quizás quieras dejar ese teléfono. —Señaló con la cabeza el aparato en su regazo. Había estado recibiendo el buzón de voz de Bryan durante todo el trayecto—. Si te hubiera visto usándolo, sería otra multa, ya que es ilegal hablar por teléfono mientras manejas, a menos que sea con manos libres.

No lo era y él lo sabía. Tenía la sensación de que él también sabía que lo había estado usando todo el camino. Él no sabría por qué, y la verdad, no creía que fuera buena idea decirle que había dejado que Bryan, el padre de su hijo, el que la había acusado de prostitución y ahora tenía a su hijo en un club de estriptis, cuidara de Trevor, y que prácticamente lo había secuestrado sin decirle a dónde iba. Sarge quería demasiado a Trevor como para preocuparlo o enfadarlo como ella lo estaba.

Le dio las gracias —lo cual no tenía sentido, dado que la detención le iba a costar ciento cincuenta dólares— y respetó el límite de velocidad el resto del camino hasta BeefCake, Inc.

Dios santo, Bryan tenía a su hijo en un club de *estriptis*. Trevor iba a quedar traumado de por vida.

Estacionó el auto junto al de Bryan. Estaban aquí, gracias a Dios.

Corrió hacia la puerta principal.

Estaba cerrada con llave.

¿Cerrada?

Volvió a marcar el número de Bryan.

No respondió *de nuevo*.

¿Qué diablos le pasaba?

Corrió hacia la parte de atrás, intentando mirar a través de las ventanas esmeriladas que impedían que la gente viera el espectáculo gratis, pero ni siquiera podía ver una luz encendida dentro.

¿Dónde *estaba*?

Corrió hacia la entrada trasera. Si eso no funcionaba, tomaría la escalera de incendios hasta el apartamento e intentaría entrar por allí.

Por suerte, la puerta trasera estaba sin llave.

Una luz de una de las habitaciones del pasillo trasero lo iluminaba lo suficiente para que pudiera ver y se dirigió hacia allá.

El Dominio de Bryan estaba en una placa junto a la puerta. Se asomó. Un escritorio cubierto de papeles, un sofá cubierto de disfraces, más disfraces colgando de percheros en la pared —incluido su vestido de Marilyn Monroe —, un monitor de computadora con un salvapantallas giratorio, pero ni rastro de Bryan.

Caminó hacia el camerino que había compartido con las otras bailarinas. Oscuro.

La cocina también estaba a oscuras, así que Jenna se dirigió a la entrada del escenario que daba al club.

Unas luces tenues le iluminaron el camino mientras subía las escaleras tras bambalinas, como cuando había bailado la otra noche, y un suave resplandor más allá del telón le dio la esperanza de que hubiera alguien allí. Una parte de ella quería que fueran Bryan y Trevor, y la otra quería creer que él nunca traería a su hijo allí.

Y entonces empezó la música, suave, baja, seductora... ¿De verdad Bryan estaba dejando que su hijo escuchara esto? Sonaba como sexo líquido.

Respiró hondo, no queriendo armarle un escándalo a Bryan delante de Trevor, y cruzó el escenario para buscar la abertura en el centro del telón.

—¿Quién anda ahí? —La voz de Bryan cortó la sensual melodía.

Jenna encontró la abertura. —Soy yo —dijo, justo cuando las luces del escenario se encendieron, cegándola.

—¿Jenna? —Bryan saltó al escenario—. ¿Qué haces aquí?

Levantó una mano para protegerse los ojos de las luces. Había olvidado lo brillantes que eran. —¿Dónde está Trevor? Llegué a casa y no había nadie. Tu mamá dijo que estabas aquí. —Miró a su alrededor, pero no podía ver nada más allá de las luces—. ¿Dónde está?

—Arriba. ¿No recibiste mi mensaje de voz?

—Mi teléfono se murió y lo he estado revisando durante todo el camino hasta aquí. No hay ningún mensaje de voz.

—No debe haberse transferido con la batería muerta. Te llamé hace más de cinco horas para avisarte que estaría aquí.

—¿*Por qué* está aquí? ¿Qué podría hacerte traerlo a un club de estriptis?

—Surgió algo y tuve que cerrar esta noche por Gage, así que pensé en acostar a Trev aquí en lugar de tener que despertarlo en casa de mi mamá a media noche para llevarlo a casa. Planeaba quedarme con él arriba y llevarlo a casa por la mañana. Eso está bien, ¿no?

Mientras hablaban, las manos de Bryan la recorrían. Primero sus hombros, luego apartándole un poco de pelo de la cara; incluso le protegió los ojos de las luces, acercándose con cada movimiento, sus ojos estudiándola, sus dedos trazando sus rasgos y atrayéndola más cerca, su cuerpo —y ahora el de ella— meciéndose al ritmo de la música suave.

Le costaba concentrarse. —¿Está aquí? ¿Dormido?

Bryan se acercó un paso más. —Sí. Arriba. Profundamente dormido. Con el señor Mono y el oso azul.

—Bryan.

—¿Qué? —recorrió su brazo con la punta de los dedos.

—Quiero decir, el oso se llama Bryan.

—Qué oso tan afortunado. —Las yemas de sus dedos se curvaron sobre su hombro y luego se dirigieron hacia el sur, dejando un rastro de fuego a su paso.

—Arrogante. —Con justa razón. El hombre podía prenderla como nadie más.

—Quise decir que *ese* Bryan tiene con quién dormir. —Dio otro paso más cerca hasta que no hubo más pasos que dar—. Espero que *este* Bryan tenga la misma suerte.

Y entonces la estaba besando.

Justo ahí, bajo las luces, en el escenario, bailando como una pareja, sus cuerpos en perfecto ritmo, conociendo instintivamente los movimientos del otro.

Tal como lo habían hecho la noche anterior.

—Mmm, qué bien hueles —susurró mientras acariciaba su cuello con la cara—. Te extrañé.

—Yo también te extrañé. —No podía no decirlo cuando él estaba haciendo cosas tan deliciosas a sus terminaciones nerviosas, ya que era verdad.

—¿Te divertiste?

No tanto como esto... —Estuvo bien.

Sus labios le enviaban escalofríos por todo el cuerpo con solo rozarle el lóbulo de la oreja.

—*Tú* estás bien. —Atrapó el lóbulo de su oreja entre los dientes.

Jenna se estremeció, chispas recorriendo su cuerpo. Esto era mucho más que *bien*. Era sexi y sensual y la estaba volviendo loca. La noche anterior no había sido suficiente. Nunca tendría suficiente de Bryan.

Lo rodeó con los brazos y se aferró a él con fuerza, deslizándose contra su cuerpo al ritmo de la música, recordando lo que había sido estar ahí, en ese escenario, bajo las luces calientes, con la música infundiendo en su cuerpo una sensualidad que no sabía que poseía y la sintió de nuevo.

Él la agarró por las caderas y la apretó contra sí, la música afectándolo —físicamente— tanto como a ella.

Le besó los labios, succionándolos como había hecho con su pecho la noche anterior, y Jenna gimió. Lo deseaba.

—Te deseo —gruñó él contra sus labios, atrayendo sus caderas aún más cerca como si cupiera alguna duda de cuánto la deseaba.

Deslizó las manos por debajo de la camisa de ella; sus dedos dejaban un rastro de calor por donde pasaban. Le abarcó los senos, sus pulgares acariciándole los pezones, y Jenna se deleitó con la sensación—. Sí, Bryan, tócame.

Gracias a Dios que estaban solos ahí, en el escenario, bajo esas luces, en ese club, porque Jenna no sabía si podría detenerse. Era la sensación más dulce imaginable, tan ardiente y embriagadora, ser deseada por Bryan. Anhelada por él. Él le recorrió los costados con las manos, siguiendo la curva de su cintura, y se curvaron sobre sus caderas para abarcarle el trasero, y ella jadeó en la boca de él mientras la besaba, apasionado y con la boca abierta, su pelvis restregándose contra la de ella.

—Aquí, Jenna —gruñó—. Te quiero aquí.

—¿Aquí? —jadeó ella cuando los labios de él dejaron los suyos para deslizarse por su cuello y sobre su clavícula, mientras le desabotonaba la camisa.

Y entonces él separó las solapas de la camisa y la besó entre sus pechos, desabrochándole el sujetador con los dientes.

Con los *dientes*.

Ahí fue cuando sus rodillas cedieron. Por suerte, él la sujetó, pero solo lo suficiente para bajarla al suelo del escenario.

—Aquí —se tumbó sobre ella, apoyando su peso en los codos, con sus muslos alrededor de los de ella, y a Jenna no le importaba dónde estuvieran, siempre y cuando él no la dejara.

—Sí, Bryan.

Era todo lo que él había estado esperando oír.

Bryan no habría creído que pudiera desearla tanto. Habría pensado que nada podría superar lo de anoche, pero ahora, esta noche, esto, sí lo hacía. La deseaba con una ferocidad que casi lo asustaba. Ella era suya. Ese niñito de arriba era suyo. Eran suyos. Esta familia era *suya*.

Le descubrió los pechos. Era tan bonita. Tan firmes y provocadores y esperando solo por él.

Así que tomó. Tomó un dulce y perfecto pecho en su boca y saboreó la esencia de Jenna. Algún otro aroma, floral o afrutado, se mezclaba allí, pero nada podría jamás ocultarle quién era ella.

Ella se arqueó contra él, su pelvis golpeándolo justo donde él quería, pero era demasiado pronto. Tenían toda la noche; no habría nadie en el club y él no quería perder el tiempo yendo a otro lugar.

Gracias a Dios, había tenido la previsión de guardar algunos condones en el bolsillo.

—Te deseo, Bryan —susurró Jenna cuando él pasó al otro pecho.

Él levantó la vista, apoyando la barbilla en esa dulce carne—. No puedes desearme ni de cerca tanto como yo te deseo a ti, Jenna. Siento que te he estado esperando toda mi vida —sí, se expuso por completo con ese comentario, pero sus sentimientos ya estaban ahí y si no se lo decía, si no se arriesgaba, nunca lo sabría.

—Pero sí te deseo, Bryan —le pasó una mano por el pelo y luego le delineó los labios con los dedos.

Él se los besó.

—Te deseo tantísimo. Hazme el amor —susurró, con la voz tan temblorosa como él se sentía.

—Será un placer —y lo sería.

Y así lo hizo.

Adoró cada centímetro de su cuerpo allí, en ese escenario, bajo las luces que no les ocultaban nada al uno del otro, los cuerpos desnudos el uno para el otro, los ojos abiertos, las almas…

Almas compartidas mientras cada movimiento, cada caricia, estaba cargada de significado. Cada roce, tan personal y tan necesario.

Pasó la palma de la mano por el vientre donde ella había llevado a su hijo. No tenía ni una estría, aunque no habría importado si hubiera tenido miles. Él besaría todas y cada una de ellas y estaría agradecido por todo lo que representaban.

El hueco cóncavo de sus caderas tampoco mostraba ninguna señal de su embarazo, pero, claro, su madre era esbelta. Buenos genes. Y buenos *jeans* también. Sonrió mientras le besaba el ombligo. Jenna se veía bien con todo y con nada.

Besó más abajo, amando la sensación, el aroma y el sabor de ella en su boca. Amaba verla alcanzar la cima, sus piernas aferrándose a él, amaba verla mecerse contra él mientras las sensaciones la abrumaban, y amaba esa suave sonrisa cuando la besaba al final, esa suave y dulce sonrisa que decía que le había dado placer.

Agarró un condón de sus pantalones tirados en el suelo, se lo puso y luego se tumbó a su lado en el escenario, sintiendo cómo el cuerpo de ella se recuperaba del viaje al que acababa de llevarla, y quiso más. Nunca se cansaría de Jenna—. Deberíamos subir. No puedo hacerte lo que quiero sin lastimarte la espalda en este piso.

—¿Y qué es lo que quieres hacerme? —se volteó y le mordisqueó la mandíbula.

—Ah, Jen... Tantas cosas, cariño. Quiero estar dentro de ti tan profundo y por tanto tiempo que nunca recuerdes cómo era sin mí ahí. Que nunca quieras *saber* cómo es. Te quiero a ti, nena. Para siempre.

Una lágrima se deslizó por el rabillo de su ojo.

Mierda. Demasiado, demasiado pronto.

Se la secó—. Oye, sin presiones. Por favor, no llores. Esperaré. Te lo dije, no me iré a ninguna parte.

—No es eso... —negó con la cabeza y se mordió el labio.

Entonces le sujetó el rostro y lo besó. Con fuerza. Exigente. Enérgicamente.

Y luego se giró para ponerse encima de él, levantó las caderas y lo acogió dentro de su cuerpo.

Era el paraíso. Había muerto e ido directamente al cielo sin tener idea de qué había hecho para merecer tal recompensa, pero cuando ella se movió sobre él, no le importó. Agarró esas caderas flexibles, la sostuvo sobre él y se hundió en ella.

—Eso es, Bryan, tómame —tenía las manos en el suelo junto a la cabeza de él, sus dedos atrapando parte de su pelo y él no podía mover la cabeza.

No es que lo necesitara. La hizo subir y bajar sobre él, el calor húmedo y resbaladizo de su cuerpo impulsándolo, adentro y afuera, una y otra vez, como si estuviera buscando desesperadamente algo que solo ella podía darle.

Ella se arqueó contra él, sus pechos justo frente a él y Bryan liberó su cabello de los dedos de ella mientras se impulsaba hacia adelante, tomando un dulce pecho en su boca, succionándolo mientras la hacía descender sobre él.

Luego, de alguna manera, estaban sentados y ella estaba de rodillas, tomándolo hasta el fondo, sus muslos acariciando sus costados mientras se movía sobre él, volviéndolo loco de necesidad, anhelo y deseo, las sensaciones enroscándose en sus testículos y amenazando con dispararse hacia ella como un cohete.

—Córrete para mí, Bryan —le jadeó al oído mientras le pasaba la lengua alrededor.

Bryan deslizó una mano entre ellos, encontrando ese apretado bulto de nervios que la llevaría al límite. Si él iba a correrse, la quería con él.

Jenna se echó hacia atrás cuando él la tocó, sus pechos todavía a distancia de un beso, pero sus ojos... lo estaba mirando con esos hermosos ojos azules y Bryan, muy lentamente, se inclinó para tomarle el pezón en la boca.

Le lamió la punta suavemente, al compás del movimiento que estaba haciendo entre sus piernas.

—Oh, Dios mío —respiró ella, sus labios húmedos entreabriéndose, y fue la vista más hermosa que él había visto jamás.

—¿Te gusta así?

No pudo responder. Se mordió el labio y asintió, y sus músculos internos lo apretaron.

Bryan aspiró una bocanada de aire entrecortada. Dios, sí, eso se sentía tan jodidamente bien.

Lo hizo de nuevo.

Ella también.

Y otra vez. Y otra vez.

Hasta que pronto, no hubo pensamiento consciente, no hubo que esperar su reacción, sino que ambos reaccionaban. Ambos deseaban.

Jenna acunó su cabeza mientras él le chupaba el pecho y ella apretó sus músculos alrededor de él mientras se deslizaba hacia abajo, luego los apretó de nuevo al deslizarse hacia arriba, liberándolo todo menos la punta antes de volver a bajar, y el ritmo seguía aumentando, sus gritos de placer haciéndose más fuertes, el sonido de su carne chocando más rápido, y Bryan sintió que el final comenzaba. Lo sintió enroscarse dentro de él hasta que no pudo contenerlo más, y extendió la mano en la parte baja de la espalda de ella, haciéndola moverse sobre él, moliéndola contra él, su otra mano trabajando entre ellos para llevarla al mismo punto, y entonces, de repente, llegaron *ahí*.

Jenna gritó su nombre y se aferró a él mientras las olas de pasión la recorrían en espasmos, ordeñando esa misma pasión de él, y en un torrente cegador, Bryan sintió todo ese deseo, todo ese anhelo y necesidad y todo lo que había en él por ella derramarse en ella —metafóricamente, gracias al condón— y gritó su nombre. La reclamó.

Era suya. Final y completamente, tan seguro como sabía que estaban juntos en ese escenario, sabía que ella era suya.

Y entonces el condón se rompió.

Capítulo Treinta Y Cinco

Jenna nunca se había movido tan rápido en su vida. Un minuto, el éxtasis del orgasmo; y al siguiente, la aplastante realidad de sus muslos goteando con el semen de Bryan.

—Dios mío, Dios mío, Dios mío. —Agarró sus pantalones..., su ropa interior..., lo que fuera..., y trató de limpiarse.

El problema no es que esté en tus piernas, Jenna.

Sí, se daba cuenta de eso, muchas gracias, pero a menos que usara una perilla de goma, no había nada que pudiera hacer...

Jenna se dejó caer en el escenario, las piernas le fallaron ante esa revelación. Solo hacía falta uno. Un diminuto y fuerte nadador y su vida cambiaría para siempre.

—Jenna.

Aunque ya lo había hecho.

Miró a Bryan. Él estaba sentado allí, girado sobre su cadera, con una mano apoyándolo y la otra descansando sobre la rodilla que había levantado en todo su esplendor desnudo. Y era glorioso. Excepto por los restos del condón en su...

—¿Qué vamos a hacer?

—Todo va a estar bien, Jenna. —Le tomó la mano.

—¿Bien? Bryan, por si no te has dado cuenta... —Señaló su entrepierna—.

Estás bateando cero de dos en cuanto a condones se refiere. ¿Cómo puede estar bien eso?

Él bajó la mirada y le soltó la mano para quitarse la estadística del tres por ciento de la que ella nunca había querido ver pruebas.

Pero para eso, ella ya tenía la prueba, ¿no? Estaba *criando* esa prueba. Arropándolo en la cama por la noche.

Bryan se sentó entonces, con las piernas cruzadas, y agarró su camiseta para echársela sobre la entrepierna. —Sé que no es lo ideal, pero si sucede, no tengo problema con ello, Jenna. Me voy a quedar y querré a un nuevo bebé tanto como ya quiero a Trevor. —Le tomó la mano—. No tendrás que pasar por esto sola esta vez.

Oh, Dios, un bebé con Bryan. Era todo lo que Jenna podría desear y su peor pesadilla, todo en uno. No podría mantener la farsa durante un embarazo real. No podría fingir que ya había pasado por eso cuando él querría ir a cada cita con el médico, a cada ecografía, a cada clase de Lamaze y al parto.

Él se daría cuenta.

Demasiado tarde, corazón, se burló su conciencia.

No, no lo era. Podía correr a la farmacia de guardia más cercana y conseguir la pastilla del día después...

Pero no lo haría.

Llevó una mano a su abdomen. Si *habían* creado un hijo, no se desharía de él. Y no porque fuera de Bryan, sino porque sería *suyo*. Este sería el que *ella* decidiría conservar. Nadie más. Ni su madre, ni Bryan, ni un estúpido conductor borracho que nunca debería haber estado al volante, arruinando y acabando con la vida de otras personas. Este hijo sería *suyo*.

—¿Jenna? ¿Estás bien?

Bryan se puso de pie y su voz la sacó de ese oscuro e intenso momento, y ella relajó los dedos que se habían aferrado a su vientre de forma protectora. —Eh, sí. Claro. Estoy bien.

Y lo estaba. Jenna dejó caer la mano a su costado, de pie, desnuda, expuesta, y *estaba* bien. Si habían creado un hijo, lidiaría con ello. Igual que Mindy.

Y del mismo hombre.

La ironía era... bueno, irónica. ¿Qué probabilidades había de que concibiera un hijo con el padre de Trevor? No podía *realmente* suceder, ¿o sí? Dios, el Universo, el Karma, no podían tener todos el mismo retorcido sentido del humor. Un hijo sorpresa en el mundo de Bryan era suficiente.

Bryan se acercó y deslizó las manos por los brazos de ella. —Me estás asustando.

—No era mi intención. —Le pasó un dedo por la mandíbula. Qué mandíbula tan bonita. Fuerte. Confiable. Como él—. Estoy bien.

—Todo saldrá bien, Jenna. Si hay un bebé... —Apoyó su frente contra la de ella—. Lo afrontaremos. De la forma correcta esta vez.

La cuestión era, ¿cuál *era* la forma correcta? Pero no lo preguntó. Esperaría hasta tener que tomar las decisiones importantes. Ahora mismo... ahora mismo solo tenía que lidiar con lo que habían hecho. —No puedo creer que lo hayamos hecho aquí. Cualquiera podría haber entrado.

—Solo alguien con llave, y eso lo limita a mí, a Gage y a su esposa, Lara... y si tienen un poco de sentido común, están en casa haciendo lo que nosotros estábamos haciendo aquí.

Él le levantó la cara. —Lo que quiero volver a hacer. —Esos ojos violetas buscaron los de ella y Jenna sintió que caía bajo su hechizo—. ¿Me acompañas arriba?

—¿No estaba Trevor durmiendo allí?

—El sofá es cama. No pensarías que dos chicos solteros tendrían un apartamento con *un solo* dormitorio, ¿verdad? —Bryan movió las cejas—. La mejor parte es que conozco al dueño, así que ni siquiera tenemos que ponernos la ropa para caminar por los pasillos.

—Vaya, eso sí que es útil. —Jenna le dio una palmadita en la mandíbula—. Pero si no te importa, me gustaría al menos llevarla conmigo para que Trevor no se despierte con una madre desnuda, y yo pueda irme con algo de dignidad.

—Estoy de acuerdo con lo de nada de desnudos por el bien de Trevor, pero créeme, señorita Corrigan, planeo quitarte hasta el último rastro de dignidad durante las próximas seis horas.

—Puede intentarlo, señor Lassiter.

—Lo tomaré como un reto.

—Esa era la intención.

Y era un reto que Bryan estaba más que *dispuesto* a aceptar.

Capítulo Treinta Y Seis

—¡Apúuate, mami! Bobby y yo quelemos tubil a la calta del álbol.

—Sí, *mami*, vamos a mover ese lindo trasero. —Bryan le dio una nalgada al pasar junto a ella y luego tuvo el descaro de darse la vuelta y correr de espaldas hacia los juegos del parque, viéndose demasiado bien para alguien que había dormido tan poco como ambos.

—Este lindo trasero se está arrastrando —masculló. Era el precio que había que pagar por una noche de amor con Bryan Lassiter.

—Entonces, por supuesto, permíteme. —Corrió detrás de ella esta vez y, literalmente, le sostuvo el trasero.

—¡Bryan! ¡No puedes hacer eso! Alguien podría vernos. —Echó a correr. Era todo lo que necesitaba; que uno de sus alumnos corriera la voz en la escuela de que estaba dejando que un hombre la manoseara en el parque. Por supuesto, si estuviera embarazada, eso anularía por completo la historia del manoseo.

Jenna se negó a pensar en eso y en las repercusiones que un embarazo implicaría. Estaba pasándola demasiado bien con su hijo y el hombre que amaba.

—Caramba, mujer, eres una aguafiestas. —Bryan la alcanzó y una vez más pasó corriendo a su lado.

Sin embargo, esta vez no se dio la vuelta, así que ella pudo disfrutar del espectáculo de *su* trasero.

—¿Te gusta lo que ves? —le lanzó por encima del hombro.

—De hecho, sí. Y si me dejaras alcanzarte, quizá hasta te muestre cuánto.

—Esa es una promesa que no puedo resistir. —Dejó de correr y la esperó. Pero entonces la levantó en brazos, la hizo girar y le plantó un beso enorme allí mismo para que todos la vieran.

—¡Guácala! —Incluidos dos niños de casi cuatro años.

—¡Mami está besando a papi! —Trevor parecía encantadoramente asqueado.

Su padre solo parecía encantador. —Oye, campeón. No lo critiques sin haberlo probado. Un día vas a estar besando chicas y no te parecerá tan asqueroso.

—No, no. Nunca voy a besar a una niña. Vamos, Bobby, vamo' a la calta.

Bryan la llevó a la banca a plena vista de la casa del árbol mientras los niños corrían a jugar. —Entonces... sobre anoche.

—Sí, sobre eso. —Levantó las rodillas hasta el pecho y se abrazó a las piernas.

Él le examinó las piernas. —Estuvo... bien.

—Estaba pensando en una palabra diferente a «bien», pero está bien.

—¿Ah, sí? ¿Qué palabra era esa?

Oh, no. Ella no iba a mostrar sus cartas primero. Se encogió de hombros y bajó los pies al suelo. —Supongo que «bien» encaja.

—Ay, vamos, Jenna. —Le puso la mano en la rodilla y apretó suavemente, sus ojos violetas brillando divertidos—. ¿Qué estabas pensando?

Ella le pellizcó la nariz. —No necesitas más razones para que se te suban los humos. No voy a ser una más en la lista de mujeres que caen a tus pies y te alimentan con frases sobre lo magnífico que eres.

La luz burlona desapareció de sus ojos y Bryan se puso solemne. —Primero, no hay ninguna fila larga. Segundo, incluso si la hubiera, ¿de verdad parezco el tipo de hombre que se aprovecharía de eso? Sin contar la despedida de soltero. Eso fue demasiado alcohol y deseo mutuo. No estaba en condiciones de resistirme a una mujer sexi que se me insinuara.

—¿Cómo sabes que ella..., o sea, que *yo*, me insinué a ti? Quizás *tú* te me insinuaste a mí.

—¿Lo hice?

Maldición. Atrapada. Ella no sabía la respuesta a eso, porque Mindy tampoco la sabía. —Había mucho alcohol por todas partes esa noche.

—Exacto. Así que saquemos esa noche de la ecuación para lo que estaba tratando de decir.

—¿Qué *estabas* tratando de decir, Bryan?

Él respiró hondo y la miró, la expresión en esos hermosos ojos era una que ella nunca había visto antes. Luego apartó la vista.

—Iba a decir… —Volvió a mirarla, y entonces se arrodilló frente a ella.

Allí mismo. En la tierra, junto a la banca de madera en la que los amantes habían grabado sus iniciales.

Ay, Dios.

Bryan tomó su mano. —Jenna Corrigan, lo que iba a decir es que, aunque pueda bailar para muchas mujeres y quizá hasta inspirar fantasías en algunas de ellas, tú eres la única con la que yo he fantaseado. Ojalá pudiera decir que lo he estado haciendo desde que te conocí, pero estaba el asunto del alcohol y, bueno, digamos que desde que te *reencontré*, desde que vine a tu casa y te vi siendo tan ferozmente protectora y solidaria con tus alumnos y nuestro hijo, de ver cómo me recibiste a mí, *y* a mi familia, en la vida de Trevor, de lo hermosa que eres cuando sonríes, lo adorable que eres cuando estás decidida a hacer algo, y la forma en que sacudes mi mundo con tan solo una simple mirada… quiero preguntarte algo de nuevo. Y esta vez, no es por Trevor y no es por lo que pudo o no haberse creado anoche, sino porque no puedo sacarte de mi cabeza y porque pasar este tiempo contigo y llegar a conocer a la persona que eres —y la forma en que me excitas— quiero preguntarte de nuevo si te casarías conmigo.

Esta vez, sacó un anillo.

—¿Dónde… dónde lo conseguiste?

—Era de mi madre. Anoche le pregunté si podía dártelo y me dijo que sería un honor para ella que llevaras algo que simbolizara el amor que ella y mi padre compartieron por más de cuarenta años.

Jenna no podía hablar. No podía responder. Ni siquiera podía negar con la cabeza.

Él quería casarse con ella. No había dicho que la amaba, pero seguro que estaba ahí. Seguro que estaba implícito. Seguro que si no lo hacía ahora, ¿estaba en camino de hacerlo?

¿Y qué va a pasar cuando le digas la verdad?

—¿Jenna? —Apretó sus dedos—. ¿Aceptas?

Dios, había hecho que el hombre se lo pidiera dos veces.

¿Quizá porque lo estás dudando?

—Sí. Acepto. —Ella *no* estaba dudando. Se lo diría. Lo haría. Y él lo entendería. Ahora que iban a casarse y a estar juntos para siempre, él entendería su necesidad de proteger a Trevor. Él mismo lo dijo: amaba la forma en que ella amaba y protegía a su hijo.

Su hijo.

—Lo antes posible, Bryan. —*Entonces* le diría la verdad.

Cobarde.

Ella prefería pensar que era instinto de supervivencia. De supervivencia de *Trevor.*

Él deslizó el anillo en su dedo, luego tomó su cabeza entre sus manos y la besó. Largo, persistente, lleno de promesas y compromiso y felicidad y, sí, incluso amor —ahí estaba— Bryan selló sus almas y sanó su corazón.

—¡Guácala!

Se separaron riendo. Los dos niños estaban a menos de treinta centímetros de distancia. Trevor los miraba con mucha inocencia. —Quelemos helado.

Bobby, por otro lado... —¿Van a besarse todo el tiempo? Porque es asqueroso.

—Es muy posible que siga besando a la mamá de Trevor, sí —dijo Bryan, rodeándola con un brazo—. ¿Tienes algún problema con eso, Trevor?

Trev se encogió de hombros. —No me importa. Solo quielo helado.

—Pues a mí me parece asqueroso. —Bobby se cruzó de brazos—. Mi mami dijo que así fue como le metieron otro bebé en la panza. ¿Tú también vas a tener uno, Jenna?

—¡Genial! ¡Quielo un helmanito!

Jenna miró a Bryan y algo... ¿mágico?, ¿emocional?, ¿eterno?, pasó entre ellos.

Sí, él la amaba. Ahí estaba.

—Los besos no siempre ponen un bebé en la panza de una mujer, chicos, pero a veces sí. —Bryan se sentó a su lado en la banca de nuevo—. Pero ¿qué pensarías si te dijera que quiero casarme con tu mamá, Trev?

La sonrisa de Trevor desapareció y sus ojos violetas se volvieron hacia ella. —¿Quieles casalte con Bwyan, mami?

—Sí, Trev. ¿Tú qué piensas?

Esos ojos, tan parecidos a los de Bryan, comenzaron a brillar y su boca se abrió. Y también sus brazos, y entonces se lanzó sobre ellos, atrapándolos a ambos en un abrazo más grande de lo que los brazos de un niño de casi cuatro años podían abarcar, pero no más de lo que su corazón podía. —¡Vamos a sel una familia!

Solo esperaba que Bryan recordara este momento y todo lo que representaba para todos ellos cuando le dijera la verdad.

Capítulo Treinta Y Siete

—Como te ofreciste a cocinar, yo voy al supermercado —le dijo Jenna a Bryan, frotándose el pelo con una toalla después de la ducha. La carrera hasta el parque, seguida del abrazo entusiasta de un Trevor lleno de polvo, junto con algunos más cubiertos de helado derretido, había garantizado que todos necesitaran asearse cuando regresaron de su salida matutina. Incluso habían bañado a Bobby y ahora los niños estaban construyendo con bloques sobre la mesa de centro de la sala. —¿Crees que puedes quedarte al mando?

—Es un castillo, Mami —dijo Trevor, concentrado con tanta fuerza en colocar el bloque justo en su sitio que ni siquiera levantó la vista.

—Perdón, Trev. Castillo —volvió a mirar a Bryan—. Es un maniático con esas cosas. Le gusta asegurarse de que todo esté perfectamente alineado, y si algo es un castillo, no puede ser un fuerte. O una mazmorra.

—Sí, lo entiendo. Yo era así de niño —Bryan apiló las servilletas en la mesa. Jenna lo miró y alzó las cejas. —¿Solo de niño?

Él se sonrojó y a ella se le revolvió todo por dentro al ver ese lado de él. Sobre todo cuando llevaba uno de sus delantales, preparándose para hornear la receta de tarta de manzana casera de su madre. Al parecer, el anillo no era lo único que le había pedido a su madre la noche anterior, así que Jenna no solo estaba consiguiendo un padre increíble para su hijo, un amante increíble en la cama, sino también un chef en la cocina.

—¿Estás seguro de que puedes con esto?

—Claro que puedo. Son solo niños, no una pandilla.

—Solo recuerda que dijiste eso.

Él le dio una nalgada en el trasero con un repasador. —Anda. Antes de que cambie de opinión y haga que *tú* te quedes aquí con ellos.

—¡Ya voy, ya voy!

* * *

Sonrió durante todo el trayecto hasta el supermercado. Y por la mitad de los pasillos.

De hecho, la única razón por la que dejó de sonreír fue porque su madre estaba en el pasillo nueve y la vio antes de que Jenna pudiera darse la vuelta.

—Ellen.

—¿Ya se mudó *esa mujer*?

Ni un saludo, ni un cálido beso en la mejilla. Cuando Ellen estaba de mal humor, era alguien con quien Jenna no quería estar. Agarró una botella de kétchup y la dejó caer en su carrito. —Se llama Tabitha.

—Como una bruja. Qué perfecto.

Jenna se volvió hacia los estantes. Se le estaba acabando la mostaza, ¿no? La tomó. Aunque no fuera así, la mostaza no se echaría a perder. Al contrario de esta conversación. —Basta, Ellen. Tabitha no tiene nada que ver con esto.

—Tiene todo que ver. Intentó meterse con mi hija y su familia...

—Una familia que usted tuvo muchas oportunidades de conocer y eligió no hacerlo, si mal no recuerdo —Jenna la señaló con la botella de mostaza—. Así que no puede culpar a Trevor por estar encantado de tener una abuela en su vida, ni a ella por quererlo y desear estar cerca de él. O a mí, ya que estamos. No puede culparme *a mí* por recibir a la mujer en mi casa cuando es probablemente la única abuela que Trevor conocerá.

—Podría conocerme a mí.

—Podría..., *si* alguna vez se molestara en conocerlo. Pero no lo ha hecho, Ellen. Ha elegido distanciarse de nosotros. Tal como lo ha estado haciendo conmigo desde que se enteró de la aventura de papá.

—*Papá* —los labios de su madre se curvaron—. Lo llama así como si lo amara, pero ¿cómo podría si él la eligió a *ella*, a esa mujer, *y* a su hija bastarda por encima de usted? ¿Cómo pudo, Jenna? ¿Cómo pudo siquiera pensar en estar con él, visitarlo, pasar tiempo con él cuando le hizo mal? —Ellen se aferraba con todas sus fuerzas a la parte trasera del carrito de Jenna, con los nudillos blancos mientras prácticamente hacía que la cosa se saliera de sus ruedas.

Jenna le quitó el carrito. —Porque no quería perder al único padre que había conocido, mamá. Porque él todavía me amaba, aunque dejara de amarte a ti. Y lamento eso. Lamento que pensaras que tenía que ser una cosa o la otra. Que *yo* tenía que elegir, aunque tú no tuvieras que hacerlo. Sé que lo que hizo fue una mierda. Lo entiendo. No debería haberlo hecho. Pero yo era una *niña*. Su hija, y necesitaba a mi padre. *Sobre todo cuando te volviste en mi contra.*

Pero Jenna no lo dijo. Nada bueno saldría de herir a su madre con el pasado. Jenna solo quería seguir adelante. Centrarse en el futuro.

—*Yo* la amaba. *Yo* la llevé en mi vientre. Usted, de entre todas las personas, debería conocer el vínculo entre una madre y su hijo, Jenna, y usted lo rompió.

Al parecer, Ellen no tenía la misma moratoria sobre infligir el dolor del pasado en el aquí y el ahora. —¿Cómo se *atreve*? ¿Cómo se *atreve* a echarme eso en cara? Yo era una niña. Una *niña*. Suya *y* de él. No podía elegir. Ningún niño debería tener que hacerlo. Y no era él quien me obligaba. Era *usted*. Y todavía lo hace.

Dio la vuelta al carrito de la compra. —Mi puerta siempre está abierta para usted, Ellen, pero asegúrese de que está dispuesta a aceptarme como soy, y a Trevor como es él, y a Bryan y Tabitha y a cualquier otro Lassiter que aparezca para ser parte de la vida de mi hijo porque *no* haré que mi hijo elija a quién puede amar. No fue justo para mí y no será justo para él.

Se fue furiosa, conteniendo las lágrimas mientras dirigía el carrito hacia la caja. ¿Cómo se *atrevía* su madre a hacerle eso? ¿Cómo se *atrevía* a intentar echarle esa culpa a ella? Sintiera lo que sintiera Ellen sobre su matrimonio, debería habérselo guardado. Papá lo había hecho. Nunca había hablado mal de su madre ni una sola vez en todo el proceso de divorcio. Había dicho que ya no eran las personas de las que se habían enamorado y que ya no eran felices juntos. Eso había sido obvio para ella incluso en aquel entonces. Papá había sido mucho más feliz con la madre de Mindy..., y Jenna ciertamente había estado feliz de tener una hermana. Sí, se había sentido mal por Ellen, pero Ellen había dejado que la amargura y el odio se pudrieran y eso había afectado a todos a su alrededor, hasta que Jenna había ido a buscar amor y aceptación en los brazos de su novio.

Había sido una estupidez. Lo sabía. Lo había sabido entonces. Y Dave había demostrado cuán estúpida fue cuando se enteró del embarazo y la llamó mentirosa.

La ironía era que, *entonces*, no estaba mintiendo, y aun así Dave la había dejado. Ahora... con Bryan, *estaba* mintiendo y él la quería.

Claro, él no sabía que estaba mintiendo. Y aunque tenía una muy buena razón, no podía seguir haciéndolo. No era justo. Ni para él, ni para Trevor, y definitivamente no para ella. Merecía ser amada por quien era y mientras tuviera esa mentira pendiendo sobre ella, nunca podría ser verdaderamente esa persona.

Tenía que confesarlo todo. Ahora.

Capítulo Treinta Y Ocho

Dieciocho... diecinueve... veinte. ¡Listo o no, allá voy! —Bryan se destapó los ojos y miró alrededor de la sala. Ya habían descubierto que no había más lugares para esconderse en las cinco veces anteriores que le había tocado contar y tuvo que encontrarlos. Por suerte, se habían vuelto más listos, porque era difícil fingir que no veía a dos niñitos que se retorcían entre risitas.

—Me pregunto dónde podrán estar. —Hizo todo un espectáculo pisando fuerte por la sala mientras se dirigía a las escaleras. No habían sido nada sigilosos cuando subieron corriendo en cuanto él cerró los ojos.

—Me pregunto si estarán aquí. —Abrió la puerta del armario de los abrigos y sacudió las perchas ruidosamente en la barra—. Nop. No están aquí.

Repitió la acción con el comedor y la cocina, abriendo puertas y gabinetes y moviendo las cosas ruidosas que había dentro, para luego cerrarlos de un fuerte portazo.

Las risitas bajaron flotando por la escalera.

—Mmm, no parece que estén aquí abajo. Deben de estar arriba.

Unos pasitos resonaron por el pasillo mientras él se acercaba a la escalera. Golpeaba el pie con fuerza en cada escalón, con algún que otro resoplido añadido de vez en cuando para darle más efecto. Dios, le encantaba jugar con su hijo.

—No sé... Si no los encuentro, no voy a tener a nadie con quien lanzar un balón de fútbol americano. —Se asomó por la barandilla del descansillo, pero no vio ninguna piernita. Bien, los niños estaban mejorando para esconderse.

O tal vez eso no era tan bueno...

Había llegado al último escalón cuando oyó el estruendo. Luego, un lamento. Luego, unos golpes sordos.

Definitivamente *no* era bueno.

Bryan corrió por el pasillo hacia la habitación de Jenna. —¿Trev? ¿Bobby? ¿Dónde están?

—¡Aquí adentro!

Se oyeron más golpes sordos desde el clóset de Jenna.

Bryan tiró de los pomos de las puertas dobles y de allí salieron rodando dos niñitos, un gran osito de peluche azul, un montón de ropa y cajas, y un puñado de DVDs.

—¿Están bien? —Bryan les ayudó a levantarse, buscando huesos rotos, chichones y moretones mientras intentaba que su ritmo cardíaco saliera del rango de un infarto—. ¿Qué pasó?

El labio inferior de Bobby tembló. —Estábamos escondidos y me asusté.

—Le dije que nos encontrarías, pero no me creyó. Pensó que íbamos a quedarnos atrapados en la oscuridad para siempre. —Trevor abrazó al osito de peluche con más fuerza—. ¿Ves, Bobby? Te dije que mi papá nos encontraría. Él puede hacer cualquier cosa.

Ahora el corazón de Bryan se estaba hinchando... de orgullo. Y de amor. Y de la sensación de ser un superhéroe a los ojos de Trevor. Ser padre era la mejor sensación del mundo.

—Mi papá también puede hacer cualquier cosa.

—Que no. No sabe lanzar un balón. Le rebotan.

Bryan intentó no reírse. Pobre Bobby. El niño iba a necesitar ayuda en ese aspecto. —Oigan, chicos, ¿qué les parece si me ayudan a probar el pie de manzana? Estará listo pronto y necesito que alguien me diga si está bueno o no.

El pecho de Trevor se infló. —Podemos hacer eso, papi. Somos buenos probaderos.

—Sí. Buenos probaderos —dijo Bobby, siguiendo a Trevor fuera de la habitación.

Bryan recogió el desorden y lo puso sobre la cama de Jenna. La ayudaría a ordenar su clóset más tarde...

Las cajas de los DVDs tenían etiquetas blancas en el frente. *La primera sonrisa de Trevor. Trevor se da la vuelta. Los primeros pasos de Trevor.*

Los hojeó. Un poco más de una docena, todos señalando acontecimientos importantes en la vida de su hijo.

El nacimiento de Trevor.

Quería ver ese.

—¡Papi! ¡Queremos pie!

Cierto. Los niños. Tenía que bajar antes de que decidieran por sí mismos abrir el horno...

Mierda.

Bryan agarró ese último DVD y bajó corriendo las escaleras. Lo vería después de que Jenna llegara a casa. Podrían verlo juntos y ella podría contarle todo lo que sentía y pensaba mientras su hijo venía al mundo.

Bryan no pudo esperar hasta después de la cena. Ni siquiera pudo esperar a que Jenna llegara a casa; ese DVD le quemaba en la palma de la mano. Apenas lo había dejado para sacar el pie del horno y servir dos rebanadas a los niños; después de todo, se los había prometido. Simplemente como un medio para desviar su atención del miedo que pasaron en el clóset y de que todo se les cayera encima, pero Bryan añadió un poco de helado al pie para mantenerlos ocupados un poco más. ¿Qué era un poco de pie ante un peligro tan grave?

Y si además tenía la ventaja de mantenerlos ocupados para que él pudiera echarle un vistazo al video, mucho mejor.

Lo vio durante mucho más tiempo que solo un vistazo. Mucho más de lo que debería, pero Bryan no había podido apartar la mirada.

Jenna no era la que estaba dando a luz a su hijo.

Oh, ella estaba allí... estaba *filmando* el parto. Para una mujer llamada Mindy.

Una mujer que, de hecho, *sí* recordaba. Vagamente.

—*Así se hace, Mindy, vamos, tú puedes. Igual que en la clase.*

El pelo de Mindy estaba pegado a su cara, el dolor era evidente mientras se agarraba a las barandillas de la cama del hospital, con las rodillas levantadas, y pujaba.

Y ahí... ahí estaba la cabeza de Trevor.

—*¡Eso es! ¡Puedo verlo! ¡Puedo ver a Trevor!* —Jenna sacudió la cámara por la emoción—. *¡Vamos, Mindy, solo una más!*

Mindy respiró hondo, pujó y trajo a Trevor —*a su hijo*— al mundo.

—Bryan, ¿qué estás ha... Oh.

Jenna había abierto la puerta principal. Estaba de pie en la sala.

Estaba mirando la televisión.

Él la estaba mirando a ella.

Y no sabía a quién estaba mirando.

—Yo... puedo explicarlo. —Lo miró ahora, con los ojos preocupados, retorciéndose las manos, una lágrima abriéndose paso por su mejilla y él...

No podía. No podía quedarse. No podía escuchar. No podía oír lo que ella quería explicar. Porque sería una mentira. Igual que la que le había estado contando durante la última semana.

Ella no era la madre de Trevor.

¿Era él siquiera el padre de Trevor?

Ese pensamiento le quitó el aliento más que el otro. ¿Había estado intentando atraparlo para que pagara por este niño que ella...?

¿Ella *qué*?

Si Trevor no era suyo, ¿qué esperaba obtener de él?

Pero ahí estaban esos ojos. Incluso al nacer, podía ver el parecido —no, aún no eran violetas, pero allí, en la pantalla, esa era la cara de sus fotos de bebé—. Trevor *era* su hijo.

Pero no de ella.

Se puso de pie, un tanto asombrado de poder hacerlo. De que sus piernas no le hubieran fallado, porque de verdad sentía como si lo hubieran hecho. —No te vayas de la ciudad. Si lo haces, te encontraré. No *pararé* hasta encontrarte.

—Bryan, puedo explicár...

—Guárdatelo para mi abogado. —Pasó a su lado y se dirigió a la cocina. Se llevaría a Trevor y se largaría de allí.

—Pero no entiendes...

—Maldita sea, claro que no. Y no puedo ahora mismo. Pero *me* vas a explicar esto. O haré que te metan en la cárcel por secuestro, extorsión, fraude y cualquier otro cargo que pueda encontrar en tu contra. Así que te sugiero que prepares su bolsa y te reúnas conmigo en mi camioneta o llamaré al sargento Benton ahora mismo, y ninguna sonrisa dulce de tu parte te salvará de que te lleven esposada delante de mi hijo. ¿Es eso lo que quieres, Jenna? ¿Quieres que la última imagen que Trevor tenga de ti sea en la parte trasera de un coche de policía?

Más lágrimas corrían por su cara, pero Bryan se armó de valor contra ellas. No iba a caer en esa actuación. De ninguna manera. Puede que le hubiera llegado con su farsa de madre dulce, inocente y amorosa, pero sus ojos se habían abierto. No era tan tonto.

—No puedes quitármelo.

—¿Ah, no puedo? —Se acercó al DVR y sacó la evidencia. La metió en su estuche protector y se la agitó en la cara—. Esto dice que sí puedo. Esto demuestra que no es tuyo.

—No demuestra que sea tuyo.

—Conseguiré una prueba de ADN, pero ambos sabemos lo que va a decir, ¿no es así, Jenna?

Ese pelo que nunca se quedaba detrás de sus orejas volvió a soltarse cuando su cabeza cayó hacia adelante y hundió la cara entre las manos. —Por favor, Bryan. —Sus palabras sonaron ahogadas—. Por favor, no me lo quites.

—Tú me lo quitaste a mí. —Fue hacia la cocina con paso furioso, deteniéndose para recomponerse antes de entrar. No quería asustar al niño—. Oigan, chicos. Vamos a llevar a Bobby a casa y luego, Trev, tú y yo vamos a hacer algo divertido.

—¡Genial! ¿Qué?

—Es una sorpresa. —Para ambos, porque aún no tenía ni idea de cuál iba a ser su siguiente paso. Todo lo que sabía era que tenía que salir de esa casa—. Así que, vamos. Pongámonos en marcha.

—Pero tengo que lavarme las manos. —Trevor se bajó de su silla y luego levantó las manos en el aire—. Están todas pegajosas y a mami no le gusta que toque las cosas con las manos pegajosas.

—Bueno, yo no soy mami, y está bien si tienes las manos pegajosas en mi camioneta. ¿Qué te parece?

Los dos niñitos se sonrieron como si se hubieran sacado la lotería. Conocía esa sensación. —¡Genial!

No, no era genial. Nada era genial. No ahora.

Pero lo sería.

Bryan dejó que la puerta se cerrara de un portazo bien sonoro al salir.

Jenna no supo cuánto tiempo permaneció sentada en el suelo de la sala. No tenía idea de cuánto había pasado desde que Bryan se había llevado a su hijo y había salido de su vida.

Su hijo.

El hijo de él.

El hijo de ambos.

Se llevó los dedos al vientre. ¿Y si había otro en camino? Bryan la odiaba. ¿Intentaría quitarle también a este bebé?

Tomó una respiración profunda y entrecortada y se puso de rodillas. Tenía que levantarse del suelo. No podía quedarse ahí sin hacer nada. Su hijo estaba ahí afuera. Se lo habían quitado. Arrebatado.

Claro, se lo había llevado su padre. A quien él amaba. Y que nunca le haría daño, pero aun así... Trevor era *su* hijo. Aparte del documento legal que lo proclamaba, su corazón lo proclamaba. Lo amaba tanto como si hubiera salido de su propio cuerpo y nada de lo que Bryan pudiera decir cambiaría eso.

Y tampoco impediría que Trevor la quisiera a ella.

La extrañaría. Oh, claro, este tiempo con Bryan sería divertido, pero él querría volver con ella. A su hogar. Con Rocco y el señor Mono, y el oso azul y sus bloques y sus dinosaurios y su patio y Bobby y...

Jenna apenas llegó al sofá antes de desplomarse sobre él, hecha un mar de lágrimas. Su bebé. Su niño. Bryan iba a pedir la custodia.

No podía luchar contra él por eso. Bueno, lo haría si él pedía la custodia total, pero si entraba en razón y aceptaba compartir a Trevor —por el bien de Trevor—, entonces ella tendría que aceptarlo. Tal como le había dicho a su madre, un niño no debería tener que elegir entre sus padres y tenía que hacer que Bryan lo entendiera.

Se levantó a rastras del sofá y fue a la cocina. Hablaría con él. Haría que entrara en razón. Él amaba a Trevor; haría lo que fuera mejor para él.

¿Y tú? ¿Te ama a ti?

Dios, ¿qué pasaba con su conciencia? Se había estado burlando de ella desde que Bryan había aparecido en la puerta de su casa, atormentándola con los fracasos de su vida.

Jenna se secó las lágrimas de las mejillas. No lloraría. Su vida no era un fracaso. Solo había tenido mala suerte, eso era todo. Pero Trevor no había sido mala suerte. Había sido lo mejor que le había pasado en la vida y, por Dios, no iba a renunciar a él sin pelear.

Agarró su cartera y sacó las llaves. Iba a ir a casa de Bryan ahora mismo y a explicarle todo. A hacerle entrar en razón. A que escuchara lo que tenía que decir.

Excepto que... no sabía dónde vivía.

Jenna se dejó caer en la silla. No se le escapó la triste ironía de haber hecho el amor con un hombre, de posiblemente estar esperando un hijo suyo, de estar criando al otro, y sin embargo no tener idea de dónde vivía... *igual que Mindy*. ¿Tan desesperada estaba por que un hombre la amara, la deseara, se quedara con ella, como para recurrir a eso?

Eso es lo que su madre querría que creyera.

...

Jenna se incorporó.

Un momento. Eso *era* lo que su madre querría que creyera. Su madre amargada y solitaria a quien su esposo había abandonado.

La había *abandonado*.

Había abandonado a Ellen y, sí, la había abandonado a *ella*. A Jenna. A su hija.

Había elegido a otra persona por encima de ella.

Como madre, Jenna no podía entenderlo, y como hija, obviamente tampoco había podido. E incluso si lo hubiera entendido, no habría podido hacer nada al respecto.

Pero *ahora* sí podía. *Ahora*, podía luchar para mantener tanto a Bryan como a Trevor en su vida. No tenía que quedarse de brazos cruzados y permitir que sucediera. Tenía el derecho legal de ver a Trevor, y también el derecho moral.

Y en cuanto a Bryan... Tenía el amor para evitar que Bryan la dejara. El de ella por él. Sí, él estaba enojado —quizás con razón—, pero ella había estado planeando decirle la verdad, *toda* la verdad. Que lo amaba y lo de Trevor. De hecho, había planeado decírselo esta noche, y si no hubiera sido porque encontró ese video, lo habría hecho a su manera.

Lo que igual podría haberte llevado a este punto.

Dejó de lado su conciencia. No iba a escuchar más a esa voz molesta. Le debía a Trevor arreglar esto y se lo debía a sí misma. También se lo debía a Bryan. Por tanto, pero especialmente por la emoción y el amor que había visto en sus ojos cuando ella le había dicho que sí. Podían superar esto. Solo tenía que escuchar.

* * *

—Estoy segura de que tenía sus razones, Bryan. —Su madre lo envolvió en un abrazo.

Era en momentos como estos cuando estaba tan agradecido de tenerla.

No, eso no era cierto. Le había agradecido cada día de su vida que lo hubiera acogido cuando su propia madre no lo había querido.

Igual que la de Trevor...

¿Dónde estaba Mindy? ¿Por qué Jenna estaba criando a su hijo? ¿Qué problema había con su acervo genético que las madres abandonaban a sus hijos? Y, Dios santo, si él y Jenna *habían* creado un bebé la otra noche, ¿le pasaría lo mismo a ese niño?

Bryan abrazó a su mamá con más fuerza, la única roca en su tormentoso mar de dudas. —¿Por qué, mamá? ¿Por qué Mindy simplemente se iría de su vida? ¿Por qué no me buscó?

Su mamá se apartó y le tomó el rostro entre sus manos pequeñas y fuertes, con un brillo feroz en la mirada, como una osa defendiendo a su cachorro. —

Tal vez buscó, Bryan. Puede que Jenna no haya mentido sobre todo. Tal vez haya circunstancias atenuantes.

—No hay excusa para irse y ya...

—Bryan, eso no es verdad y lo sabes. Sé que has sentido la pérdida de tu madre biológica, pero no conoces *sus* circunstancias. Puede que nunca las sepamos. Pero podría haber sido una adolescente asustada que estaba completamente sola. Podría haber estado pensando en lo que era mejor para ti. Hay cien escenarios diferentes sobre por qué te dio en adopción, pero el hecho es que lo hizo, y Henry y yo te adoptamos. Te elegimos, Bryan. ¿No recuerdas que te lo decía? Podríamos haber dicho que no, podríamos haber esperado a otro, pero no lo hicimos. Te vimos, nos enamoramos de ti y supimos que completarías nuestra familia. Desearía que eso fuera suficiente para ti.

—Lo es, mamá. —Y lo era. De repente, así sin más, Bryan se dio cuenta de que era suficiente. Era *más* que suficiente. En un mundo donde el divorcio era de casi el cincuenta por ciento, sus padres habían permanecido juntos hasta que llegó la parte del «hasta que la muerte nos separe», y él y Kyle siempre habían sabido que eran amados y deseados. Sus padres les habían contado una y otra vez cómo los habían elegido porque se habían enamorado de ellos a primera vista, y Bryan había crecido sin dudar nunca de ese amor.

No, era del amor de su madre biológica de lo que había dudado, pero finalmente se dio cuenta de que no podía vivir su vida basándose en eso. La verdad era que Jenna amaba a Trevor con la misma ferocidad y la misma intensidad con que Tabitha Lassiter lo amaba a *él*, y antes de saber la verdad sobre la paternidad de Trevor, Bryan había estado agradecido y envidioso a la vez de cuánto amaba Jenna a Trevor.

Eso no había cambiado por el hecho de que ella no lo hubiera llevado en su vientre. En todo caso, solo hacía que su admiración por ella fuera más fuerte. Su aprecio por el amor que sentía por su hijo, mayor.

Ella vendría a buscarlo. Bryan lo sabía. Tan pronto como se recuperara de que él descubriera la verdad y de su desolación porque se había llevado a Trevor, Jenna lo rastrearía. Lo de ellos no había terminado.

Y, demonios, él no quería que terminara.

Se alejó de su mamá y metió las manos en los bolsillos. Quería a Jenna. Se había enamorado de ella, de quien él pensaba que era.

Pero ella tenía que ser esa persona en alguna parte. Había conectado con ella. Hacer el amor no había sido solo algo físico. Había movido cielo y tierra, tal como pregonan todos los poetas. Lo había sentido. Lo había sabido, había creído en ello. No podía ser mentira.

—Escúchala, Bryan. Dale la oportunidad de decirte la verdad. Luego, la juzgas. Podrías haber hecho lo mismo en su lugar.

—Yo nunca le negaría a un niño su derecho de nacimiento.

—No sabes lo que harías en esas circunstancias. Y le debes a Trevor averiguar la verdad. Recuérdalo. En el fondo de todo esto hay un niño pequeño que acaba de ser apartado de la única madre que ha conocido. Piensa en lo que eso te habría hecho a ti a su edad, Bryan.

Auch. Mamá no usaba la culpa a menudo, pero cuando lo hacía, era eficaz.

Tomó una respiración entrecortada y sacó las manos de los bolsillos. —Tienes razón, mamá. Reaccioné de forma exagerada.

—No, *re*accionaste. Y así como no sabes lo que habrías hecho en el lugar de Jenna y Mindy, nadie sabe lo que harían en el tuyo. Así que no seas tan duro contigo mismo y haz lo mismo con Jenna. Escúchala.

—Estás suponiendo que ella va a querer hablar conmigo.

—Oh, no lo supongo. Lo sé. Porque acaba de llegar y estacionar en la entrada.

Capítulo Cuarenta

Bryan la encontró a mitad de camino. A Jenna no se le escapó el simbolismo, pero no estaba segura de que él lo hubiera hecho a propósito.

—No creo que Trevor deba oír esto —dijo él, dándole la razón—. Vayamos a alguna parte.

Le tendió la mano para pedirle las llaves, ya que ella lo había encerrado con su auto, y Jenna se las dio. No valía la pena discutir por eso.

Salió marcha atrás de la entrada para autos. —Llevé a Bobby a su casa y mi mamá está con Trevor.

Ella asintió, sabiendo que Bryan habría tomado sus precauciones antes de irse. Amaba a Trevor.

Tenía que recordar eso. Y *él* tenía que recordarlo. —¿A dónde vamos?

Sus dedos, que habían estado tamborileando en el volante, se detuvieron. —No lo sé... A algún lugar donde no nos interrumpan. —Echó un vistazo al reloj del tablero—. Mierda. Tengo que abrir el club. Vayamos allí, y luego podremos hablar en el departamento.

El departamento donde habían hecho el amor. El club donde habían hecho el amor...

Jenna no estaba segura de poder soportar los recuerdos si esto no salía bien.

* * *

Tras bastidores había un hervidero de actividad como la noche en que ella había bailado, aunque, por suerte esta vez, nadie se estaba sintiendo mal y Bryan pudo hacer rápidamente las funciones de caja e inventario, y luego le pasó las riendas a un tipo grande llamado Tanner que estaba medio desnudo —o en realidad, medio vestido, ya que esa ropa se la quitaría en un rato— de obrero de la construcción, y la llevó arriba al departamento.

Qué diferencia hacían unas pocas horas y una mentira gigante.

—¿Por qué me mentiste?

Bryan ni siquiera la había dejado poner un pie en el departamento cuando lanzó la primera andanada.

—No te conocía, Bryan. No sabía cómo ibas a reaccionar.

—¿Qué te dio el derecho a que te importara cómo iba a reaccionar? ¿Por qué te crees la guardiana de esta información? ¿Dónde está Mindy para que se haga cargo de todo esto? Se veían muy amigas en el video; no me puedes decir que no has sabido de ella desde que simplemente se fue sin más. ¿A esa mujer siquiera le importa su hijo?

Las lágrimas amenazaron con ahogarla, pero Jenna se las tragó. Les debía a todos contar esta historia en su totalidad. —Sentémonos, Bryan.

—Prefiero estar de pie.

—Vas a querer sentarte para oír esto. No es para nada como te lo imaginas.

Bryan se sentó. En el sillón reclinable. Lejos de ella.

Así que Jenna se levantó del sofá y se sentó en el suelo a su lado. Necesitaba estar a su lado porque cuando él supiera la verdad… Bryan no era un insensible. Estaba sufriendo. Y esto lo haría sufrir más.

—Mindy tenía cáncer. Se enteró mientras estaba embarazada y eligió seguir adelante con el embarazo sin ningún tratamiento para poder darle a Trevor la mejor oportunidad de vivir.

—¿Qué? —La voz de Bryan era áspera, desgarrada. Tan llena de emoción como la de ella.

Ella asintió. —Por eso no está aquí. Por eso no pudo encontrarte. Buscó, oh, sí, buscó, pero el diagnóstico fue terrible y entonces su único objetivo fue llegar hasta el final. Llegar hasta el parto para que su vida no hubiera sido en vano. —Continuó contándole quién era Mindy para ella, sobre la culpa que Mindy había compartido con ella en su lecho de muerte por haberle quitado a su padre. Jenna, por supuesto, la había absuelto; Mindy era tan víctima de todo el lío como ella, y Jenna nunca la había culpado.

—Así que me cedió a Trevor. Fuimos a un abogado e hicimos todo correctamente para que yo sea su tutora legal. Y como su madre había muerto y no tenía a nadie, quería que yo le dijera a todo el mundo que Trevor era mi hijo. No quería que él fuera el niño cuya madre quedó embarazada en una despedida de soltero y no conocía a su padre. Yo había tenido un novio y mi mamá todavía estaba viva. Además, yo, bueno, el otro bebé... La gente no se habría sorprendido si yo aparecía con un niño.

—¿Dejaste que usara tu dolor?

—No importaba, Bryan. Quería... *queríamos*... hacer lo que era mejor para Trevor. Y eso era saber que era amado y deseado y que su vida era estable. De hecho, esperábamos que mi prometido de entonces, Carl, estuviera dispuesto a adoptarlo también, para que Trevor creciera en un hogar con dos padres, amado, cuidado y seguro.

—¿Qué pasó?

—Carl no quería el hijo de otra persona. Quería uno suyo o ninguno.

El rostro de Bryan se endureció. —¿*El hijo de otra persona*? ¿Así se refirió a Trevor?

Omitió la parte del bastardo. No había necesidad de empeorar las cosas. Le ahorraría eso. —Sí. Lo sé. Terrible, ¿no? Intenté decirle que Trevor sería *nuestro* hijo, pero Carl no pudo superar la biología. Así que rompimos y he criado a Trevor desde entonces.

—Pero ¿por qué no me lo dijiste? Cuando supiste quién era yo para él, cuando viste que quería estar en su vida... cuando te propuse matrimonio... ¿por qué no me lo dijiste entonces?

Esta era la parte difícil, aunque recordar la muerte de Mindy también había sido difícil. Pero esto... esto podría dar forma a su futuro y si lo arruinaba...

—Tenía miedo, Bryan. Igual que ahora. Tanto miedo de que hicieras algo para quitármelo. Sabíamos que la adopción podría ser cuestionada porque el padre no había renunciado a sus derechos de paternidad. Siempre estuvo ahí, pendiendo sobre mi cabeza, que el padre de Trevor pudiera volver a aparecer y lo quisiera. Incluso podría ganar un caso de custodia y tendría que compartirlo, o peor, perderlo.

—Así que cuando te vi en mi porche, cuando vi tus ojos, y supe quién tenías que ser… entré en pánico. Había estado viviendo con esta media verdad durante tanto tiempo que simplemente la mantuve. No podía decírtelo. Incluso después de que me propusiste matrimonio… supuse que era para convertirnos en una familia. Y estaba de acuerdo con eso. Podría haber sido diferente si estuvieras enamorado de mí, pero no lo estás y no podía arriesgar nada por Trevor.

—Te ama. Y tú lo amas. Y que estemos juntos tiene tanto sentido que estaba encantada de continuar la mentira por él. O eso pensaba. Pero entonces… —Tomó aire—. Entonces las cosas cambiaron y tuve que decirte la verdad. *Iba* a decirte la verdad. De verdad. Había decidido esta noche en el supermercado que tenía que hacerlo. Había planeado sincerarme después de que lo acostáramos esta noche, e irónicamente, iba a mostrarte el video. —Su voz se quebró y las lágrimas que tanto se había esforzado por contener ya no pudieron ser negadas—. No estaba tratando de evitar que te enteraras, Bryan; solo estaba tratando de asegurarme de que no lo perdería.

La música del club retumbaba sordamente debajo de ellos, mientras Jenna contenía la respiración, esperando que Bryan dijera o hiciera algo. Lo que fuera. Esta incertidumbre era casi peor que si le dijera que consiguiera el mejor abogado de la ciudad porque iba a luchar por la custodia total.

—¿Qué cambió, Jenna?

—¿Qué?

—Dijiste que las cosas cambiaron. ¿Qué cosas?

Jenna lo miró. Ahí estaba. Su momento de la verdad. ¿Tenía el coraje de arriesgarse? ¿Y si lo hacía y perdía?

¿Y si no lo haces y aun así *pierdes?*

Maldita sea su conciencia.

—Yo… —Se humedeció los labios—. Me enamoré de ti.

La música marcó el tiempo que tardó Bryan en responder, cada pulso retumbando en su alma.

Bryan se inclinó y tomó sus manos. —No lo vas a perder, Jenna.

—¿Qué? —No esperaba esas palabras.

La levantó y se puso a su lado, tan cerca de ella, y llevó sus manos unidas a su corazón. —No vas a perder a Trevor. Ni a mí tampoco si puedes perdonarme por pensar lo peor de ti. Por no haber estado ahí para ti cuando tú y Mindy estaban pasando por algo tan increíblemente horrible que me asombra que no estés amargada y enojada. Que todavía puedas amar a Trevor tan plena y completamente como si lo hubieras dado a luz tú misma. Que hayas cambiado tu vida por él y renunciado al hombre con el que planeabas casarte por él. No hay amor más grande en este mundo y lo has demostrado sin lugar a dudas... incluso cuando no *tenías* que demostrarlo. Lo hiciste porque quisiste. Cualquier niño tendría suerte de tenerte como madre.

Le besó los dedos, deteniéndose en el que le había puesto el anillo de su madre. —Así como cualquier hombre tendría suerte de tenerte como la madre de sus hijos, ya sean genéticos o adoptados.

Le acarició la mejilla, sin soltarle las manos con la otra. —Quiero ser ese tipo con suerte, Jenna. No quiero desechar lo que podría ser porque cometí un error. Entiendo tu miedo y, francamente, me encanta que hayas hecho tanto para protegerlo. No podría pedir una mejor madre para mis hijos, y más importante, si me amas aunque sea la mitad de lo que lo amas a él, sería más que suficiente para mí.

—Pero no es así, Bryan.

Él se puso rígido y la luz en sus ojos desapareció. —¿No?

Ella se humedeció los labios y negó con la cabeza. —No.

—Oh.

Y entonces le soltó las manos y dio un paso atrás. Lejos de ella.

Ella lo buscó. —¿A dónde vas?

Él hizo una mueca y se pasó la mano que, momentos antes, había sostenido su cara con tanta ternura, por la mandíbula, el rasguido de su barba incipiente chirriando en el silencio.

—No quiero forzarte. Podemos llegar a algún acuerdo amistoso con Trevor, estoy seguro. Quiero decir, ambos lo amamos y queremos lo mejor para él y...

Le tocó a ella acariciarle la mejilla. —Lo estás haciendo de nuevo.

—¿De nuevo?

Ella asintió. —Cometiendo otro error. —Dio otro paso hacia él—. Dije que no te amaba la mitad de lo que amo a Trevor. Te amo *exactamente* igual. De una manera completamente diferente. Una que me tomará toda una vida demostrártelo.

—¿Toda una vida?

Ella asintió de nuevo, gustándole este lado inseguro de él. —*Nuestra* vida. Si todavía la quieres, claro.

Entonces los brazos de Bryan la rodearon y la apretó contra él, levantándola para que sus labios estuvieran a la altura de los suyos, y Jenna tuvo que decir que este lado de él le gustaba aún más.

—Oh, quiero una vida contigo, nena. Definitivamente. —Bajó los labios y justo antes de que se encontraran con los de ella, se detuvo—. Y para que conste... también estoy *enamorado* de ti. Solo para que no haya ningún error al respecto.

Y nunca lo hubo.

Fin.

* * *

¡Gracias por leer! Por favor, ayuda a que otros lectores encuentren mis libros dejando una reseña donde lo compraste. Y si quieres leer más de mis historias, ¡pasa la página!

¡NOCHE DE CHICAS NUNCA FUE TAN DELICIOSA!
Bombón
&
BEER CAKE INC
Nuevas
Tomas
JUDI FENNELL

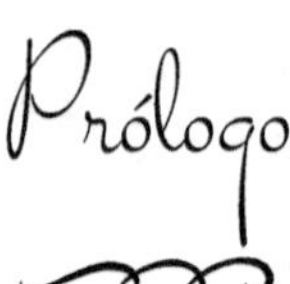

—Ahora los declaro marido y mujer. Puede besar a la novia.

Tanner miró fijamente a la mujer que tenía delante. *Su esposa.*

¿Cómo demonios se había metido en esto?

—¿Tanner? —dijo Juliet con voz suave, el final de su nombre entonado como una pregunta.

Él no sabía cómo responderle.

—Eh, puede besar a la novia —dijo el juez de paz, tosiendo al decirlo.

Sí, sí, Tanner conocía el protocolo. Solo que no sabía *por qué* estaba ahí parado, teniendo que hacerlo.

Pero, de todos modos, se inclinó con la intención de que fuera algo agradable y rápido.

Juliet hizo que fuera más que agradable y, definitivamente, nada rápido.

Maldita sea.

Ella sabía exactamente cómo besarlo. Sabía cómo encender el calor en su entrepierna. Sabía cómo envolver su cuerpo endemoniadamente sexi alrededor del suyo y hacer que toda la sangre se le fuera para abajo.

Maldita sea.

Tanner hundió las manos en su cabello mientras metía la lengua en su boca con fuerza. ¿Quería ponerlo caliente y cachondo como el infierno?

Perfecto. Pues más le valía estar preparada para afrontar las consecuencias, porque, como su esposa, tendría que afrontar *muchísimas* consecuencias.

No, no lo haría.

Tanner apartó su boca de la de ella bruscamente, con la respiración entrecortada, y la miró a esos ojos azules en los que se había perdido antes. En la época en la que había creído en el amor y en los «y vivieron felices para siempre» entre ellos.

Dios, era un idiota.

—¿Me permite ser el primero en felicitarlos? —El maldito juez no dejaba su rollo de la boda por amor. Por supuesto, esa había sido la estipulación de *Tanner*. Ya era bastante malo tener que hacer esto; no quería que la gente supiera la verdadera razón por la que lo estaba haciendo.

Mientras Juliet sí lo supiera.

Sacó los dedos de su cabello y le arrebató el certificado de matrimonio al funcionario. Listo. Hecho. Siguiente.

Por suerte, también se acordó de tomar la mano de su *esposa* antes de salir a grandes zancadas de la oficina del juzgado con un breve —muy breve— saludo a sus respectivas familias.

Le soltó la mano en el instante en que estuvieron afuera.

Tenía que hacerlo, por su propio bien.

Porque cada vez que tocaba a Juliet, su corazón terminaba hecho pedazos.

Juliet tuvo que correr para seguirle el paso a Tanner. No era que eso fuera algo nuevo; siempre había estado tratando de seguirle el paso. Desde el primer momento en que lo vio —bueno, quizá no entonces, dado que tenía dos semanas de vida, pero desde que tuvo edad para fijarse en él—, había estado corriendo detrás de él.

Había comenzado con las escondidas y había progresado al monopatinaje, a las bicicletas y a la natación. Tuvo que seguirle el ritmo durante toda su infancia porque él había sido su mejor amigo. Sus padres eran mejores amigos, sus ranchos colindaban y Tanner había sido extraordinario.

Claro que su cuerpo era bastante grande de por sí. Tanner tenía la complexión de un jugador de fútbol americano, los abdominales de un nadador y el rostro de un dios griego. Para ella había sido hermoso desde la pubertad y ese sentimiento solo había crecido con los años.

Habían sido la pareja de oro. Rey y reina del baile de bienvenida. Los más guapos. Los más propensos a triunfar. El equipo del anuario incluso había añadido su apellido después del de ella bajo su foto de último año, porque *por supuesto* que se casarían.

—Tanner, espera.

Él ni siquiera aminoró el paso. —Tenemos un horario que cumplir.

No, *él* tenía un horario que cumplir. Últimamente siempre estaba en movimiento, siempre ocupado. Era para evitar pasar tiempo a solas con ella, lo sabía. Tenía tan poca estima por ella que últimamente nunca tenían la oportunidad de tomarse un respiro juntos.

Esa noche cambiaría las cosas. La próxima semana las cambiaría. Había usado lo único que se le ocurrió para conseguir algo de tiempo a solas con él y no estaba orgullosa de ello. Pero, carajo, necesitaban estar a solas. Tener tiempo para hablar y aclarar lo que había pasado: la escena que ella había montado para que su padre entrara...

Eso los había llevado al juzgado y al avión a Fiyi, donde papá había pagado una fortuna por la cabaña de luna de miel sobre el agua. Si tenía que llevar a su marido al fin del mundo para conseguir algo de tiempo a solas con él, entonces eso es lo que haría.

—Tanner, por favor. No puedo correr con estos tacones.

—Entonces quítatelos. No parece que hayan sido diseñados para caminar de todos modos.

Ella se tragó una respuesta furiosa. No quería empezar su luna de miel con una pelea. Ya había habido demasiadas palabras duras entre ellos.

Se tomó unos segundos extra de su «horario» para quitarse los zapatos y luego corrió tras él, deseando haberse entrenado para esa media maratón a la que Tricia había intentado convencerla.

Llegó a la limusina unos segundos después de que él le abriera la puerta, apenas con tiempo suficiente para que se le formara el ceño fruncido.

—El avión no va a esperar, Juliet.

De hecho, sí lo haría. El dinero de su padre garantizaba que lo haría, pero no iba a discutir con él.

Cerró la puerta de un tirón y luego sacó su celular en el instante en que el chofer se alejó de la acera.

Estuvo pegado a esa cosa todo el maldito camino hasta el aeropuerto, a través de seguridad y hasta la pista de aterrizaje. Incluso lo tenía encendido cuando la azafata les entregó el champán.

—Señor Wentworth, partiremos en breve —dijo ella cuando él le hizo un gesto para que pusiera la copa en la mesa entre ellos.

Tanner tecleó un par de letras más en su mensaje de texto, correo o, diablos, quizá solo estaba jugando a algún estúpido juego para no tener que hablar con ella, pero luego apagó su celular.

Por fin. Juliet no pudo contener su sonrisa. Su luna de miel podía empezar por fin y la sanación podía comenzar.

Pero entonces Tanner se puso de pie.

—¿Tanner? ¿Qué haces?

—Espera un momento, Juliet. —Se guardó el celular en el bolsillo del pantalón y se dirigió hacia la cabina del piloto.

Juliet se quedó mirando su ancha espalda que se estrechaba tan increíblemente bien hasta una cintura delgada. El aspecto y el físico de Tanner eran solo la guinda del pastel del hombre del que se había enamorado hacía tanto tiempo...

El mismo hombre que se estaba bajando del avión.

Royally Sunk

Metida hasta el Cuello

Reel es un tritón sin cola y Erica le tiene pavor al océano. Solo una cosa podría hacerla entrar al agua: una pistola. Y solo una cosa podría mantenerla ahí: el sexi tritón que le salva la vida, solo para arriesgar la suya.

Bajo el Azul Salvaje

Valerie es una princesa sirena varada en medio del país. Rod es el príncipe que se dispone a rescatarla. Pero ¿podrán eludir el complot de un usurpador y volver al océano antes de que su cola —y su derecho al trono— desaparezcan para siempre?

La Captura de Su Vida

Logan *huyó* del circo; lo único que quiere es que su vida sea normal. La mujer desnuda que aparece en su barco es todo *menos* normal. Especialmente cuando Angel resulta ser una sirena, con una furiosa monstrua marina tras ella.

. . .

Amor en las rocas

La princesa Mariana no es una farsante; realmente *es* una artista, lo que está a punto de demostrar con la estatua que está tallando en una isla desierta. El problema es que Jace se esconde allí, así que lo único que liberará a Mariana de su prisión real es lo mismo que hará que maten a Jace. El romance ya es bastante duro, pero cuando hay un tsunami en el pronóstico del tiempo, el amor está en las rocas.

Haciendo Olas

Lee sobre El Incidente que hizo que Erica le temiera al océano, la razón por la que encontraron a Valerie, la princesa perdida, y cómo Michael, el joven hijo de Logan, encontró a una sirena. Las historias *antes* de las historias.

Bottled Magic

Sueño con una Genia

La suerte de Matt finalmente ha cambiado cuando la genio Eden escapa de su botella y aterriza en su regazo. Literalmente. Y ella jura que nunca volverá a entrar. Desafortunadamente para ambos, el tipo que la metió allí la quiere de vuelta y no se detendrá ante nada para recuperarla.

El Genio Sabe Más

Samantha hereda la finca de su padre, que incluye a un genio que tiene un último amo al que servir antes de que termine su servidumbre. Sam está más que dispuesta a liberar a Kal, hasta que su codicioso ex decide que si no puede tener a Sam, nadie podrá.

Mi Bella Genia

Zane heredó la mansión familiar, de la que no ve la hora de deshacerse para acabar con los rumores de la alocada historia de su familia. Lástima que la genio que ha sido la causa de esos rumores ha sido liberada para hacer de las suyas una vez más. Solo que esta vez, es con su corazón con lo que está jugando.

Tu Deseo Es Su Orden

Descubre cómo Kal fue aprisionado en su lámpara y por qué necesita servir a 1001 amos. Es la historia antes de la historia.

<u>Once-Upon-A-Time Romance</u>

La Bella y El Mejor

Jolie es chef personal de día y escritora de novelas románticas de noche. Así que cuando consigue un trabajo para el atractivo y solitario artista, Todd, tiene el héroe perfecto para su libro. Hasta que Todd se entera y la echa de su cocina, de su casa *y* de su corazón.

Si el Zapato Te Queda

Érase una vez, hace mucho tiempo, en una tierra muy, muy lejana, vivía una chica llamada Cenicienta. Esta no es su historia. *Esta* es la historia de Lucinda Isabella Casteleoni, quien, como su tocaya, tiene una madrastra malvada, dos hermanastras horteras e incontables horas de duro trabajo que (no) la esperan. Pero, a diferencia de esa princesa de cuento de hadas, el Príncipe Azul de Bella no aparece por ningún lado. Hasta que un viejecito de brillantes ojos verdes abre una zapatería al final de la calle. Entonces comienza la magia...

A Través del Vitral

Un viaje accidental a la Inglaterra medieval tiene a la ejecutiva de publicidad Kate luchando por encontrar un camino a casa... Pero ¿podrá traerse de vuelta al atractivo caballero de brillante armadura del que se ha enamorado?

<u>BeefCake, Inc.</u>

Bombón & Cupcakes

Lara quiere que sus cupcakes sean un éxito. Al bailarín exótico Gage no le importaría probarlos, pero su horario de trabajo para pagar las facturas del hospital de su sobrino no le deja tiempo para hacerlo. Hasta una fiesta donde el adonis y los cupcakes se encuentran y, ¡*oh*, qué delicia!

Bombón & Errores

Cuando Bryan confunde a Jenna con una prostituta y ella se da cuenta de que él es el padre de su hijo adoptivo, los errores y malentendidos comienzan a multiplicarse. Pero algo más también está creciendo entre ellos. A veces, un giro equivocado puede ser muy acertado...

Bombón y Nuevas Tomas

Tanner quiere que su exesposa se vaya de su vida para siempre, pero cuando la abuela de ella sufre un derrame cerebral y él tiene que fingir que sigue enamorado de Juliet, ¿podrá arriesgarse a una segunda oportunidad con la única mujer que nunca dejó de amarlo?

Bombón & Copos de Nieve

Gina ha estado enamorada de Darien desde siempre, hasta el día en que él la humilló en la escuela. Quince años después, él la deja fría. El bailarín exótico Darien ha vuelto a la ciudad para arreglar un par de cosas. Una es el desastre que le causó a Gina hace años... y *quizás* reavivar las llamas que una vez tuvieron. Pero la única manera de derretir el hielo alrededor del corazón de Gina es subir la temperatura, tanto en el trabajo... como fuera de él.

<u>Manley Maids</u>

¿Qué pasa cuando tres hermanos irresistiblemente sexis pierden una apuesta de póquer contra su emprendedora hermana? Son contratados para su empresa de

limpieza de casas. Ahora, los Manley Maids están a su servicio. Satisfacción garantizada.

Lo Que Una Mujer Quiere

Sean, el dueño de un resort, planea comprar una finca histórica, hacerse un nombre y ganar millones, así que se muda bajo el pretexto de limpiar el lugar para frustrar la única condición de la herencia. Pero la heredera Olivia y su colección de animales se le meten bajo la piel, y descubre que la apuesta de póquer que lo metió en este lío no es lo único que cambiará las reglas del juego.

Lo Que Una Mujer Necesita

La estrella de cine Bryan quiere fama y fortuna, no una repetición de su «normal» y austera infancia. Después de la publicidad que rodeó la muerte de su esposo, lo que Beth necesita es una vida normal para ella y sus hijos, y la estrella de cine que perdió una apuesta para limpiar su casa —con los paparazzi pisándole los talones— no lo es. Pero a medida que el coqueteo se convierte en seducción, Bryan necesita convencer a Beth de que es más hombre que un sirviente. O un actor. Porque está interpretando el papel principal en una historia de Cenicienta a la inversa, y podría ser el papel de su vida.

Lo Que Una Mujer Merece

Liam no tiene paciencia con las mujeres que gastan el dinero de un hombre sin pensar en el trabajo real. Pero para cumplir su apuesta, Liam no solo deberá tolerar a la socialite, Cassidy, sino que tendrá que limpiar su desorden cuando el padre de ella le corte el grifo. Sin dinero y sin un hogar que Liam pueda limpiar, a Cassidy no le queda más remedio que aceptar una oferta de trabajo: como la nueva sirvienta de Liam. Pero cuando salten chispas entre ellos, ¿será amor verdadero o solo otro romance desastroso?

¡Qué Mujer!

MaryAlice Catherine está lista para limpiar la casa de la amiga de su abuela, solo para descubrir que el nieto engreído de la mujer, de quien ella estuvo enamorada en su infancia —y él lo supo todo el tiempo—, está viviendo allí y ella está avergonzadísima. Jared lo recuerda de otra manera; Mac siempre fue una pequeña mandona, pero no va a dejar que ella lleve la batuta ahora. Pero con los dos viviendo en una casa, no se sabe quién saldrá ganando.

Lo Que Un Tipo Quiere

Beckett está listo para pagar su apuesta de póquer perdida. Simplemente no se dio cuenta de que tendría que hacerlo con su corazón. Jennifer es la que se le escapó y ahora está justo frente a él. En su casa. La que él está aquí para limpiar. Jennifer no puede creer que el chico malo de la preparatoria del que estuvo muy enamorada esté en su casa, pero si hay algo que su exmarido le enseñó, es que no puede confiar en el chico malo. Hasta que Beckett pone todas sus cartas sobre la mesa y resulta ser alguien por quien Jennifer puede apostar, después de todo.

Aquí está Judi

A la galardonada y exitosa autora Judi Fennell le encanta reír y le encanta el amor, así que no es de extrañar que haya un poco de ambas cosas en cada libro que escribe. Descubre sus cuentos de hadas con un giro inesperado para tener una muestra de sus desenfadadas e irónicas comedias románticas y paranormales. Desde tritones en la costa de Jersey Shore, hasta genios con alfombras mágicas, pasando por strippers à la Magic Mike, y empleados domésticos muy masculinos cuyo lema es *Satisfacción garantizada*, siempre hay risas y amor por encontrar.

Y, en su abundante (?) tiempo libre, ayuda a otros autores con todos los aspectos de la escritura y la autopublicación con su empresa de maquetación, diseño de portadas y material promocional, servicios editoriales, consultoría y audiolibros: www.formatting4U.com.

Judi vive en las afueras de Filadelfia con una colección de amigos de cuatro patas, y el día en que esas criaturas empiecen a A) cantar, B) coser ropa o C) limpiar la casa…, ¡será el día en que se retire de la escritura!